Lucy Christopher

Lettre à mon ravisseur

Traduit de l'anglais par
Catherine Gibert

Gallimard

À maman et à Simon pour m'avoir aidée
et au désert pour m'avoir inspirée

C'est toi qui m'as vue en premier. Tu avais une drôle d'expression dans le regard ce jour d'août, à l'aéroport; on aurait dit que tu voulais quelque chose de moi et que tu le voulais depuis longtemps. Personne ne m'avait jamais regardée comme ça, avec cette intensité. J'ai été troublée, surprise, sûrement. Des yeux tellement, tellement bleus, d'un bleu si froid, qui me regardaient, espérant peut-être que je les réchauffe. Ils ont un pouvoir terrible, tes yeux, tu sais, et beaux avec ça.

Tu as cillé en te rendant compte que je te regardais et tu t'es détourné, tu te sentais peut-être nerveux ou coupable d'avoir maté une fille au hasard dans un aéroport. Mais je n'étais pas n'importe quelle fille, n'est-ce pas? Ton numéro était excellent, je suis tombée dans le panneau. C'est curieux, mais j'ai toujours pensé que je pouvais faire confiance aux yeux bleus, je les trouvais inoffensifs. Tous les gentils ont les yeux bleus. Les yeux noirs sont réservés aux méchants, la Grande Faucheuse, le Joker, les zombies, tous ont les yeux noirs.

Je m'étais disputée avec mes parents. Maman trouvait mon haut trop court et papa était de mauvaise humeur parce qu'il n'avait pas assez dormi. Alors il se peut que te voir ait constitué une heureuse diversion. C'est ce que tu avais prévu ? Attendre que mes parents piquent une crise contre moi avant de m'aborder ? Je savais, même à ce moment-là, que tu m'avais observée. Ton visage me semblait curieusement familier. Je t'avais déjà vu quelque part, mais qui étais-tu au juste ? Je ne pouvais m'empêcher de te regarder.

Tu ne m'avais pas quittée depuis Londres, je t'avais vu dans la file d'embarquement avec ton petit bagage à main et ensuite dans l'avion. Et voilà que maintenant tu étais à l'aéroport de Bangkok, précisément à la cafétéria où je me commandais un café.

Je l'ai commandé et j'ai attendu qu'il soit prêt en farfouillant dans mon porte-monnaie. Je ne me suis pas retournée, mais je savais que tu continuais à me regarder. C'est curieux, mais je le sentais. Chaque fois que tu clignais des yeux, j'avais les petits cheveux de la nuque qui se hérissaient.

Le type à la caisse a tenu mon café le temps que je trouve la monnaie. Sur son badge était écrit Kenny, étrange que je m'en souvienne.

– On n'accepte pas les pièces anglaises, a dit Kenny après m'avoir laissée les compter. Vous n'avez pas de billet ?

– Je l'ai dépensé à Londres.

Kenny a secoué la tête et ramené le café vers lui.

– Il y a un distributeur à côté du Duty Free.

J'ai senti quelqu'un bouger derrière moi, je me suis retournée.

– Je te l'offre, tu as dit à voix basse.

Tellement basse qu'on aurait cru ta voix destinée uniquement à moi, j'ai remarqué aussi que tu avais un drôle d'accent.

Tu portais une chemise à manches courtes qui sentait l'eucalyptus et tu avais une petite cicatrice sur la pommette. Ton regard était d'une intensité incroyable, difficile à soutenir.

Tu avais un billet tout prêt, de l'argent étranger. Tu m'as souri. Je ne crois pas t'avoir remercié, tu m'excuseras. Tu as pris le café des mains de Kenny et le gobelet en carton s'est incliné.

– Un sucre?

J'ai hoché la tête, incapable de faire autre chose tant j'étais troublée que tu t'adresses à moi.

– Ne t'inquiète pas, je m'en charge. Assieds-toi.

Tu as fait un geste en direction de la table entre deux faux palmiers où tu t'étais installé, du côté de la baie vitrée.

J'ai hésité, mais tu avais anticipé mon hésitation. Tu m'as touché l'épaule gentiment et j'ai senti la chaleur de ta main à travers mon T-shirt.

– Détends-toi, je ne vais pas te manger, tu as dit doucement. De toute façon, il n'y a pas de place, à moins que tu veuilles t'asseoir avec la famille Adams, tu as ajouté avec un coup d'œil vers une famille nombreuse à côté de laquelle il y avait des chaises libres.

Deux des plus jeunes enfants rampaient sur la table pendant que les parents se disputaient par-dessus leurs têtes. Je me demande ce qui serait arrivé si je m'étais assise là. On aurait discuté vacances des gosses et milk-shakes à la fraise, puis j'aurais retrouvé mes parents. Je me suis tournée vers toi et j'ai vu les rides d'expression autour de ta bouche. Le bleu profond de tes yeux renfermait des secrets, je les voulais.

– Je viens d'échapper à ma famille, je n'en veux pas d'autre pour l'instant.

– Bien joué, tu as dit avec un clin d'œil. Un seul sucre, donc.

Tu m'as indiqué l'endroit où tu t'étais assis. Voyant des gens installés à côté de ta petite table, je me suis sentie plus confiante pour en approcher. Dix mètres et j'étais rendue. J'ai avancé dans une sorte de brouillard et me suis assise sur la chaise qui faisait face à la baie vitrée. Je t'ai regardé prendre le gobelet sur le comptoir, retirer le couvercle, verser le sucre et, lorsque tu as penché la tête, tes cheveux te sont retombés sur les yeux. Te rendant compte que je t'observais, tu as souri. Est-ce à ce moment-là que ça s'est passé ? Souriais-tu quand tu l'as fait ?

J'ai sans doute tourné les yeux un instant vers les avions qui décollaient derrière la baie vitrée. Un jumbo-jet basculait sur ses roues arrière, des panaches de fumée noire dans son sillage. Un deuxième a pris sa place sur la piste d'envol. Tu as dû procéder drôlement vite et je me demande si tu as eu recours à une technique particulière pour détourner l'attention des gens ou si personne ne s'intéressait à toi de toute façon. C'était probablement de la poudre, une petite quantité cependant. Elle devait avoir l'aspect du sucre, le goût n'était pas différent.

J'ai tourné la tête et t'ai vu revenir vers la table, évitant adroitement les gens armés de tasses qui surgissaient devant toi. Tu n'en as regardé aucun, tu n'avais d'yeux que pour moi. Peut-être est-ce la raison pour laquelle personne ne s'est aperçu de rien. Tu te déplaçais comme un chasseur, à pas feutrés, le long de la rangée de plantes en plastique, te frayant un passage pour arriver jusqu'à moi.

Tu as posé deux cafés sur la table, tu en as poussé un dans ma direction et tu n'as pas touché à l'autre. Tu faisais virevolter une cuillère entre tes doigts, la faisant basculer autour de ton pouce avant de la reprendre. Je t'ai détaillé, tu étais beau, d'une beauté frustre, mais tu étais plus âgé que je ne pensais. Franchement trop pour que je traîne en ta compagnie. Tu devais avoir vingt ou vingt-cinq ans, peut-être plus. De loin, quand je t'avais vu dans la file d'embarquement, je t'avais trouvé petit et mince, du même gabarit que les jeunes de dix-huit ans de mon lycée. Mais, de près, j'ai remarqué tes bras robustes et hâlés, ton visage buriné, ta peau terre de Sienne.

– Je m'appelle Ty, tu as dit.

Tu as détourné les yeux un instant, puis tu es revenu à moi et tu m'as tendu la main. J'ai senti tes doigts chauds et rugueux lorsque tu as tenu la mienne sans la serrer. J'ai noté que tu levais un sourcil et compris ce que tu attendais.

– Gemma, ai-je dit sans réfléchir.

Tu as hoché la tête comme si tu le savais déjà, mais c'était sans doute le cas, bien sûr.

– Où sont tes parents ?

– Ils sont à la porte d'embarquement, ils m'attendent. Je leur ai dit que je ne tarderais pas, ai-je ajouté soudain sur mes gardes. Que je prenais juste un café.

Tu as retroussé les lèvres et laissé échapper un petit rire.

– Le vol part quand ?

– Dans une heure.

– Et il va où ?

– Au Vietnam.

Tu as été impressionné. Je t'ai souri, sans doute pour la première fois.

– Ma mère y passe son temps, ai-je précisé. Elle est conservatrice, un genre d'artiste qui collectionne au lieu de peindre.

Je ne sais pas pourquoi je me suis crue obligée de donner des explications. Sans doute l'habitude avec mes camarades de classe qui posaient des questions sans savoir.

– Ton père ?

– Il est agent de change.

– Costume trois pièces, j'imagine.

– Quelque chose comme ça. Très ennuyeux de s'occuper de l'argent des autres, contrairement à ce qu'il dit.

Je commençais à raconter n'importe quoi, j'ai bu une gorgée de café pour me faire taire. En sirotant mon café, je me suis aperçue que tu transpirais à la racine des cheveux. Je ne voyais pas comment tu pouvais avoir chaud, car l'air conditionné nous soufflait directement dessus. Tes yeux parcouraient fébrilement les alentours, sans toujours pouvoir croiser les miens. Cette nervosité t'a fait paraître timide, tu ne m'en as plu que d'avantage. Mais il y avait toujours ce quelque chose en toi qui continuait de rôder dans ma mémoire.

– Alors, c'est quoi, ce que tu veux faire ? Avoir un boulot comme ton père ? Voyager comme ta mère ?

J'ai haussé les épaules.

– C'est ce qu'ils aimeraient, je ne sais pas. Rien ne m'attire vraiment.

– Ça manque de sens ?

– Ouais, peut-être. Ils ne font que collectionner des trucs. Mon père, l'argent des autres et ma mère, les tableaux des autres. Ils ne produisent rien par eux-mêmes.

J'ai détourné les yeux, je détestais parler du travail de mes parents. On en avait discuté pendant le vol, maman était intarissable sur les tableaux qu'elle comptait acheter au Vietnam. C'était donc le dernier sujet que j'avais envie d'aborder. Tu t'es à nouveau moqué de moi, ta voix haletante, la cuillère en équilibre parfait sur ton pouce, suspendue en l'air comme par magie. Je continuais de me demander si c'était vraiment une bonne chose de rester en ta compagnie. Mais c'était bizarre, tu sais, j'avais l'impression de pouvoir tout te dire. Je l'aurais sans doute fait si je n'avais eu la gorge aussi serrée. J'ai souvent souhaité que les choses en soient restées là, à ton sourire, à mes nerfs à fleur de peau.

J'ai regardé autour de moi pour vérifier si mes parents étaient à ma recherche, bien que j'aie su que c'était improbable. Ils devaient être trop contents de lire les magazines qu'ils avaient achetés pour se donner l'air intelligent. Et puis, maman n'aurait jamais voulu reconnaître sa défaite dans la dispute qui nous avait opposées en venant à ma rencontre. Mais j'ai regardé, malgré tout, un essaim de visages sans nom, lentement attiré vers le comptoir : des gens, des gens, partout ; le ronronnement de la machine à café ; les hurlements stridents des enfants ; l'odeur d'eucalyptus qui s'échappait de ta chemise à carreaux. J'ai bu une gorgée de café.

– Elle collectionne quoi, ta mère ? tu as demandé

d'une voix douce, mobilisant à nouveau mon attention.

– De la peinture surtout. Des tableaux de bâtiments, de la peinture abstraite. Vous connaissez Rothko? Mark Rothko?

Tu as froncé les sourcils.

– Bref, ce genre de trucs. Je trouve ça plutôt prétentieux, tous ces carrés à l'infini.

Je racontais à nouveau n'importe quoi. Je me suis interrompue pour regarder ta main toujours posée sur la mienne. Était-ce sa place? Étais-tu en train de me draguer? Personne ne s'y était jamais pris de cette façon au lycée. Surprenant mon regard, tu as retiré rapidement ta main, comme si tu venais toi aussi de te rendre compte qu'elle était là.

– Pardon.

Tu as haussé les épaules mais, voyant la petite étincelle dans tes yeux, je t'ai souri.

– Je suis un peu tendu, tu as ajouté.

Tu as reposé ta main à côté de la mienne cette fois, à quelques centimètres à peine. J'aurais pu la toucher en bougeant le petit doigt. Tu ne portais pas d'alliance, pas de bijou.

– Vous faites quoi? ai-je demandé. Vous n'êtes plus au lycée?

Une grimace m'a échappé, on savait tous les deux que c'était idiot. Tu étais à l'évidence plus âgé que tous les garçons avec qui j'avais jamais discuté. Tu avais des petites rides de soleil autour des yeux et de la bouche, un corps d'homme, et tu étais plus sûr de toi que tous les empotés de mon lycée.

Tu t'es calé dans ta chaise avec un soupir.

– Moi aussi, je fais de l'art, si on veut, mais je ne

peins pas des carrés, tu as dit. Je voyage un peu, je jardine, je construis, ce genre de trucs.

J'ai hoché la tête, comme si je comprenais. J'avais envie de te demander ce que tu faisais dans cette cafétéria avec moi, si je t'avais déjà vu, pourquoi je t'intéressais ? Je n'étais pas idiote, il était clair que j'étais beaucoup plus jeune que toi. Mais je ne t'ai pas posé la question, j'étais sans doute intimidée et je ne voulais pas de te mettre dans une position inconfortable. Qui sait aussi si je ne me sentais pas plus adulte de boire un café en compagnie de l'homme le plus beau de la cafétéria, café qu'il m'avait offert. Je n'avais peut-être pas l'air aussi jeune que ça finalement, me suis-je dit, même si je n'avais que du gloss pour tout maquillage. Et tu faisais peut-être plus vieux que ton âge. Profitant de ce que tu jetais un coup d'œil par la baie vitrée, j'ai dégagé la mèche de cheveux que j'avais coincée derrière mon oreille et l'ai laissée retomber sur mon visage. Puis, je me suis mordillé les lèvres pour les rendre plus rouges.

– Je ne suis jamais allé au Vietnam, tu as dit au bout d'un moment.

– Moi, non plus. Je préférerais aller en Amérique.

– Vraiment ? Avec toutes ces villes, tous ces gens… ?

Tes doigts se sont contractés quand tu as constaté que j'avais libéré ma mèche. Alors tu t'es penché par-dessus la table pour la remettre derrière mon oreille. Puis tu as eu un moment d'hésitation.

– Pardon, je…, tu as murmuré, incapable de terminer ta phrase, en rougissant légèrement.

Tes doigts se sont attardés sur ma tempe, j'ai senti leur bout rugueux. À leur contact, mon oreille est devenue brûlante. Puis tu as fait descendre ta main jusqu'à mon menton et tu l'as soulevé avec le pouce pour me regarder, comme pour m'étudier à la lumière artificielle qui tombait du plafond. Et quand je dis «regardée», c'est «regardée», avec des yeux comme deux étoiles. Tu m'as immobilisée, épinglée, en ce point précis de l'aéroport de Bangkok, petite chose attirée par la lumière. Et pour en avoir, j'en avais, des ailes qui voletaient dans la tête, de grandes ailes de papillon. Tu m'as attrapée facilement, attirée à toi, comme si j'avais déjà été prise dans ton filet.

– Tu ne préférerais pas l'Australie? tu as demandé.

J'ai ri, tu avais posé la question avec un tel sérieux. Tu as retiré immédiatement ta main.

– Bien sûr, ai-je dit.

J'ai secoué les épaules, le souffle court.

– Tout le monde a envie d'y aller, ai-je ajouté.

Tu es resté sans rien dire, le regard baissé. J'ai secoué la tête, la brûlure de ta main toujours sur ma peau, je voulais que tu continues à me parler.

– Vous êtes australien?

Ton accent était déconcertant, il ne ressemblait pas à celui des acteurs de *Neighbours*. Par moment, on aurait dit que tu étais anglais et à d'autres, que tu venais de nulle part. J'ai attendu, mais tu n'as pas répondu. Alors je me suis penchée vers toi et je t'ai secoué le bras.

– Ty? ai-je dit, appréciant ton prénom, sa sonorité. Alors c'est comment finalement, l'Australie?

Tu m'as souri et ton visage s'est transformé, illuminé, comme ensoleillé de l'intérieur.

– Tu le sauras bientôt, tu as dit.

Soudain, les choses ont changé. Alors que tout accélérait autour de moi, j'ai été frappée de lenteur. C'est incroyable, franchement, ce qu'une toute petite pincée de poudre est capable de faire.

– Tu te sens comment? tu as demandé en me regardant avec des yeux écarquillés.

J'ai ouvert la bouche pour te répondre que j'allais bien, mais je n'ai pas compris un traître mot de ce qui en sortait. On aurait dit de la bouillie, ma langue était épaisse, trop lourde, pour former des mots. Je me rappelle les lumières se transformant en boules de feu, l'air conditionné me gelant les bras, l'odeur du café se mêlant à celle d'eucalyptus, ta main serrant fort la mienne lorsque tu m'as emportée, lorsque tu m'as volée.

J'ai dû renverser ton café en trébuchant pour me mettre debout. J'ai découvert après coup une marque de brûlure sur ma jambe, une tache rose qui me barrait la cuisse au-dessus du genou gauche. Je l'ai toujours, la peau est un peu fripée, on dirait de la peau d'éléphant.

Tu m'as fait marcher vite et j'ai cru que tu me raccompagnais à mon vol, que tu me conduisais à la porte d'embarquement où m'attendaient mes parents. J'ai trouvé le trajet long, beaucoup plus long qu'à l'aller. Sur les tapis roulants où tu m'entraînais, j'avais l'impression de voler. Tu as parlé à des gens en uniforme en me serrant contre toi comme si j'étais ta copine. J'ai hoché la tête et je leur ai souri. Tu m'as fait monter un escalier. Au début, mes genoux ont refusé de plier, ça m'a fait rigoler, puis j'ai eu les rotules en guimauve. De l'air frais m'a assaillie, une odeur de fleurs, de cigarettes et de bière. Des gens parlaient à voix basse quelque part et éclataient de rires suraigus. Tu m'as fait passer par des buissons pour rejoindre l'arrière d'un bâtiment, une branche s'est prise dans mes cheveux. On s'est retrouvés à côté de poubelles, ça sentait le fruit pourri.

Tu m'as de nouveau attirée vers toi et tu as incliné mon visage pour me dire quelque chose. Tu étais complètement flou, tu flottais sur les émanations de poubelles, ta bouche magnifique se tordait comme une chenille. J'ai tendu la main pour l'attraper, tu m'as emprisonné les doigts. La chaleur de ton corps s'est propulsée de ma main au haut de mon bras. Tu m'as dit quelque chose d'autre et j'ai hoché la tête, une partie de moi-même comprenait. J'ai commencé à me déshabiller, appuyée à toi pour retirer mon jean. Tu m'as tendu d'autres vêtements, une jupe longue, des chaussures à talons et tu t'es retourné.

Je dois les avoir enfilés, mais je me demande encore comment. À ton tour, tu as ôté ta chemise et, avant que tu en enfiles une autre, je t'ai caressé le dos. Il était ferme, chaud et du même brun que l'écorce d'un arbre. Je ne sais pas à quoi je pensais, ni même si je pensais, mais je me rappelle avoir éprouvé le besoin de te toucher, je me rappelle la texture de ta peau. C'est curieux de conserver la sensation et non les pensées qui l'accompagnaient, mes doigts en frémissent encore.

Tu as fait d'autres choses encore: tu m'as mis un truc qui grattait sur la tête et un autre foncé devant les yeux. Mes gestes étaient lents, mon cerveau n'arrivait pas à suivre. Quelque chose a atterri dans la poubelle avec un bruit sourd. Un truc gluant est entré en contact avec mes lèvres, du rouge à lèvres.

Tu m'as donné un chocolat, riche, noir, moelleux, avec du liquide à l'intérieur.

Les choses sont alors devenues plus confuses encore. En baissant les yeux, j'ai constaté que je n'avais plus de pieds. Et lorsqu'on est repartis, j'avais l'impression de marcher sur des moignons. J'ai commencé à paniquer, mais tu m'as prise par la taille, ton bras doux, solide, sûr. J'ai fermé les yeux et essayé de réfléchir. Je ne me rappelais plus où j'avais laissé mon sac, je ne me rappelais plus rien.

On a été entourés de gens, tu m'as poussée au milieu d'une foule de visages et de couleurs informes. Tu avais sans doute tout prévu, le billet, le nouveau passeport, l'itinéraire, le moyen de passer la sécurité sans encombre. Je me demande si c'était le rapt le mieux préparé du monde, ou si tu as seulement eu de la chance. Ça n'a pas dû être facile de me faire traverser l'aéroport de Bangkok et monter dans un avion différent au nez et à la barbe de tout le monde et sans que je m'en rende compte non plus.

Tu n'arrêtais pas de me gaver de chocolat, ce goût de chocolat noir crémeux toujours dans la bouche, qui me collait aux dents. Avant toi, j'adorais le chocolat, maintenant, l'odeur seule me soulève le cœur. Au troisième, je suis tombée dans les pommes. J'étais assise quelque part, appuyée contre toi. J'avais froid et besoin de la chaleur de ton corps. Tu as dit quelque chose à voix basse à mon sujet.

– Elle a trop bu. On a fait la fête.

Ensuite on s'est retrouvés serrés comme des sardines à l'intérieur des toilettes. J'ai senti un souffle d'air quand le contenu de la cuvette a été aspiré sous moi.

Puis on a remarché, un autre aéroport, peut-être. D'autres gens, un parfum de fleurs, sucré, tropical et frais, comme s'il venait de pleuvoir. L'obscurité est tombée. C'était la nuit, mais elle n'était pas froide. À un moment, tu m'as fait traverser un parking et j'ai commencé à me réveiller, je me suis débattue. J'ai essayé de crier, mais tu m'as entraînée derrière un camion et tu m'as appliqué un chiffon sur la bouche. Le monde a replongé dans le brouillard, je me suis écroulée dans tes bras. Tout ce que je me rappelle ensuite, c'est la sensation engourdie d'un voyage en voiture, la sensation d'être ballottée, le ronronnement interminable d'un moteur.

En revanche, ce dont je me souviens très bien, c'est du réveil et de la chaleur, qui m'a prise à la gorge, m'empêchant de respirer. J'en aurais presque souhaité retomber dans les pommes. Puis il y a eu la douleur, la nausée.

Au moins, tu ne m'avais pas attachée au lit, c'était déjà ça. D'habitude, dans les films, les victimes sont toujours attachées au lit. Cela dit, je pouvais difficilement bouger. Chaque fois que j'essayais de changer de position, même un peu, du vomi me remontait dans la gorge et j'avais la tête qui tournait. J'étais recouverte d'un drap léger. J'avais l'impression d'être au centre d'un brasier. J'ai ouvert les yeux : tout était gondolé, beige, informe. J'étais dans une pièce. La lumière me faisait mal aux yeux. Je ne te voyais pas. J'ai tourné doucement la tête pour voir. J'ai senti du vomi dans ma bouche, je l'ai avalé. J'avais la gorge gonflée, râpeuse, hors d'usage.

J'ai refermé les yeux et essayé de respirer profondément. J'ai vérifié mentalement si j'étais entière : mes bras étaient là, mes jambes, mes pieds aussi. J'ai agité les doigts, tout fonctionnait. J'ai glissé la main jusqu'à mon ventre. J'étais en T-shirt, mon soutien-gorge me sciait la poitrine et j'avais les jambes nues, mon jean avait disparu. J'ai touché le drap du dessous et posé la main sur le haut de ma cuisse, ma peau est devenue instantanément chaude, collante. Je n'avais plus ma montre.

J'ai passé la main sur ma culotte, palpé au travers. J'ignore ce que je pensais trouver, ni même ce à quoi je m'attendais. Du sang, peut-être, ma chair meurtrie, mais rien de tout ça. M'avais-tu retiré ma culotte ? M'avais-tu pénétrée ? Et dans ce cas, pourquoi avoir pris la peine de me la remettre ?

– Je ne t'ai pas violée.

J'ai agrippé le drap, tourné violemment la tête pour essayer de te localiser. Je ne voyais pas encore très bien. Tu étais derrière moi. Ça, je l'entendais. J'ai tenté de gagner le bord du lit, de m'éloigner de toi, mais je n'avais pas assez de force dans les bras, ils se sont mis à trembler et je me suis effondrée. Je sentais mon sang battre en moi, je pouvais presque entendre mon corps pulser, se réveiller. J'ai testé ma voix, il n'est sorti qu'un gémissement de ma gorge, j'avais la bouche contre l'oreiller. Je t'ai entendu avancer quelque part.

– Tes vêtements sont à côté du lit.

Ta voix m'a fait tressaillir. Où étais-tu ? Combien de mètres nous séparaient ? J'ai entrouvert les yeux, la douleur était moins forte. À côté du lit, j'ai vu un jean neuf soigneusement plié sur une chaise en bois. Ma veste avait disparu, mes chaussures aussi, remplacées par une paire marron, lacée, confortable, qui ne m'appartenait pas.

Je t'ai entendu marcher, t'approcher de moi, et j'ai voulu me recroqueviller, t'échapper. Tout était lourd, lent. Pourtant, mon cerveau fonctionnait, mon pouls s'accélérait. J'étais au mauvais endroit, je le savais. J'ignorais comment j'étais arrivée là, ce que tu m'avais fait subir.

J'ai entendu le plancher craquer plusieurs fois encore, senti la peur bondir de ma poitrine dans ma gorge. Un treillis marron clair s'est figé devant moi, le morceau d'étoffe qui séparait les genoux de l'entre-jambe à hauteur d'yeux, il était maculé de taches rougeâtres. Tu n'as rien dit. Ma respiration s'est emballée, j'ai agrippé le matelas et me suis forcée à lever les yeux jusqu'à ton visage sans temps d'arrêt. J'ignore pourquoi, mais j'avais vaguement espéré que tu sois quelqu'un d'autre. Je ne voulais pas que la personne à côté du lit ait le visage que j'avais trouvé si séduisant à l'aéroport. Mais c'était bien toi, les yeux bleus, les cheveux tirant sur le blond et la petite cicatrice. Sauf que, cette fois, tu n'étais pas beau, tu étais monstrueux.

Ton visage était impassible, tes satanés yeux bleus, froids, tes lèvres, minces. J'ai tiré le drap le plus haut possible, ne laissant apparaître que mes yeux, mes yeux qui te regardaient; le reste de mon corps était pétrifié. Tu es resté sans bouger, à attendre que je parle, à attendre le flot de mes questions. Voyant qu'elles ne venaient pas, tu y as répondu malgré tout.

– C'est moi qui t'ai amenée ici, tu as dit. Tu as mal au cœur à cause des drogues. Tu vas te sentir bizarre un certain temps, tu auras du mal à respirer, des vertiges, la nausée, des hallucinations…

Ton visage était un tourbillon, j'ai fermé les yeux. Derrière mes paupières, j'ai vu des étoiles, une galaxie de minuscules étoiles tourbillonnantes. Je t'ai entendu avancer vers moi, te rapprocher. J'ai testé ma voix.

– Pourquoi ? ai-je murmuré.

– Il le fallait.

Le sommier a grincé et mon corps s'est soulevé quand tu t'es assis au bord du lit. Je me suis écartée. J'ai voulu poser le pied par terre, mais mes jambes ne répondaient toujours pas. La pièce valsait autour de moi, je me suis détournée, m'attendant à vomir d'une seconde à l'autre. Ça n'est pas venu. J'ai serré mes jambes contre ma poitrine, trop contractée pour arriver à pleurer.

– Où suis-je ?

Tu n'as pas répondu tout de suite. Je t'ai entendu reprendre ta respiration, soupirer, j'ai entendu le frottement de tes vêtements quand tu as changé de position. C'est alors que je me suis rendu compte qu'hormis les bruits que tu faisais, je n'en entendais aucun nulle part.

– Tu es ici, tu as dit. En sécurité.

J'ignore combien de temps j'ai dormi encore. Cette période est complètement floue, elle me fait penser à un cauchemar. Il me semble qu'à un moment donné, tu m'as donné à manger, à boire. En revanche, tu ne m'as pas lavée. Je le sais parce qu'en me réveillant, je puais, j'étais moite de transpiration et mon T-shirt me collait à la peau. J'avais aussi envie de faire pipi.

Je suis restée immobile, à écouter, tendant désespérément l'oreille pour entendre quelque chose, mais tout était silencieux. C'était curieux, aucun craquement ni bruit de pas, pas le moindre bruit de gens, ni de voitures, ni de vrombissement d'autoroute au loin, ni de grondement de train. Rien, à part cette pièce et la chaleur.

J'ai vérifié si mon corps était en état de marche en soulevant prudemment une jambe après l'autre, puis en agitant les doigts de pied. Je n'avais plus les membres aussi lourds, j'étais mieux réveillée. Le plus silencieusement possible, je me suis redressée pour examiner la pièce. Tu n'étais pas dedans, il n'y avait que moi. Moi et le grand lit dans lequel j'étais couchée, une petite table de nuit, une commode et la chaise avec le jean dessus. Tout était en bois, rudimentaire. Aucune décoration aux murs. À ma gauche, une fenêtre fermée devant laquelle était tiré un mince rideau. La lumière brillait au-dehors. Il faisait jour et une chaleur caniculaire. En face, une porte.

J'ai attendu quelques minutes, tendant l'oreille, à l'affût du moindre de tes bruits. Puis tant bien que mal, j'ai gagné le bord du lit. J'avais la tête qui tournait, l'impression que mon corps allait basculer, mais j'y suis parvenue. Les mains agrippées au matelas, je me suis forcée à respirer, j'avais retenu mon souffle jusque-là. J'ai posé un pied par terre, puis l'autre, fait peser le poids de mon corps dessus, gardé l'équilibre en me tenant à la table de nuit. Ma vision s'est obscurcie, mais je me suis levée, les yeux fermés, l'oreille aux aguets. Toujours rien.

J'ai tendu la main, pris le jean et me suis rassise sur le lit pour l'enfiler. Je l'ai trouvé serré, lourd, collant aux cuisses. Le bouton appuyait sur ma vessie, décuplant mon envie de faire pipi. Je n'ai pas pris la peine de mettre les chaussures, je serais plus silencieuse sans. J'ai avancé vers la porte. Le sol était en bois, comme tout le reste, frais sous mes pieds, et avec des interstices entre les lattes qui plongeaient vers l'obscurité en dessous. J'avais les jambes raides comme du bois, mais j'ai fini par atteindre la porte. J'ai tourné la poignée.

De l'autre côté, l'obscurité était dense. Une fois mes yeux habitués à l'absence de lumière, j'ai découvert un long couloir, en bois également, avec cinq portes, deux à gauche, deux à droite et une au fond. Toutes fermées. Au premier pas, le plancher a craqué. Je me suis figée. Mais pas le moindre bruit derrière les portes, rien qui indique que quelqu'un m'ait entendue, j'en ai fait un deuxième. Laquelle de ces portes ouvrait sur la liberté?

Je me suis arrêtée devant la première à droite et j'ai posé la main sur la poignée métallique que j'ai trouvée froide. Je l'ai abaissée en retenant ma respiration. Je me suis arrêtée, tu n'étais pas à l'intérieur de la pièce. Celle-ci était grisâtre et comportait une douche et un lavabo. Une salle de bains. Au fond, une autre porte. Des toilettes sans doute. J'ai été tentée, me demandant si je prenais le risque d'un petit pipi. Dieu sait si j'en avais envie. Mais combien d'occasions comme celle-ci se présenteraient? Une seule peut-être. J'ai reculé dans le couloir. Je pouvais faire pipi le long de ma jambe ou dehors. Il fallait seulement que je sorte. Si j'y parvenais, alors tout irait bien. Je trouverais quelqu'un pour m'aider, quelque part où aller.

Je ne t'entendais toujours pas. Je me suis appuyée aux murs des deux mains pour ne pas perdre l'équilibre et j'ai visé la porte du fond. Un pas, deux. Des craquements minuscules à chaque fois. Mes mains couraient sur le bois, se hérissant d'échardes au passage. Je respirais vite, avec bruit, comme un chien qui halète, les yeux furetant partout pour essayer de deviner où j'étais. La sueur me dégoulinait du cuir chevelu dans la nuque, le dos, le jean. La seule chose que je me rappelais clairement, c'était l'aéroport de Bangkok. Mais il me semblait avoir pris l'avion et fait un voyage en voiture. À moins que ça n'ait fait partie d'un même rêve. Et, où étaient mes parents?

Je me suis efforcée de faire des pas de souris. J'aurais bien paniqué, hurlé, mais je devais me contrôler, je le savais. Si je me mettais à réfléchir à l'endroit où je me trouvais, à ce qui s'était passé, la peur me paralyserait.

La dernière porte s'est ouverte facilement, elle donnait sur une grande pièce plongée dans la pénombre. J'ai reculé dans le couloir en me faisant toute petite, prête à prendre mes jambes à mon cou. Mon estomac s'est serré, la pression dans ma vessie est devenue intolérable. Aucun mouvement dans la pièce, aucun son. Tu n'y étais pas, j'ai vérifié rapidement. Dedans, un canapé et trois chaises en bois, de conception aussi rudimentaire que celle qui se trouvait dans la chambre. Une trouée dans le mur m'a fait penser qu'il pouvait s'agir d'une cheminée. Les murs étaient en bois. Les rideaux avaient été tirés devant les fenêtres, nimbant l'ensemble d'une lumière marronnasse. Aucune décoration, aucun tableau. La pièce était aussi austère que le reste de la maison. Et l'air y était lourd comme partout ailleurs, étouffant.

À gauche dans le couloir, j'ai trouvé la cuisine

avec une table au milieu et des placards tout autour. Les rideaux étaient tirés mais, à l'autre bout, j'ai aperçu une porte dont le verre dépoli laissait passer la lumière. Dehors. La liberté. Je suis allée jusqu'à la porte en suivant le mur. La douleur dans ma vessie a empiré, le jean était trop serré. J'ai posé la main sur la poignée, je l'ai abaissée lentement, pensant que la porte serait fermée à clef, mais non. J'ai dégluti, surprise. Puis je me suis reprise, j'ai ouvert la porte, juste assez pour me faufiler par l'entrebâillement et je suis sortie sans attendre.

J'ai été instantanément clouée au sol par le soleil. Tout était brillant, douloureusement brillant. Et brûlant, plus chaud même qu'à l'intérieur. Ma bouche s'est asséchée d'un coup. Je me suis adossée au chambranle, cherchant ma respiration. J'ai levé la main pour protéger mes yeux, qui ne cessaient de cligner. J'étais aveuglée par tant de blancheur, j'avais l'impression d'être montée au ciel, sauf qu'il n'y avait pas d'anges.

Je me suis obligée à garder les yeux ouverts, à regarder. Aucun mouvement nulle part, pas la moindre trace de toi. À côté de la maison, sur ma droite, se dressaient deux autres bâtiments. On aurait dit des abris de fortune, réunis par des bouts de fer et de bois. Sur le côté, protégés par un toit métallique, étaient garés un 4 x 4 pourri et une remorque. Puis, j'ai vu le reste.

Et j'ai cru suffoquer. Aussi loin que portait mon regard, il n'y avait rien, qu'une étendue de terre brune menant à l'horizon. Du sable et encore du sable, piqueté de petites touffes de buissons rachitiques avec un arbre sans feuilles de temps à autre.

Une terre morte et assoiffée. J'étais perdue au milieu de nulle part.

Je me suis retournée. Aucune autre construction à perte de vue, ni routes, ni gens, ni poteaux télégraphiques, ni trottoirs. Rien du tout. Que le vide, la chaleur et l'horizon. Je me suis enfoncé les ongles dans la paume de la main et j'ai attendu que la douleur me confirme que je n'étais pas en train de faire un cauchemar.

En me mettant en route, je savais que c'était sans espoir. Vers où courir ? C'était partout pareil. Je comprenais pourquoi tu n'avais pas fermé les portes à clef, pourquoi tu ne m'avais pas attachée au lit. Il n'y avait rien ni personne, que nous.

J'avais les jambes raides et lentes à la détente, les muscles des cuisses instantanément douloureux, les pieds qui cuisaient. La terre était certes nue, mais elle était truffée de piquants, de cailloux, d'épines et de racines. J'ai serré les dents, baissé la tête et sauté par-dessus les broussailles. Mais le sable aussi était bouillant, douloureux comme le reste.

Bien sûr, tu m'as vue. J'étais à cent mètres de la maison quand j'ai entendu la voiture démarrer. J'ai continué pourtant, ma vessie me torturant à chaque pas. J'ai même accéléré l'allure. J'ai fixé un point dans le lointain et j'ai couru vers lui. Ma respiration était sifflante et j'avais les jambes lourdes, les pieds en sang. J'ai entendu les roues de la voiture patiner et se rapprocher de moi.

J'ai zigzagué pour te ralentir. J'étais à moitié folle, je cherchais désespérément de l'air, je hoquetais, je sanglotais. Tu as continué d'avancer malgré tout, tu roulais vite derrière moi, le moteur rugissait. Du coin de l'œil, j'ai vu que tu tournais le volant pour passer devant moi.

Je me suis arrêtée et j'ai changé de direction, mais tu étais comme un cow-boy avec un lasso, m'encerclant, me bloquant partout où j'allais. Tu me rabattais, m'épuisais à force de galoper. Tu savais que c'était une question de minutes avant que je n'arrive plus à courir. Telle une vache affolée, je me suis obstinée, m'éloignant de toi en cercles décroissants. Il ne faisait aucun doute que j'allais tomber.

Tu as arrêté la voiture et coupé le moteur.

– C'est inutile, tu as hurlé. Tu ne trouveras rien ni personne.

J'ai fondu en larmes, d'énormes sanglots qui semblaient ne devoir jamais prendre fin. Tu as ouvert ta portière et tu m'as attrapée par le T-shirt, à la nuque, tirée, alors que mes bras raclaient par terre. J'ai tourné la tête et je t'ai mordu de toutes mes forces. Tu as laissé échapper un juron. Je t'ai fait saigner, je le sais, j'ai eu le goût de ton sang dans la bouche.

Je me suis relevée et j'ai couru. Mais tu as été après moi en un éclair. Cette fois, tu m'as immobilisée au sol de tout ton corps. J'ai senti le sable m'écorcher les lèvres. Tu as pesé sur moi de ton torse contre mon dos, de tes jambes sur mes cuisses.

– Laisse tomber, Gemma. Tu ne vois donc pas qu'il n'y a nulle part où aller ? tu as grogné dans mon oreille.

Je me suis débattue, mais tu n'as fait qu'appuyer plus fort, me maintenant les bras le long du corps, me comprimant. Ma bouche s'est remplie de sable, ton corps lourd sur le mien.

J'ai laissé s'écouler mon pipi.

J'ai hurlé et me suis débattue tout le trajet de retour vers la maison. Je t'ai mordu encore plusieurs fois, je t'ai craché dessus. En pure perte.
– Tu mourrais dehors, tu as rugi. Tu ne piges donc pas ?

Je t'ai donné des coups de pied dans les tibias, dans les testicules, partout où je pouvais, rien n'y a fait. Ça n'a eu pour seul effet que de te faire accélérer. Tu étais fort, pour un type mince, tu étais drôlement fort. Tu m'as traînée par terre jusqu'à la maison. Je pesais de tout mon poids pour te freiner, je me rebiffais, je poussais des cris de bête sauvage. Tu m'as fait traverser la cuisine, puis tu m'as jetée dans la salle de bains sinistre. J'ai rugi et tambouriné contre la porte, j'ai même essayé de la démolir à coups de pied. Inutile, tu l'avais verrouillée de l'extérieur.

Ne trouvant pas de fenêtre à briser, j'ai ouvert la porte du fond. Comme je l'avais deviné, c'étaient des toilettes. J'ai descendu les deux marches jusqu'à la cuvette. Il n'y avait pas de plancher, rien que de la terre sur laquelle je me suis à nouveau brûlé les pieds. Pas de fenêtre non plus, les murs étaient épais, en planches couvertes d'échardes, séparées par de minces interstices. J'ai poussé dessus mais elles étaient robustes. J'ai soulevé le couvercle de la cuvette. À l'intérieur s'enfonçait un puits sombre qui puait la merde.

Je suis retournée dans la salle de bains fouiller dans le placard au-dessus du lavabo et j'en ai lancé tout le contenu contre la porte. Une bouteille d'antiseptique s'est écrasée sur le bois en projetant des éclats de verre un peu partout ; son odeur puissante a rempli la pièce. Tu faisais les cent pas devant la porte.

– Arrête, Gemma, tu m'as prévenue. Il ne va plus rien rester.

J'ai appelé à l'aide à en avoir la gorge qui brûlait, même si ça ne servait à rien. Au bout d'un certain temps, je n'ai plus proféré que des sons, dans le but de t'effacer de ma vie. J'ai tapé des bras contre la porte, me faisant des bleus jusqu'aux coudes, m'arrachant des lambeaux de peau aux poignets. J'étais désespérée. À tout moment, tu pouvais entrer dans la pièce avec un couteau, une arme à feu, voire pire. En cherchant de quoi me défendre, j'ai trouvé un bout de verre qui venait de la bouteille d'antiseptique.

Tu t'es appuyé contre la porte, qui a tressauté.

– Calme-toi, tu as dit d'une voix tremblante. Ça ne sert à rien.

Tu t'es assis dans le couloir en face de la salle de bains. Je le sais parce que j'ai vu tes chaussures par la fente sous la porte. Je me suis calée dos au mur, submergée par l'odeur d'antiseptique et de pisse acide qui montait de mon jean. Quelques instants plus tard, j'ai entendu un petit *clong* lorsque tu as retiré la clef de la serrure.

– Laissez-moi tranquille ! ai-je hurlé.

– Je ne peux pas.

– S'il vous plaît.

– Non.

– Qu'est-ce que vous voulez ?

Je pleurais, recroquevillée en boule, en tamponnant mes pieds ensanglantés, les égratignures et tout ce que je m'étais fait en courant.

Tu as abattu la main ou la tête contre la porte et j'ai entendu l'âpreté dans ta voix.

– Je ne vais pas te tuer, tu as dit. Je ne le ferai pas, OK?

Mais ma gorge est devenue encore plus sèche. Je ne te croyais pas.

Tu es resté sans rien dire un long moment et j'ai pensé que tu étais peut-être parti. Je préférais encore ta voix au silence. J'ai serré si fort le morceau de verre dans ma main que je me suis entaillé la paume. Je l'ai levé à la lumière qui filtrait par une fente dans le mur et j'y ai vu de minuscules arcs-en-ciel. Je l'ai tourné de sorte qu'ils passent sur ma main. Puis j'ai appuyé le bout de verre sur le bout de mon doigt et une petite goutte de sang a perlé.

Après quoi, je l'ai brandi au-dessus de mon poignet en me demandant si j'étais capable de passer à l'acte. Et, finalement, je l'ai abaissé, je me suis ouvert la peau d'un trait horizontal. Le sang a coulé. Je n'ai pas eu mal, j'avais les bras insensibilisés à force d'avoir tapé contre la porte. Il ne s'agissait pas non plus de flots de sang. Mais j'ai sursauté en voyant deux gouttes tomber par terre, j'avais du mal à croire à ce que j'avais fait. Plus tard, tu m'as expliqué que c'était à cause des drogues que j'étais passée à l'acte, mais je n'en suis pas certaine. Sur le moment, j'étais déterminée. Je préférais encore me tuer plutôt qu'attendre d'être tuée. J'ai changé de main et tendu l'autre poignet.

Mais tu es entré comme un bolide. La porte s'est ouverte à la volée et, presque en même temps, tu m'as retiré le morceau de verre des mains et tu m'as soulevée dans tes bras comme un paquet, m'enveloppant de ta force. Je me suis débattue en te donnant des coups de poing dans les yeux, mais tu m'as traînée dans la douche.

Tu as ouvert le robinet, l'eau était maronnasse et coulait par à-coups, faisant gronder la tuyauterie. Des trucs noirs flottaient dedans. J'ai reculé dans un coin. Le sang qui coulait de mon poignet se mélangeait à l'eau en tourbillons sans fin. Et pourtant, j'ai apprécié l'irruption de l'eau, elle nous séparait, presque une alliée.

Tu as pris une serviette dans une caisse près de la porte et tu l'as passée sous l'eau jusqu'à ce qu'elle soit imbibée. Puis tu as fermé le robinet et tu t'es approché de moi. Je me suis recroquevillée contre le mur au carrelage fendillé et je t'ai hurlé de me laisser tranquille. Mais tu t'es approché malgré tout. Tu t'es agenouillé sur le sol mouillé et tu as pressé la serviette sur la coupure. J'ai fait un brusque écart et je me suis cogné la tête à quelque chose.

Et après, plus rien.

À mon réveil, j'étais à nouveau dans le grand lit, un bandage humide et frais autour du poignet. Je n'avais plus mon jean. Mes pieds étaient attachés par de la grosse corde rêche et ils étaient également bandés. Je me suis contractée, mesurant la solidité des nœuds, et j'ai eu le souffle coupé par la douleur, qui s'est propagée d'un coup à mes jambes.

Puis je t'ai aperçu près de la fenêtre. Les rideaux étaient entrouverts et tu regardais au-dehors. Tu fronçais les sourcils. Tu avais un bleu autour de l'œil, mon œuvre, sans doute. À cet instant précis, éclairé par le soleil, tu n'avais pas l'air d'un ravisseur, tu avais l'air fatigué. Mon cœur battait la chamade, mais je me suis forcée à t'observer. Pourquoi m'avais-tu amenée ici ? Quelles étaient tes intentions ? Si tu avais voulu me faire subir je ne sais quoi, tu l'aurais déjà fait à l'heure qu'il était, forcément. À moins que tu aies voulu me faire attendre.

Tu t'es retourné et tu m'as surprise te regardant.

– Ne refais plus jamais ça, tu as dit.

J'ai cillé.

– Tu risques de te faire du mal.

– Qu'est-ce que ça peut faire ? ai-je demandé dans un murmure.

– Beaucoup.

Tu m'as dévisagée et je n'ai pas pu soutenir ton regard, à cause de tes yeux de malheur, trop bleus, trop intenses. Je détestais cette lueur d'intérêt qui les habitait. Je me suis recouchée et j'ai fixé le plafond, il était en tôle ondulée.

– Où suis-je ? ai-je demandé.

J'ai repensé à l'aéroport, à mes parents. Je me suis demandé où le reste du monde avait disparu. Du coin de l'œil, je me suis aperçue que tu secouais lentement la tête.

– Pas à Bangkok, tu as dit. Ni au Vietnam.

– Où, alors ?

– Tu le sauras bientôt, peut-être.

Tu t'es pris le front entre les mains, palpant les bleus autour des tes yeux du bout des doigts. Tu avais les ongles courts et sales. J'ai tenté encore une fois de libérer mes pieds. Mes chevilles étaient humides de transpiration, mais ne glissaient pas suffisamment.

– Tu veux de l'eau ? tu as demandé. Quelque chose à manger ?

J'ai secoué la tête et senti de nouveau les larmes couler sur mes joues.

– Qu'est-ce qui va se passer ? ai-je murmuré.

Tu as retiré ta tête d'entre tes mains. Tes yeux sont passés sur moi rapidement, mais ils n'étaient plus froids, ils s'étaient radoucis. Il m'a semblé qu'ils étaient humides. L'espace d'une seconde, je me suis demandé si toi aussi tu n'avais pas pleuré. Tu t'es rendu compte que je te scrutais et tu t'es détourné. Puis tu es sorti de la pièce et tu es revenu quelques minutes après avec un verre d'eau. Tu t'es assis à côté du lit et tu me l'as tendu.

– Je ne te ferai rien, tu as dit.

Je suis restée au lit. Ma taie d'oreiller est devenue toute dégoulinante de larmes. Mes draps étaient collés de transpiration. Tout puait. Je me suis efforcée de ne pas trop bouger. À un moment donné, tu es entré pour changer les bandages à mes pieds. À ce stade, j'étais une flaque.

Plus tard, tu m'as raconté que ça n'avait duré qu'un jour ou deux. J'aurais cru des semaines. J'avais les paupières gonflées d'avoir pleuré. J'ai essayé de réfléchir aux moyens de m'enfuir, mais mon cerveau avait fondu lui aussi. Je commençais à connaître le plafond par cœur, les murs rustiques et l'encadrement en bois de la fenêtre. J'ai bu l'eau marronnasse que tu avais laissée à côté de moi, mais seulement à l'abri de ton regard. Et une fois, j'ai même grignoté quelques-unes des noix et graines que tu avais mises dans un bol, les touchant d'abord du bout de la langue au cas où elles auraient été empoisonnées. Chaque fois que tu venais dans la pièce, tu essayais d'engager la conversation, qui se limitait toujours à peu près à la même chose.

– Tu veux te laver ? tu demandais.

– Non.

– Manger ?

– Non.

– De l'eau ? Tu devrais boire de l'eau.

– Non.

Puis un silence pendant lequel tu réfléchissais à ce dont je pourrais avoir envie.

– Tu veux sortir ?

– Seulement si vous m'emmenez dans une ville.

– Il n'y a pas de villes.

Une fois, tu n'as pas quitté la pièce comme tu le faisais d'habitude. Tu es allé à la fenêtre en soupirant. J'ai noté que les bleus autour de tes yeux avaient changé de couleur, viré du bleu nuit au jaune pipi, le seul signe qui m'indiquait que du temps avait passé. Tu t'es tourné vers moi, une ride profonde te barrait le front. Tu as soudain tiré le rideau d'un geste brusque, la lumière est entrée à flots. Je me suis recroquevillée au fond du lit.

– Sortons, tu as dit. On peut regarder le paysage.

J'ai tourné le dos à la lumière, à toi.

– Ce n'est pas la même vue derrière que devant, tu as ajouté. On n'a qu'à aller derrière.

– Vous me laisserez partir, derrière ?

Tu as secoué la tête.

– Il n'y a nulle part où aller. Je te l'ai déjà dit. C'est le désert.

Tu as fini par venir à bout de ma résistance et j'ai hoché la tête. Cela dit, non parce que tu le voulais, mais parce que je ne te croyais pas quand tu disais qu'il n'y avait rien dehors. Il y avait forcément quelque chose, une ville au loin, une route, ou un câble électrique. Le désert total n'existe pas.

Tu as défait mes liens, déroulé les bandages et appuyé la main sur la plante de mes pieds. La sensation de brûlure n'a pas été aussi forte que je le pensais. Tu as vérifié l'état de mon poignet, la coupure avait un aspect croûteux rougeâtre, mais le sang ne coulait plus.

Tu as fait mine de me soulever, mais je t'ai repoussé. Ce seul geste a suffi à déclencher des tremblements dans tous mes membres. Je me suis mise en travers du lit et j'en suis descendue de l'autre côté.

– Je peux le faire moi-même.

– Bien sûr, j'avais oublié, tu as dit. Je ne t'ai pas encore coupé les jambes.

Et tu as rigolé. J'ai fait comme si tu n'existais pas. Je tremblais tellement sur mes jambes que j'avais du mal à tenir debout. Je me suis forcée à faire un pas, mon pied m'a élancé. J'ai ravalé la douleur. Mais je savais que je ne pouvais rester indéfiniment dans cette pièce.

Tu t'es retourné le temps que j'enfile le jean. Il était à nouveau propre et sec, parties les taches faites en me roulant par terre. J'étais d'une faiblesse inouïe quand je suis sortie de la chambre, près de tomber dans les pommes d'une seconde à l'autre. J'ai regretté de ne pas avoir accepté la nourriture que tu m'avais proposée. J'ai avancé dans le couloir et tu m'as suivie. Tu marchais sans bruit, sans même faire craquer le plancher. J'ai tourné pour entrer dans la cuisine que j'avais découverte la fois précédente, mais tu m'as attrapée par le bras. J'ai tressailli à ton contact, incapable de te regarder.

– Par là, tu as dit.

J'ai secoué le bras pour te faire lâcher prise, mis de la distance entre nous. Tu m'as fait traverser le salon où les rideaux étaient toujours tirés, je n'y voyais rien. J'ai fait un pas et marché sur quelque chose qui m'a percé le pied. J'ai senti une décharge dans la jambe. Les larmes me sont montées aux yeux, mais je les ai vite essuyées, avant que tu ne les remarques. J'ai soulevé le pied et retiré un petit clou doré, le genre de clou dont on se sert pour accrocher les tableaux. Je me suis demandé ce qu'il faisait dans cette maison dans la mesure où il n'y avait aucun tableau à accrocher.

On a traversé une sorte de véranda pour rejoindre l'autre bout de la maison. Quand tu as ouvert la porte, la lumière m'a fait loucher. Une galerie courait sur toute la longueur du bâtiment. J'ai sauté à cloche-pied jusqu'à un canapé en rotin, je me suis laissée tomber dessus et j'ai pris mon pied dans mes mains, massant la marque rouge laissée par le clou.

Lorsque j'ai levé les yeux, j'ai vu les rochers. De gigantesques rochers polis et ronds, à cinquante mètres environ de la maison et deux fois plus longs qu'elle. On aurait dit une poignée de billes lancées par un géant. Les deux plus grands se dressaient sur le devant, percés de profondes crevasses, enserrés par cinq plus petits. Au milieu et sur le pourtour poussaient des arbres élancés couverts d'épines.

Je me suis assise et je les ai regardés. Ils juraient avec le reste du paysage, jaillissant du sol tels des pouces. L'après-midi touchait à sa fin et j'ai fini par comprendre que leur couleur rouge venait du soleil qui les frappait, donnant à leur surface sablée des reflets rubis.

– Les Différents, tu as dit. C'est comme ça que je les ai appelés. Ils ne ressemblent à... Ils sont différents de tout le reste, du moins dans cette région. Ils sont seuls, mais ensemble, du moins de ce point de vue-là.

Tu es venu près du canapé et je me suis écartée. Tu t'es mis à tirer sur un bout de rotin, le tripotant jusqu'à ce qu'il se détache.

– Pourquoi je ne les ai pas vus l'autre jour quand je courais ? ai-je demandé ?

– Tu ne regardais pas.

Tu as abandonné le bout de rotin avec lequel tu jouais et tu t'es tourné vers moi. Puis, voyant que je ne te rendais pas ton regard, tu es allé jusqu'à un des piliers de la galerie.

– Tu étais trop bouleversée pour voir quoi que ce soit.

J'ai examiné les rochers à la recherche de passages, de la moindre trace de travail humain. Un tuyau en plastique émergeait au milieu et venait jusqu'à la maison. Il disparaissait sous la galerie à l'autre bout, à l'emplacement de la salle de bains. Des piquets en bois étaient plantés à espaces réguliers tout autour des rochers, les vestiges d'une ancienne clôture, peut-être.

– Qu'est-ce qu'il y a de l'autre côté ? ai-je demandé.

– Rien de particulier. Toujours la même chose.

Tu as incliné la tête de côté pour indiquer le sol poussiéreux qui entourait la maison.

– Ce n'est pas par là que tu pourras t'enfuir, si c'est ce que tu cherches à savoir. Ta seule route pour la liberté passe par moi. Et ce n'est pas de chance pour toi, parce que j'ai choisi de m'enfuir ici.

– C'est quoi ce tuyau ? ai-je demandé, pensant que

s'il en arrivait un jusqu'à la maison, il pouvait y en avoir d'autres, d'autres maisons, derrière les rochers.

– C'est moi qui l'ai posé. C'est pour l'eau.

Tu as souri, presque avec fierté, puis tu t'es mis à fouiller dans ta poche de poitrine à la recherche de quelque chose, puis dans tes poches de pantalon, d'où tu as sorti un petit paquet de feuilles séchées et du papier à rouler. J'ai scruté rapidement tes autres poches. Laissaient-elles voir de petits renflements? Est-ce dans l'une d'entre elles que tu mettais tes clefs de voiture? Tu t'es roulé une cigarette longue et mince, dont tu as léché les côtés.

– Où sommes-nous? ai-je à nouveau demandé.

– Partout et nulle part.

Tu as appuyé le front contre le pilier de la galerie et laissé ton regard errer vers les rochers.

– J'ai trouvé cet endroit, il est à moi, tu as dit, les yeux fixés sur ta cigarette tandis que tu réfléchissais. Il y a longtemps, j'étais petit à l'époque, la moitié de ta taille, environ.

Je t'ai jeté un regard.

– Comment êtes-vous venu jusqu'ici?

– À pied. J'ai mis une semaine. En arrivant, je me suis effondré.

– Tout seul?

– Ouais. Les rochers m'ont procuré des rêves et de l'eau, bien sûr. Il est particulier, cet endroit. Je suis resté deux semaines, j'ai campé au milieu des Différents, vécu grâce à eux. Quand je suis rentré chez moi, plus rien n'était pareil.

Je me suis détournée, je ne voulais rien savoir de toi et de ta vie. Un oiseau décrivait des cercles très haut au-dessus de nos têtes, microscopique x se détachant sur le ciel pâle. J'ai ramené mes genoux contre ma poitrine, je les ai serrés fort, pour tenter de réprimer le cri de terreur qui menaçait de m'échapper.

– Pourquoi je suis ici ? ai-je murmuré.

Tu as tapoté tes poches, puis sorti une boîte d'allumettes. Tu as montré les rochers.

– Parce qu'il est magique, cet endroit, il est beau. Et tu es belle, tu es belle et différente. Tout colle.

Tu as serré ta cigarette entre ton pouce et ton index, et tu me l'as tendue.

– Tu en veux une ?

J'ai secoué la tête. Rien ne collait. Et personne ne m'avait jamais dit que j'étais belle.

– Qu'est-ce que vous voulez ? j'ai demandé d'une voix brisée.

– C'est simple.

Tu as souri, ta cigarette collée au bout de ta lèvre.

– De la compagnie.

Lorsque tu as allumé ta cigarette, je lui ai trouvé une drôle d'odeur, plus naturelle que celle du tabac, mais moins forte que celle de l'herbe. Tu as inhalé profondément, puis tu as de nouveau tourné le regard vers les rochers.

J'ai remarqué une brèche au milieu, on aurait dit un passage.

– Combien de temps vous allez me garder ? ai-je demandé.

Tu as haussé les épaules.

– Toujours, bien sûr.

Quand la lumière a décliné pour laisser place à la grisaille du crépuscule, tu as tourné les talons pour rentrer.

– Suis-moi, tu as dit.

Tu t'es arrêté dans la véranda qu'on avait traversée plus tôt, à côté d'une rangée de batteries énormes. Les câbles fixés dessus montaient jusqu'au plafond, une fois passée toute une série d'interrupteurs. Sur l'étagère au-dessus de toi s'alignaient six lampes à paraffine. Que se passerait-il si j'en renversais une ? Le choc t'assommerait-il ? Combien de temps aurais-je alors pour m'enfuir ? Tu t'es penché, pour vérifier quelque chose, puis tu as actionné un interrupteur.

– Le groupe électrogène, tu as dit en indiquant les batteries. Il fournit l'électricité pour les appareils de la cuisine et les ampoules de la maison.

Mais j'avais toujours les yeux fixés sur les lampes. Tu as surpris mon regard et tu en as descendu une, que tu m'as fourrée dans les mains. Je l'ai prise par la partie renflée du milieu et la petite poignée métallique a cogné contre le verre. Tu as commencé à m'expliquer comment m'en servir. Quand tu t'es retourné pour en prendre une autre, je l'ai brandie vers toi, mais je tremblais trop pour parvenir à te frapper avec. Alors je suis restée comme j'étais, la lampe tenue en l'air, une vraie idiote. N'empêche, tu as compris ce que j'avais eu l'intention de faire et tu t'es empressé de remettre la deuxième lampe sur l'étagère, puis de récupérer la mienne.

– Tu ne peux pas te débarrasser de moi comme ça, tu as dit, avec un petit rictus.

Tu m'as pris la lampe des mains, tu as versé de la paraffine dans le réservoir et tu l'as allumée. Puis tu m'as fait sortir de la véranda. La lampe tenue devant toi, tu m'as ramenée à la pièce où j'avais dormi.

– C'est ta chambre, tu as dit.

Tu es allé à la commode près de la porte.

– Tu trouveras des draps propres à l'intérieur.

Tu as ouvert le tiroir du bas pour me montrer. Puis les deux du dessus, dans lesquels il y avait des T-shirts, des débardeurs, des shorts et des pulls. J'ai passé la main sur un des T-shirts, beige, ordinaire, taille trente-huit, neuf visiblement.

– C'est ta taille, non ? tu as dit.

Je ne t'ai pas demandé comment tu connaissais ma taille. Je ne pouvais détacher mes yeux des vête-ments, tous beiges et tristes. Aucune marque nulle part, pas le moindre chic. Ils avaient dû être achetés dans un magasin minable. Tu m'as montré les deux petits tiroirs du haut.

– Sous-vêtements, tu as dit.

Puis tu as reculé, mais je n'ai pas regardé à l'inté-rieur des tiroirs.

– J'ai des jupes et une ou deux robes, si tu veux. Dans l'autre pièce. Elles sont vertes.

J'ai plissé les yeux. Le vert était ma couleur préfé-rée. Comment savais-tu tout ça ? Le savais-tu seule-ment ? Tu t'es dirigé vers la porte.

– Je vais te montrer les autres pièces.

Quand tu t'es aperçu que je ne te suivais pas, tu as fait demi-tour et tu es venu te planter devant moi. Tellement près que j'ai senti l'odeur de cigarette qui imprégnait encore tes vêtements.

– Gemma, je ne te ferai pas de mal, tu as dit dou-cement.

Et tu es reparti. Dans la semi-obscurité, j'ai entendu les murs gémir, se contracter sous l'effet de la chaleur du jour qui se dissipait. J'ai suivi la lumière de ta lampe dans la pièce suivante.

Un lit de camp était poussé contre un mur, des couvertures en désordre dessus. Il y avait une table de nuit à proximité, une armoire contre le mur d'en face et une commode à côté.

– Je dors ici pour l'instant…, tu as dit en esquivant mon regard.

J'ai éludé la façon tu avais laissé ta phrase en suspens, inachevée.

Je connaissais déjà la salle de bains. La porte d'après ouvrait sur un long placard. Pas grand-chose à l'intérieur, à part des balais, une serpillière et plusieurs caisses métalliques. J'ai suivi ta lampe dans la pièce d'en face, la dernière à donner sur le couloir. Celle-ci était plus grande que ta chambre, presque autant que celle dont tu disais qu'elle était la mienne. Il y avait un placard à un bout et un fauteuil. Une bibliothèque dont les rayonnages n'étaient pas franchement pleins occupait toute la longueur d'un mur. Tu as ouvert le placard et tu m'as montré les jeux entassés sur l'étagère du bas Uno, Puissance 4, Tête de pioche, Twister. Des jeux auxquels on avait joué à la maison, je me rappelais des parties avec des amis ou avec mes parents, à Noël. Mais ces jeux-là étaient fanés, obsolètes, à croire qu'ils avaient été achetés dans une boutique d'occasions à but caritatif.

– Il y a aussi une machine à coudre, une guitare, des trucs de sport, tu as dit.

J'ai jeté un coup d'œil aux livres sagement alignés sur les étagères. À la lueur de la lampe, je n'ai pu lire que quelques titres. *Les Hauts de Hurlevent*, *Gatsby le magnifique*, *David Copperfield*, *Sa majesté des mouches*, des livres que j'avais étudiés en classe. Aucun auteur moderne, que des classiques. Je suis passée à l'étagère suivante. Essentiellement des guides, un manuel sur la faune et la flore du désert, des études sur les serpents. Un livre sur l'art des nœuds, la construction des abris et d'autres encore sur les rochers. J'ai aperçu également un dictionnaire des langues aborigènes. En parcourant tous ces titres, j'ai soudain compris quelque chose.

– On est en Australie, n'est-ce pas ?

Un brusque hochement de tête de ta part.

– Tu en as mis du temps, tu as marmonné.

Je t'ai revu à l'aéroport, me demandant si j'avais jamais songé à y venir et puis il y avait ton drôle d'accent. Ça tenait debout. Sauf que j'avais toujours imaginé l'Australie tout en plages et en bush, non en interminables étendues de sable rouge. J'ai entra-perçu malgré tout une brève lueur d'espoir, l'impression que tout n'était peut-être pas perdu. L'Australie était un pays civilisé, avec des lois, une police et un gouvernement. Il se pouvait que des gens soient déjà à ma recherche, la police à mes trousses. Le pays tout entier en état d'alerte. Puis la lueur d'espoir s'est éteinte. Tu m'avais enlevée à Bangkok. Qui aurait l'idée de me chercher en Australie ?

– Qui sait que je suis ici ? ai-je demandé.

– Personne. Personne ne sait qu'on est, toi et moi, en plein désert australien. Dans un endroit qui n'est même pas marqué sur une carte.

Je me suis obligée à déglutir.

– Ça n'existe pas les endroits pas marqués sur une carte.

– Ça, si.

– Vous mentez.

– Non.

– Comment vous m'avez amenée ici alors?

– À l'arrière de la voiture. Ça m'a pris pas mal de temps.

– Sans carte?

– Je viens de le dire, tu as rétorqué d'un ton acerbe. Ça m'a pris du temps.

– Je m'en souviendrais.

– J'ai fait ce qu'il fallait pour que tu ne t'en souviennes pas.

Ta réponse m'a cloué le bec. Tu as évité mon regard et j'ai reculé d'un pas. Je me suis rappelé l'odeur de produit chimique sur le chiffon que tu m'avais collé sur le visage, les cahots engourdis du voyage en voiture dans un état comateux, les chocolats écœurants. J'ai essayé de repêcher d'autres souvenirs, mais ils se refusaient à moi. J'ai secoué la tête, pas franchement pressée de les voir revenir non plus. J'ai reculé encore un peu dans l'obscurité et me suis adossée à la bibliothèque. J'avais la tête qui tournait. Je me demandais ce que tu pouvais me cacher encore. Quels horribles petits secrets.

– Quelqu'un vous a forcément vu, ai-je murmuré.

– Ça m'étonnerait.

– Il y a des caméras dans les aéroports, la surveillance vidéo est partout de nos jours.

– Dans le centre de Londres peut-être, des milliers de caméras. La plupart n'ont même pas de pellicule dedans.

Tu as levé la lampe. La lumière a projeté des ombres sur ton visage, dessiné des cernes sombres sous tes yeux.

– Quelqu'un est forcément à ma recherche. Mes parents.

– Sûrement.

– Ce sont des gens importants, vous savez.

– Je sais.

– Ils ont plein de relations, de l'argent. Ils vont passer à la télé, diffuser ma photo partout dans le monde. Quelqu'un me reconnaîtra.

– Ça m'étonnerait.

Tu as orienté la lampe vers moi, j'ai senti la chaleur de la flamme.

– Tu as passé pratiquement tout le trajet dans le coffre, sous une tente.

Ma poitrine s'est serrée à nouveau en imaginant mon corps roulé en boule, contorsionné, jeté dans un coffre comme une valise. On se serait cru dans un film d'horreur, sauf que la scène du couteau n'était pas encore passée. J'ai croisé les bras. Comment était-il possible que je ne me rappelle rien de tout ça ? Pourquoi des bribes ? Je me suis éloignée à reculons vers la porte.

– À l'aéroport, vous avez forcément été vu, ai-je dit, parlant plus pour moi, en fait. J'ai été vue. Il n'est pas possible que vous ayez pu passer tous les contrôles de sécurité sans que personne…

– Si quelqu'un t'a vue, il ne pouvait pas te reconnaître.

– Pourquoi ?

– Tu avais une perruque, des lunettes de soleil, des talons hauts, une autre veste. Le passeport que j'avais pour toi portait un nom différent. J'ai jeté le tien à la poubelle.

Tu t'es approché de moi. À nouveau, cette intensité incroyable dans tes yeux, comme si tu voulais quelque chose de moi et je me suis rappelé la façon dont tu m'avais fixée à la cafétéria. Ton regard perçant m'avait fait complètement craquer sur le moment. Aujourd'hui, c'était bien différent. J'ai tourné la tête vers la bibliothèque, le *Guide des mammifères australiens* était à quelques centimètres de mon visage. J'ai envisagé de te le balancer à la figure.

– On a jeté ton sac à dos à la poubelle avec, tu as ajouté. Tu ne te souviens pas t'être changée, avoir mis une jupe ? M'avoir touché ? Tu trouvais ça drôle.

De l'eau salée m'a envahi la bouche comme si j'allais vomir. Tu as fait un pas de côté, te mettant entre la porte et moi. J'ai tendu la main vers le *Guide des mammifères*.

– Tu es quelqu'un d'autre, maintenant, Gem, tu as murmuré. Tu t'es débarrassée de ton vieux toi. C'est l'occasion de prendre un nouveau départ.

– Je m'appelle Gemma, ai-je chuchoté, brandissant le livre comme une menace, une arme pour ainsi dire ! Et je ne vous ai pas laissé faire tout ça.

– Si, et ça te plaisait.

Tu t'es posté pile devant moi, j'ai reculé contre la bibliothèque. Tu as tendu la main pour m'effleurer la joue, elle est devenue instantanément brûlante. J'ai levé le livre pour me protéger le cou.

– Tu ne disais pas non à l'époque, tu te rappelles ? tu as murmuré.

– Sûrement pas.

Au contact de tes doigts, ma joue bouillait. Je t'ai rendu ton regard, les mâchoires serrées. Mais je me souvenais parfaitement, ce qui rendait les choses pire. Je me revoyais rire quand tu m'avais ajusté un truc sur la tête. Je me rappelais l'histoire des vêtements, ton dos. Je me rappelais mourir d'envie de t'embrasser. J'ai fermé les yeux. Un son est monté du plus profond de ma gorge et soudain, je me suis retrouvée accroupie contre la bibliothèque, ta main sur mon dos.

Je t'ai frappé violemment au menton, rassemblant toutes mes forces pour te repousser.

– Je vous hais! ai-je hurlé. Je vous hais jusqu'au trognon.

Tu as retiré ta main.

– Ça changera peut-être, tu as dit doucement.

Tu as emporté la lanterne, me laissant dans le noir, blottie contre la bibliothèque.

Comme d'habitude, impossible de trouver le sommeil cette nuit-là. Non à cause de la chaleur, il ne faisait pas chaud la nuit. Ni de l'obscurité. J'avais ouvert les rideaux, appelant le clair de lune de mes vœux.

Tandis que la chaleur se dissipait et que les murs de bois se dilataient autour de moi, j'avais l'impression que des loups étaient dans la maison, des loups hurlants, prêts à bondir. J'ai tendu l'oreille à l'affût de tes bruits, positionnant mon oreiller de sorte que je puisse voir la poignée de la porte. Je ne me suis pas retournée de peur que ce seul geste suffise à étouffer d'autres bruits venus de l'extérieur. Les craquements des murs avaient le même son que tes pas dans le couloir. Je me suis raidie à en avoir mal à la tête.

Une lampe brûlait faiblement à côté de mon lit. Je pouvais m'en saisir au besoin, la lancer dès que la porte se serait ouverte en raclant par terre. J'ai cherché où viser. Il y avait une tache noire près du chambranle, à peu près à la hauteur de ta tête. J'étais sûre de réussir mon coup. Mais ensuite quoi? Les portes étaient sûrement fermées à clef et, si ce n'était pas le cas, où m'enfuir pour que tu ne me retrouves pas?

Tu étais allongé dans la pièce d'à côté, à quelques mètres à peine, une mince cloison nous séparait. Je me suis efforcée de penser au lycée, à n'importe quoi d'autre qu'à toi. À Anna et Ben. Et même à mes parents. Mais rien ne marchait. Tout revenait à toi. Toi couché là, toi en train de rêver, de penser à moi. Je t'ai vu sur ton tas de couvertures en désordre, les yeux grands ouverts en train de réfléchir à la façon dont tu allais me tuer. Peut-être que tu te caressais en imaginant que c'était moi qui le faisais. À moins que, l'œil collé à une fente dans le mur, tu ne m'aies espionnée en train de te guetter. Si ça se trouve, tu prenais ton pied. J'ai tendu l'oreille pour repérer le moindre frôlement de tes cils contre le bois. Mais je n'entendais que des craquements.

J'ai fini par m'endormir, je me demande comment. L'aube devait pointer quand j'y suis parvenue, mon corps lâchait, épuisé par la tension. En dormant, j'ai rêvé…

J'étais à la maison, mais sans y être vraiment. Je pouvais voir ce qui se passait, mais personne ne me voyait. J'étais adossée à la fenêtre du salon.

Papa et maman étaient là également, assis sur le canapé blanc. Deux policiers leur parlaient, confortablement installés dans les fauteuils que maman avait rapportés d'Allemagne. La pièce était pleine de caméras et de cameramen. Des gens partout. Même Anna était là, debout derrière le canapé, la main sur l'épaule de maman. Un des policiers était penché en avant, les coudes posés sur les genoux, il bombardait maman de questions:

– Quand avez-vous vu votre fille pour la dernière fois, madame Toombs? Gemma a-t-elle jamais parlé de fuguer? Pourriez-vous me décrire la tenue de votre fille ce jour-là?

Maman était troublée, elle quémandait du regard les réponses à papa. Mais le policier était impatient et lançait des regards furieux aux caméras.

– Madame Toombs, la disparition de votre fille est une chose sérieuse. Vous vous rendez bien compte que vous allez faire la une de tous les journaux.

À ces mots, maman se tamponnait les yeux et réussissait même à ébaucher un pâle sourire.

– Je suis prête, a-t-elle dit. Nous devons faire tout notre possible.

Papa a rajusté sa cravate. Quelqu'un a braqué un projecteur sur eux tandis qu'Anna était poussée hors du champ.

J'ai essayé de crier, pour leur faire savoir que j'étais là, dans le salon avec eux, mais aucun son n'est sorti. Ma bouche s'est ouverte, mais le cri est resté coincé quelque part dans ma poitrine. Puis j'ai senti mon corps tiré en arrière, pressé contre la vitre, je l'ai senti traverser le verre tel un fantôme. Et je me suis retrouvée dehors, dans l'air glacial de la nuit.

Je me suis collée à la fenêtre, dans une vaine tentative pour repasser la vitre dans l'autre sens. J'avais mal, je gelais, je mourais d'envie de revenir à l'intérieur. Puis tes bras puissants ont été autour de moi, m'attirant contre ton torse, ton souffle chaud sur mon front.

– Tu es avec moi, maintenant, tu as murmuré. Je ne te laisserai jamais partir.

Je voyais maman t'implorer devant les caméras, tandis que les lumières brillaient de plus en plus fort.

Mais ton odeur de terre a envahi mes narines et ton corps m'a apaisée. Tes bras enroulés autour de moi, semblables à une couverture, ton torse dur comme de la pierre.

Je me suis réveillée, hors d'haleine. Ton odeur flottait encore dans la pièce. Elle emplissait l'espace tel l'air.

Je suis restée allongée, l'oreille tendue. Mais j'ai bientôt eu envie de faire pipi.

Et je ne suis pas retournée me coucher ensuite. Au lieu de ça, j'ai fait le tour de la maison à pas de loup. Tu n'étais nulle part. Je me suis mise en quête de clefs de voiture, de clefs de maison, de tout ce qui pourrait me servir. De quoi me défendre aussi. Et, bien sûr, j'ai cherché un téléphone, un moyen de communiquer avec les autres. Il devait forcément y avoir quelque chose, au moins une radio.

J'ai commencé par le salon. J'ai fouillé sans bruit, l'oreille toujours aux aguets. J'ai regardé dans les tiroirs, sous le tapis, suivi le rebord intérieur de la cheminée. Rien. Je suis passée à la cuisine. Sous le plan de travail, il y avait quatre tiroirs. Le premier ne contenait pas grand-chose, quelques sacs en tissu et des piquets de tente. Dans le troisième, j'ai trouvé des couverts émoussés. Possiblement utiles. J'ai pris un couteau, le plus coupant (je les ai testés en faisant des entailles dans le bois) et je l'ai glissé dans ma poche.

Le quatrième tiroir était fermé à clef. J'ai tiré dessus. La poignée a branlé, mais le tiroir n'a pas bougé. Il y avait une serrure au milieu. J'y ai collé mon œil, mais il faisait trop noir à l'intérieur pour voir quoi que ce soit. J'ai enfoncé mon couteau dans la serrure pour essayer de l'ouvrir, ça n'a pas marché. J'ai farfouillé dans les pots de thé et de sucre à la recherche de la clef.

J'ai exploré le reste de la cuisine, ouvrant délicatement les placards. J'ignore ce que je m'attendais à trouver, un instrument de torture, un couteau géant, peut-être. Qu'importe, je n'ai rien trouvé de tel, pas de clé non plus. Les placards renfermaient à peu près les mêmes choses que dans toutes les cuisines : bols, assiettes, ustensiles. Rien qui me soit d'une quelconque utilité à moins que je décide de te taper sur la tête à coups de poêle. C'était tentant.

Puis j'ai ouvert le grand placard près de la porte. C'est là qu'était rangée la nourriture. Boîtes et sachets étaient soigneusement empilés sur les étagères, et les sacs de farine, de sucre et de riz, alignés sur le sol. Je suis entrée. Tout était parfaitement organisé, la plupart des produits rangés par ordre alphabétique. À côté des sacs de lentilles se trouvait le melon séché, puis venaient les bocaux de mûres. Je me suis hissée sur la pointe des pieds pour voir sur les étagères du haut. Celles des douceurs visiblement, cacao, crème dessert. Au fond du placard, il y avait toute une étagère de bouteilles de jus d'orange.

Je suis restée un bon moment. Quand je suis sortie, tu étais là, dans la cuisine. Je me suis empressée de m'éloigner de toi à reculons. Tu avais les joues sales et les mains couvertes de poussière rouge, l'air sérieux. Tu m'attendais.

– Qu'est-ce que tu faisais là-dedans ?
– Je regardais, ai-je dit.

J'ai porté instinctivement la main au couteau émoussé dans ma poche. Tu as pincé les lèvres et tu m'as jeté un regard noir. J'ai senti mon cœur s'emballer en serrant mon couteau.

– Si je dois rester un peu, j'ai pensé que je ferais mieux de connaître les lieux, ai-je poursuivi d'une voix hésitante.

Tu as hoché la tête, visiblement satisfait de ma réponse. Tu t'es écarté pour me laisser passer. J'ai soufflé, aussi bas que possible.

– Tu as trouvé quelque chose d'intéressant ?

– Beaucoup de lentilles.

– J'aime les lentilles.

– Il y a des tonnes de nourriture.

– On en aura besoin.

J'ai fait le tour de la table pour m'éloigner davantage de toi, soulagée, et j'ai senti un vague courage m'envahir.

– Il n'y a donc pas de magasin ? Un endroit où se ravitailler.

– Non, je te l'ai déjà dit.

J'ai regardé à nouveau dans le placard. Comment t'y étais-tu pris pour rapporter tout ça ici ? Et qu'arriverait-il si je le détruisais ? Irais-tu en chercher d'autre ? J'ai passé la main sur le dossier d'une des chaises poussées sous la table.

– Il y a de quoi tenir combien de temps ? ai-je demandé, les yeux fixés sur la nourriture, m'efforçant de calculer.

Il y en avait assez pour un an. Peut-être plus.

Tu as haussé les épaules.

– Il y en a encore dans les dépendances, tu as dit. Bien plus.

– Et quand ces provisions-là seront épuisées ?

– Ça n'arrivera pas. Pas avant très longtemps.

Mon cœur s'est serré. Je t'ai observé tandis que tu ouvrais lentement le robinet, jusqu'à ce qu'un faible filet d'eau sorte en crachotant.

– De toute façon, on a des poules, tu as dit. Et quand tu te seras…

Tu t'es interrompu pour me regarder avant de choisir le bon mot.

– … quand tu te seras acclimatée, on pourra aller faire un tour dans le désert, ramasser de quoi manger. Et un de ces jours, on pourrait attraper un chameau, un couple peut-être. On pourrait les parquer au milieu des rochers, planter une clôture autour…

– Des chameaux ?

Tu as acquiescé.

– Pour le lait. On pourrait même en tuer un pour la viande, si tu veux.

– De la viande de chameau ? C'est dingue, ai-je dit.

J'ai surpris sur-le-champ l'avertissement dans ton regard, vu tes épaules se contracter. Je me suis tue, serrant plus fort le dossier de la chaise.

Tu t'es lavé les mains. L'eau coulait, rougeâtre comme du sang. Je l'ai regardée disparaître par la bonde en tourbillonnant. Tu t'es nettoyé les ongles à la brosse en chiendent. Comme je le disais, je me sentais un tout petit peu plus courageuse ce jour-là, pour la première fois depuis mon arrivée. Va savoir pourquoi, j'avais envie de te questionner davantage. J'avais l'impression que tu ne me regardais pas avec la même intensité non plus. J'ai contourné la table et je me suis postée à côté du tiroir fermé à clef.

– Pourquoi il est fermé à clef ? ai-je demandé.

– Pour ta sécurité. Après ton coup du poignet…

Tes mots moururent sur tes lèvres alors que tu te tournais vers l'évier pour reprendre ton brossage.

– Je ne veux pas que tu te refasses du mal.

– Il y a quoi à l'intérieur ?

Tu n'as pas répondu. Mais, lorsque je me suis mise à tirer sur le tiroir, tu as reculé et tu t'es jeté sur moi, m'enserrant la taille de tes bras. Tu m'as traînée à travers la cuisine et le long du couloir. J'ai hurlé et je t'ai tapé, mais tu as continué jusqu'à ma chambre. Tu m'as laissée tomber sur le lit. En un éclair, j'ai rampé loin de toi. J'ai cherché à tâtons mon couteau dans ma poche, mais tu étais déjà à la porte quand je l'ai sorti.

– Le déjeuner sera prêt dans une demi-heure, tu as dit.

Et tu as claqué la porte en sortant.

Cette nuit-là, je me suis couchée, le couteau émoussé serré dans mon poing et la lanterne à portée de main. Les rideaux étaient ouverts, la porte baignée de lune. Une chose dont j'étais certaine, c'est que tu ne me ferais jamais rien sans qu'il y ait bagarre.

Je t'ai étudié scrupuleusement, j'ai enregistré le déroulement de tes journées. Si je devais m'échapper, j'avais besoin d'en savoir plus sur cet endroit et sur toi. J'ai regardé où tu mettais les choses et tâché de trouver un sens à ce que tu faisais. J'avais peur, certains jours, j'en devenais idiote, mais je me suis obligée à réfléchir.

À l'aide du couteau émoussé que j'avais subtilisé, j'ai fait des encoches sur le côté intérieur du lit. Je ne me rappelais plus le nombre de jours qui s'étaient déjà écoulés, mais il devait y en avoir dix. J'ai tracé dix petits traits dans le bois. Quelqu'un qui aurait examiné le lit aurait pu penser qu'on y avait enregistré le nombre de fois où on avait couché ensemble.

Ton rituel quotidien était assez simple. Tu te levais tôt, aux heures les plus fraîches de la journée, quand la lumière pointait avec des reflets gris-violet. Je t'entendais faire ta toilette dans la salle de bains. Puis tu sortais. Quelquefois, tu tapais sur quelque chose du côté des dépendances. D'autres, rien. Je tendais l'oreille comme une folle à l'affût du moindre rugissement de moteur, une voiture ou un avion venant à ma rencontre dans un hurlement de pneus. Je me suis surprise à rêver d'autoroute. Mais jamais rien. Le silence était ahurissant. Une nouveauté pour moi. J'ai même cru avoir un problème d'ouïe. C'était comme si tous les sons auxquels j'étais habituée avaient été retirés, retranchés. Comparé au bombardement sonore de Londres, le désert me donnait l'impression d'être sourde.

Au bout de quelques heures, tu rentrais. Tu préparais le petit déjeuner et faisais du thé, m'en proposant toujours. C'était une sorte de porridge à l'eau avec de la viande sautée sur le dessus. Ensuite, tu ressortais pour le reste de la journée. Je te regardais franchir les trente mètres qui te séparaient du bâtiment le plus proche. Tu refermais la porte derrière toi. J'ignorais ce que tu faisais là-dedans pendant des heures, tous les jours. Pour autant que je sache, tu y séquestrais d'autres filles enlevées. Voire pire.

J'ai découvert l'endroit le plus sombre et le plus frais de la maison, dans un coin du salon à côté de la cheminée. Je m'y asseyais et j'essayais de réfléchir aux moyens de m'enfuir. Je me refusais à abandonner. Je savais que si je renonçais, ce serait la fin. Autant mourir.

À ton retour, tu voulais toujours engager la conversation, mais ça ne marchait pas. Tu ne peux pas m'en vouloir. Chaque fois que tu levais les yeux sur moi, je me raidissais, ma respiration s'emballait. Quand tu me parlais, j'avais envie de hurler. Mais je me lançais de petits défis. Une fois, je me suis obligée à te regarder. Une autre, je t'ai posé une question. Et le treizième soir, je me suis forcée à manger avec toi.

La nuit tombait quand je suis sortie du salon pour aller à la cuisine. Une ampoule brillait faiblement au-dessus de la cuisinière, une des rares de la maison, cernée de papillons et d'insectes qui venaient se cogner dessus. Elle te servait à t'éclairer pour faire la cuisine. Tu étais penché au-dessus d'une cocotte dans laquelle tu jetais des ingrédients, remuant rapidement le contenu. Le reste de la pièce était éclairé par des lanternes et des bougies, qui jetaient des ombres sur les murs. Tu as souri en me voyant mais, dans la pénombre, j'ai cru à une grimace.

Je me suis assise à table. Tu as posé une fourchette à côté de moi. Je l'ai prise, mais ma main s'est mise aussitôt à trembler. Je l'ai reposée. J'ai tourné les yeux vers le ciel noir de l'autre côté de la vitre. Tu as pris deux bols et tu nous as servis. Tu l'as fait délicatement, repêchant les meilleurs morceaux en premier. Tu as posé un bol devant moi. J'en avais beaucoup trop et le plat sentait fort le poivre blanc. J'ai toussé.

Il y avait de la viande dedans, du poulet peut-être, ou peut-être pas. Beaucoup de gras et de cartilage, des bouts d'os. Une patte pointait au milieu. Poulet ou pas poulet, tu avais fait cuire l'animal en entier au lieu de n'en prendre que des morceaux. J'ai cherché les légumes du bout de la fourchette. Je suis tombée sur un truc qui ressemblait à des petits pois fripés et durs. J'avais toujours la main qui tremblait, ce qui faisait cogner ma fourchette contre le bol. J'ai trouvé un vague bout de carotte que j'ai mastiqué.

À ce stade, j'avais renoncé à m'affamer. Si tu avais voulu m'empoisonner, tu l'aurais déjà fait. Mais je ne peux pas dire que j'ai apprécié la nourriture. Bien sûr, tu l'as remarqué. Rien de ce qui touchait à ma santé ne t'échappait.

– Tu ne manges pas assez, tu as dit.

J'ai baissé les yeux sur ma fourchette qui tremblait. J'avais la gorge trop serrée pour avaler. En plus, ton plat avait un goût de poubelle. Mais je me suis abstenue de te le faire remarquer, évidemment. Je t'ai regardé t'empiffrer en silence. On aurait dit un chien des rues, tu engouffrais la nourriture comme si tu devais ne plus jamais en avoir. Tu as pris un os et tu l'as rongé, arrachant des bouts de viande avec les dents. Je t'ai imaginé en train de me mordre, de déchirer ma chair en morceaux. J'ai repoussé les os sur le bord de mon bol.

La lune se levait déjà, un rayon est venu éclairer le sol à mes pieds. Dehors, dans les fondations des bâtiments, les grillons ont entamé leurs stridulations répétitives. Je me suis vue dehors, dans le noir avec eux, loin de toi. J'ai avalé ce qui restait de la pseudo carotte et rassemblé mon courage.

– Qu'est-ce que vous faites toute la journée ? ai-je demandé.

Sous l'effet de la surprise, tes sourcils ont fait un bond. Tu as manqué d'étouffer avec ta viande. J'ai regretté que ce ne soit pas le cas.

– Quand vous sortez, ai-je continué, quand vous allez dans la dépendance, vous y faites quoi ?

Tu as reposé ton os, tes joues brillaient de graisse à la lueur des bougies. Tu as ouvert des yeux comme des soucoupes, à croire que personne ne t'avait jamais posé ce genre de question. Ce qui devait être le cas.

– Ben, je... Je fais des trucs.

– Je peux voir ?

Je l'ai dit vite avant de changer d'avis. J'ai tourné à nouveau le regard vers la fenêtre. Si seulement je pouvais sortir, aller ailleurs. Tout plutôt que rester dans cette maison toute la journée.

Tu m'as fixée longuement, tripotant du bout des doigts les particules de viande restées attachées à l'os, tes doigts gras.

– Si tu m'accompagnes, je ne veux pas que tu tentes de t'échapper, tu as dit.

– Je ne le ferai pas, ai-je menti.

Tu as plissé les yeux.

– C'est juste que je ne veux pas que tu te fasses du mal.

– Je sais, vous n'avez pas à vous inquiéter, ai-je à nouveau menti.

Tu as jeté un coup d'œil par la fenêtre à la nuit, aux étoiles qui commençaient à faire leur apparition.

– J'aimerais te faire confiance, tu as dit.

Tes yeux sont revenus rapidement à moi.

– Je peux ? tu as demandé.

J'ai dégluti, m'efforçant de trouver un moyen de te convaincre et ça m'a mise en colère. Je refusais de m'abaisser à ton niveau, encore moins pour te demander quelque chose.

– Je sais que je ne peux aller nulle part, ai-je fini par dire. Que c'est inutile d'essayer de m'enfuir. Je n'essaierai même pas, je le jure.

Je continue de penser que tu n'as pas gobé ce dernier bobard.

– En plus, j'aimerais voir ce que vous faites toute la journée, ai-je alors ajouté.

J'ai même réussi à sourire en le disant. Je me demande d'où j'ai sorti ce sourire, j'avais dû trouver une force surhumaine. Mes yeux ne souriaient pas, eux, ils plongeaient dans les tiens avec haine.

Tu as écarquillé les tiens comme un enfant. Tes doigts ont joué avec la viande. Puis tu as hoché la tête de façon saccadée comme un petit oiseau. Tu devais avoir tellement envie de me croire, de penser que je cédais enfin. Ravalant ma fierté, j'ai fait un dernier effort.

– Faites exactement comme d'habitude, ai-je dit. Je veux juste voir.

Je t'ai entendu tousser avant d'ouvrir les yeux. Une aube grise se levait à peine. Tu étais debout à côté du lit, une tasse de thé à la main. J'ai reculé loin de toi. Tu devais déjà attendre depuis un certain temps. La tasse a heurté la table de nuit avec un petit bruit lorsque tu l'as posée dessus.

– Du thé, tu as dit. Je t'attends à la cuisine.

Pour une fois, je l'ai bu. Mais tu l'avais préparé à ton goût, avec deux sucres. Trop pour moi. Je me suis habillée, j'ai même mis les vêtements beiges que tu m'avais achetés. Ils sentaient le propre, les plantes aromatiques. J'ai enfilé les chaussures à lacets, du trente-huit, pile ma pointure. Puis j'ai suivi l'odeur du pain qui venait de la cuisine. Tu m'attendais sur la caisse en bois qui te servait de marche, devant la porte ouverte. Je me suis frotté les bras, sentant la fraîcheur de la brise. Mais c'était tellement bon de voir le monde à travers la porte ouverte, même s'il était plein de rien. Le soleil montrait à peine le bout de son nez. Ses rayons faisaient miroiter le sable derrière toi, on aurait dit que ton corps brillait, comme nimbé d'une sorte d'aura.

– J'ai fait du pain, tu as dit. Mange.

Tu m'as montré des boules sur le plan de travail. J'en ai pris une, elle était de la taille d'un petit pain, mais elle avait une drôle de forme. Trop chaude pour être tenue sans se brûler. Je l'ai fourrée dans ma bouche et c'est la lèvre que je me suis brûlée. Tu es allé me chercher de l'eau.

– Prête ?

J'ai acquiescé et suis sortie. La chaleur n'était pas aussi intense cette fois. Cela dit, le soleil me picotait la nuque. La caisse en bois a vacillé sous mes pieds. Je me suis protégé les yeux pour embrasser le paysage du regard. Comme elle était vaste, cette vue. Jamais je ne pourrai me la rappeler correctement. Comment peut-on se rappeler quelque chose d'aussi grand ? Le cerveau n'est pas conçu pour des souvenirs de cette taille. Il est fait pour des trucs comme les numéros de téléphone, la couleur des cheveux d'untel ou untel. Pas l'immensité.

Tu as poussé du sable caillouteux du bout du pied contre la caisse, du sable rouge foncé, de la couleur de la rouille. On l'aurait cru à base de sang et non de rochers érodés et il n'avait rien à voir avec du sable de plage. Tu as fait quelques pas, laissant traîner ton doigt sur la poussière collée au mur de la maison, dessinant une ligne tortueuse sur le bois. J'ai sauté de la caisse et je t'ai suivi. Tu as parcouru les quelques mètres jusqu'au coin de la maison dont j'ai remarqué pour la première fois qu'elle reposait sur de grandes dalles de béton. Un espace sombre et sans doute frais s'enfonçait dessous, assez large pour s'y faufiler. Tu t'es agenouillé pour y passer un bâton.

– Toujours là-dessous, tu as marmonné. Il est trop loin pour que je l'attrape.

– Qui ça ?

– Le serpent.

J'ai fait un bond en arrière.

– Quel genre de serpent ? Il peut entrer dans la maison ?

Tu as secoué la tête.

– Très peu de chance.

Tu as levé les yeux.

– Ne sors jamais pieds nus, compris ?

– Pourquoi ? C'est dangereux ?

Tu as fermé un œil pour te protéger du soleil et me regarder.

– Non, tu as dit. T'en fais pas.

Tu t'es relevé, les genoux rougeâtres.

– N'oublie pas de mettre des chaussures, OK ?

Tu t'es adossé à la maison, louchant pour apprécier sa longueur. D'où j'étais, elle paraissait malingre et négligée, semblable à un gros bout de bois flotté. Tu as sauté en l'air pour agripper le toit de tôle, puis tu t'es hissé au-dessus des madriers pour examiner une rangée de panneaux miroitants.

– Notre électricité. Et l'eau chaude aussi, tu as dit.

J'ai fait la grimace.

– Énergie solaire, tu as expliqué. On n'est pas reliés au réseau électrique, ça se voit, non ? tu as ajouté, voyant mon air ahuri.

– Pourquoi ?

Tu m'as regardée comme si j'étais une parfaite imbécile.

– Dans la région, le soleil est assez fort pour fournir Pluton en électricité. Ce serait complètement idiot d'utiliser une autre énergie. Mais je n'ai pas encore eu le temps de faire tous les branchements.

Tu as remué des câbles qui passaient dans les murs pour vérifier que tout était en ordre.

– Mais, d'ici peu, je pourrai installer d'autres lampes dans la maison, si tu veux, par exemple.

Des gouttes de sueur se sont formées sur mon front. Bien qu'il ait été tôt, le soleil transperçait mon T-shirt, me brûlait les bras. Tu t'es laissé tomber dans le sable avec un bruit doux.

– Tu veux voir mon carré d'herbes aromatiques ?

Tu as traversé le sable en direction des dépendances. Je t'ai suivi sans perdre une miette du paysage, en quête de n'importe quoi, n'importe qui, une trace de vie. Tu t'es approché d'une petite parcelle clôturée à proximité du 4 x 4. Le sol y avait été retourné.

– Voilà, tu as dit. Sauf qu'elles ne sont pas en grande forme.

J'ai regardé ta collection de tiges ratatinées. On aurait dit le carré d'herbes que maman avait essayé de faire pousser dans les jardinières en terre cuite de la cour. Maman n'a jamais vraiment eu la main verte.

– Elles sont complètement fichues, ai-je dit.

Je me suis accroupie et j'ai passé la main entre les piquets pour toucher la terre, dure comme du bois. J'avais fini par reprendre le carré d'herbes de maman. J'avais fait pousser du persil, de la menthe, du moins jusqu'à l'hiver.

– J'ai été bête de l'installer ici, tu as dit en ramassant sans conviction les tiges friables.

Une feuille est tombée dans ta main. Tu as regardé vers les rochers derrière la maison.

– Le jardin des Différents est mieux.

Je les ai regardés moi aussi.

– Il y a quoi d'autre dedans? ai-je demandé.

– Des légumes, des herbes, plein de choses à manger, des plantes du désert, des *turtujarti*, des *minyirli*, des *yupuna*, des tomates du bush, ce que tu veux. Des cailles des chaumes y passent, des lézards. J'ai des poules aussi.

– Des poules?

– Quelqu'un a abandonné une cage au bord de la route sur le chemin du retour, je l'ai ramassée. Tu ne te rappelles pas les poules à l'arrière de la voiture?

Une lueur a traversé ton regard.

– Sans doute pas, hein? Elles étaient à moitié mortes et tu ne valais guère mieux.

Tu as sorti une petite flasque de ta poche et arrosé les herbes grillées.

– De l'eau, tu as expliqué.

J'ai eu envie de t'arracher la flasque des mains pour leur en donner plus.

– Elles n'en ont pas eu assez, ai-je dit.

Tu m'as lancé un regard noir, mais tu leur as octroyé quelques gouttes supplémentaires. Puis, tu t'es relevé.

– Les herbes des Différents sont plus belles, tu as répété. Il y a de l'ombre, de l'eau.

Je me suis rappelé le passage qui pénétrait à l'intérieur. J'ai essayé d'imaginer ce qui pouvait y avoir de l'autre côté.

– On peut y aller? ai-je demandé.

Ton regard m'a effleurée, jaugeant mes intentions.

– Demain, peut-être.

Tu t'es éloigné du carré d'herbes, faisant quelques pas dans le sable, dos aux Différents, les yeux tournés vers l'horizon, vers cette étendue de terre infinie couleur rouille. Une terre qui s'étirait devant nous par vagues, telle une mer de poussière démontée, avec des petits buissons verts flottant à la surface.

– Il n'y a personne avant des centaines de kilomètres, tu as dit. Ça ne rend pas les choses plus belles?

Je t'ai jeté un regard de côté, vérifiant si tu plaisantais ou si tu cherchais à me faire peur. Mais sans doute pas. Tu avais ce regard lointain qui te donnait l'air de voir au-delà de l'horizon. Tu ne me faisais plus peur. Tu avais des allures d'explorateur, étudiant le paysage, préparant sa prochaine étape.

– Comment s'appelle ce désert? ai-je demandé. Il a un nom?

Tu as cillé. Ta bouche s'est crispée.

– De sable.

– Quoi?

Tu as serré les lèvres pour t'empêcher de rire. Mais impossible. Tes épaules se sont secouées et tu t'es penché en avant. Ton rire tonitruant m'a fait bondir. Tout ton corps s'agitait au rythme de ton rire et tu t'es finalement écroulé dans le sable. Tu en as pris une poignée dans ta main et tu l'as laissé couler entre tes doigts.

– Il porte bien son nom, hein ? tu as dit, une fois calmé. C'est le Grand Désert de Sable et il est en sable.

Tu as écarté les doigts, déversant une pluie de grains orangés.

– Rien qu'un paquet de dunes. Viens voir, tu as dit.

Je me suis approchée. Tu as ramassé une autre poignée que tu m'as montrée, tes doigts fourrageant dans les grains minuscules.

– C'est le sable le plus vieux du monde, tu as dit. La terre sur laquelle je suis assis a mis plusieurs milliards d'années à se former, à partir de montagnes.

– De montagnes ?

– Autrefois, il y avait un massif plus haut que les Andes ici. C'est une terre très ancienne, une terre sacrée, elle a tout vu.

Tu m'as tendu le sable.

– Sens sa chaleur. Ce sable est vivant.

Je l'ai pris dans mes mains et je me suis brûlée. Je l'ai lâché d'un coup. C'était la seconde fois de la matinée que je me brûlais à cause de toi. Tu as passé la main à l'endroit où le sable était tombé, puis tu l'as enfouie dessous. Tu as fermé les yeux pour te protéger du soleil.

– Le sable est chaud, doux et sûr, comme le ventre maternel.

Tu y as enfoui l'autre main. Tes épaules se sont relâchées et ton corps s'est immobilisé. Tu avais l'expression du type qui vient de tirer sur un joint, extatique. Bizarre. J'ai reculé d'un pas, puis d'un autre. Tu ne m'en as pas empêchée. Au bout d'un instant, tu as retiré tes chaussures et enfoui tes pieds dans le sable. Avec tes quatre membres ensevelis, on aurait dit que c'était le sable qui t'avait donné naissance. Tu as ouvert un œil pour vérifier où j'étais.

– À quoi tu penses ?

J'ai désigné tes pieds d'un signe de tête.

– Ça fait mal ?

– Non, tu as répondu en secouant la tête. J'ai les pieds durs. Il faut l'être ici pour survivre.

Le soleil me brûlait la nuque. J'ai cru voir quelque chose dans le lointain sur ma gauche, une ombre. Des rochers peut-être, ou de la brume de chaleur. C'était douloureux de se concentrer dessus. J'ai avancé de quelques mètres pour avoir une meilleure vue, mais j'ai très vite renoncé. Ombres ou pas ombres, elles étaient dix fois trop loin. J'aurais mis des heures, voire des jours, pour m'en approcher.

Je me suis accroupie à côté d'une des innombrables touffes d'herbe qui parsemaient le paysage. De loin, elle avait un aspect spongieux et doux, mais en passant la main dessus, je me suis égratignée aux piquants. C'était sur ces fameux piquants que j'avais marché en tentant de m'enfuir, raison pour laquelle j'avais eu les pieds écorchés.

Je t'ai senti venir derrière moi. Tu as dégluti et ça m'a rappelé notre rencontre à l'aéroport. À l'époque, tu étais assez près pour m'effleurer. Cette fois, je me suis écartée. En me retournant, je me suis aperçue que tu levais la main, comme pour me caresser.

– Ne faites pas ça, s'il vous plaît.

Tu t'es rabattu sur la plante, effleurant une de ses longues feuilles en forme d'aiguille. Ça n'avait pas l'air de te piquer.

– Herbe porc-épic. Quand il fait vraiment sec, ses feuilles s'enroulent sur elles-mêmes.

Tu m'as regardée de tes yeux translucides à la lumière du soleil.

– Bonne tactique de survie, non?

Je ne voulais pas de tes yeux translucides, j'ai scruté les ombres dans le lointain. La chaleur commençait à stagner au-dessus du sol, rendant toute chose tremblotante, irréelle, me rendant malade.

Tu es parti vers les dépendances. Devant ta voiture, j'ai hésité, jetant un coup d'œil par la vitre pour voir si tu avais laissé les clefs sur le contact. En m'appuyant contre la portière, j'ai taché mes vêtements de poussière rouge. Sous la couche de sable, la voiture était blanche. Des taches de rouille apparaissaient autour du pare-brise, un jerricane d'essence ou de je ne sais quoi traînait sur le siège arrière et un chiffon roulé en boule sur le siège avant. Il y avait deux leviers de vitesse sous le tableau de bord. J'ai posé la main sur le pneu rebondi et chaud.

Quand je t'ai rejoint, tu avais l'air agacé.

– Je ne sais pas pourquoi tu persistes, tu as dit. Tu ne peux pas t'enfuir.

Tu as sorti une clef de ta chemise et tu es monté sur la caisse en bois devant la porte du premier bâtiment. Tu as introduit la clef dans la serrure avec un petit *cling*. Puis tu t'es arrêté.

– Je ne te laisse pas entrer si tu n'es pas prête, tu as dit d'un ton ferme.

La porte est retombée sur ses gonds quand tu l'as ouverte. La pièce était plongée dans le noir et semblait vide. Je devinais des objets un peu plus loin, mais autrement, rien. L'envie d'entrer m'a soudain quittée. Je me suis figée, le souffle court. Je t'ai vu en train de me tuer dans cette pièce, dans le noir, abandonnant mon corps à la pourriture. Tu souriais bizarrement, comme si c'était ton intention.

– Je ne sais pas si…, ai-je commencé.

Mais tu m'as attrapée par les épaules et poussée à l'intérieur.

– Tu vas adorer, tu as dit.

Je me suis mise à hurler. Tu m'as ceinturée de tes bras puissants, me serrant de plus en plus fort. Je me suis débattue, mais tu me tenais solidement, tel un python. Tu m'as tirée au milieu de la pièce. Il faisait noir comme dans un four.

– Ne bouge pas ! tu as crié. Reste tranquille. Tu vas tout abîmer.

Je t'ai mordu le bras, je t'ai craché dessus. Je ne sais comment, j'ai réussi à me dégager. Je suis tombée par terre en me cognant brutalement le genou. Tu m'a saisie par les épaules et tu m'as plaquée au sol, usant de toute ta force pour m'immobiliser.

– Je t'ai dit de pas bouger !

Tu étais hystérique, ta voix sur le point de craquer. J'ai gratté le sol à la recherche d'un objet, essayé de me traîner.

– Ne me faites pas de mal ! ai-je crié.

J'ai balancé le poing et il a atteint je ne sais quoi. Je t'ai entendu suffoquer et, brusquement, tu m'as lâchée. Je me suis remise debout tant bien que mal et j'ai couru vers l'endroit où je pensais trouver la porte.

– Arrête-toi ! Arrête !

J'ai trébuché et je suis tombée par terre. J'ai senti quelque chose de collant et d'humide sous mes mains. J'ai rampé pour sortir de cette zone, mais elle n'en finissait plus. Tout le sol était humide. Puis j'ai rencontré d'autres trucs, des trucs durs, pointus, qui m'écorchaient les jambes. Des boules de tissu aussi. On aurait dit des vêtements, les vêtements des filles que tu avais tuées dans cette pièce. Cette fois, j'avais de la matière collante jusqu'aux coudes. Comme du sang. M'avais-tu frappée sans que je m'en rende compte ? Je me suis touché le front.

– Arrête ! Je t'en supplie, Gemma, reste où tu es !

Je pleurais et criais en même temps, tentant vainement de m'enfuir. Tu hurlais aussi, parcourant la pièce à ma recherche comme un ours. D'une seconde à l'autre, une lame pouvait me traverser l'épaule, une hache me trancher la tête. Je n'arrêtais pas de me toucher la joue pour vérifier que je n'avais pas été frappée. Je me palpais la gorge. J'ignorais où était la porte. Je glissais sur le sol à tâtons, cherchant désespérément de quoi me protéger. Mes chaussures dérapaient sur la surface mouillée.

Quand, tout à coup, tu as ouvert les rideaux. Et j'ai vu.

Aucun cadavre, aucun corps. Dans la pièce qui occupait toute la superficie du bâtiment, il n'y avait que nous deux. Et les couleurs.

J'étais assise en plein milieu. De la terre, de la poudre, des plantes, des rochers, éparpillés partout autour de moi. J'avais les bras couverts de sang. Du moins, c'est ce que j'ai cru au début. Tout était rouge, y compris mes vêtements. Je me suis touché le front, mais je n'avais pas mal. Je n'avais mal nulle part. J'ai porté mon bras à mon nez, il sentait la poudre.

– C'est de la peinture, tu as dit. Faite à partir de roches.

J'ai pivoté à la vitesse de l'éclair, t'ai trouvé. Tu étais entre la porte et moi. Ton visage était animé d'une intense sauvagerie, tu avais les lèvres serrées de colère, les yeux rivés sur moi, le regard sombre. Je me suis mise à trembler. J'ai reculé en quête de quelque chose auquel me raccrocher, mais je n'ai trouvé que des tiges de fleur, des épines d'herbe porc-épic. J'ai continué de reculer jusqu'au mur. Puis j'ai attendu, chaque particule de mon corps focalisée sur toi, sur ce que tu allais faire ensuite, vers où tu irais. J'avais le souffle rauque. Je me suis demandé avec quelle force j'étais capable de te frapper. Si je pouvais gagner la porte en t'esquivant.

Tu me regardais. Je ne t'avais jamais vu cet air de sauvagerie, mais tu ne bougeais pas d'un pouce, toute ta colère ramassée dans ton visage tendu. Seul le souffle de ma respiration folle s'entendait, suspendu entre nous. Tu avais les poings serrés. J'y voyais saillir tes veines, blanchir tes articulations. J'ai risqué un œil jusqu'à ton visage.

Tu avais les yeux plissés, comme pour lutter contre quelque chose qui montait en toi, une émotion incontrôlable. Soudain, tu as pressé les poings contre tes joues, appuyé sur tes yeux. Un grognement sourd est monté de ta poitrine. Mais rien n'y a fait, les larmes sont venues, ruisselant sur ton visage, dégoulinant de ton menton.

Je n'avais jamais vu un homme pleurer, sauf à la télé, jamais vu mon père au bord des larmes. C'était tellement incongru de ta part. J'ai eu l'impression que le courant débordant de ta force se tarissait. Sous l'effet de la surprise, ma peur s'est envolée. J'ai pris une profonde inspiration et me suis détournée. Les murs étaient peints de larges bandes de couleur, sur lesquelles étaient collés des plantes, des feuilles, du sable.

Tu t'es avancé vers moi et, instantanément, mon regard s'est reporté sur toi. Tu t'es accroupi sur les talons. Tu n'es pas entré dans la zone où j'étais, la zone pleine de sable et de matière collante. Tu es resté à la lisière, à regarder l'ensemble, à me regarder. Tes yeux d'un bleu perçant, animés de la même sauvagerie.

– Tu es assise sur mon tableau, tu as fini par dire.

Tu t'es penché pour caresser une feuille.

– C'est moi qui ai fait tout ça.

Tu as passé la main sur le bord de la composition, effleurant le sable.

– J'avais dessiné des motifs et des formes, en m'inspirant de la terre…

Tu t'es figé, plein de colère à la vue du désastre que j'avais provoqué. Mais, très vite, tu as haussé les épaules avec un soupir, puis tu les as laissées retomber.

– Mais il faut croire que tu as créé un nouveau motif. D'une certaine façon, c'est mieux. Tu en es un des éléments.

J'ai vu la trace que j'avais faite par terre en rampant, la peinture que j'avais étalée partout. Je me suis remise debout en tremblant. Un petit tas de brindilles est tombé de mon genou. Je t'ai regardé, tes yeux striés de rouge, les traces des larmes sur tes joues, tes mâchoires crispées. Tu avais une tête de dingue, celle du déficient mental qui ne croit pas à l'utilité des médicaments. J'ai tourné des phrases dans ma tête, cherchant quoi dire pour sortir de cette pièce sans te rendre plus furieux encore. Comment atteindre la porte sans te bousculer au passage ? Comment était-on censé se comporter avec les fous ? Mais c'est toi qui as brisé le silence.

– Je n'avais pas l'intention de te faire peur, tu as dit d'une voix normale. J'étais inquiet pour mon tableau. Ça fait très longtemps que j'y travaille.

– J'ai cru que vous alliez... J'ai cru...

Les images que j'avais dans la tête étaient trop horribles pour être formulées.

– Je sais, tu t'es passée la main dans les cheveux en y laissant des traces de sable rouge.

Tu avais l'air sérieux, fatigué, vidé, ton front était tout plissé.

– Détends-toi, tu as dit. Je t'en supplie, détends-toi. Pour une fois. On ne peut pas continuer comme ça. Fais-moi confiance, tout est pour le mieux.

Tu semblais sincère, comme si tu voulais effectivement mon bien. J'ai traversé ton drôle de tableau pour m'approcher de toi, plus près que je n'en avais envie.

– D'accord, ai-je dit, tremblant de tout mon corps, qui semblait ne tenir debout que par ces tremblements.

Je devais adopter un ton léger et amical. C'était bien la seule chose que je savais concernant les fous, du moment que le ton est juste...

J'ai rassemblé mon courage pour te regarder dans les yeux. Ils étaient larges comme des soucoupes, mais moins rouges.

– Laissez-moi partir. Juste un instant. Tout va bien se passer, ai-je dit, essayant de donner des accents apaisants à ma voix, d'obtenir ton accord.

J'ai jeté un coup d'œil furtif à la porte.

Tu t'es remis à pleurer, incapable de soutenir mon regard. Tu as posé le front sur le sable et de la poussière rouge s'est collée à tes joues humides. Tu as ravalé tes larmes et repoussé le sable de la main pour l'organiser en une ligne parfaite, me cachant ton visage.

– Très bien, tu as dit, mais si bas qu'au début, j'ai cru n'avoir rien entendu. Je ne t'en empêcherai pas. Je viendrai juste à ton secours quand tu te seras perdue.

Je n'ai pas demandé mon reste. Je suis passée devant toi, le corps tendu à l'extrême, certaine que tu allais te jeter sur moi, que j'allais sentir tes mains dures agripper mes cuisses. Mais tu n'as pas fait un geste.

La porte s'est ouverte facilement. J'ai appuyé sur la poignée et je suis sortie sous un soleil brûlant qui m'a aveuglée. Dans mon dos, j'ai surpris tes sanglots.

J'ai pris mes jambes à mon cou. Je suis passée en trombe devant la deuxième dépendance et j'ai couru vers l'éminence rocheuse des Différents. Je jetais d'incessants regards derrière moi, mais tu n'étais pas à mes trousses. En quelques mètres, j'étais trempée de sueur. Je sautais par-dessus les touffes d'herbe porc-épic et trébuchais sur des racines aériennes en me félicitant d'avoir mes grosses chaussures aux pieds.

À l'approche des rochers, j'ai ralenti. Je me suis à nouveau étonnée des piquets en bois qui ceinturaient l'extérieur à intervalle régulier, et du tuyau en plastique qui courait jusqu'à la maison. Je n'avais qu'à le suivre. J'ai scruté la mince crevasse par laquelle il pénétrait à l'intérieur des rochers, l'interstice qui m'était apparu comme un chemin depuis la galerie. Mais était-ce la bonne voie ? L'autre option était de faire le tour par l'extérieur en évitant complètement l'intérieur, et de gagner ainsi l'autre côté. Mais je perdais le tuyau. Or, je continuais de penser qu'il faisait partie d'un système d'adduction plus vaste, qui pouvait me conduire à une autre habitation.

J'ai entendu un bruit sourd du côté des dépendances et pris ma décision. Je suivrais le tuyau.

Le passage était caillouteux et irrégulier, et ne cessait de rétrécir. Mais il y a fait tout de suite plus frais, à croire que la fraîcheur venait des rochers eux-mêmes. J'ai mis un moment à m'habituer à la pénombre que leur haute stature faisait régner dans le passage. Celui-ci est devenu tellement étroit qu'il m'a fallu marcher un pied de chaque côté du tuyau. Très vite, j'ai eu l'impression que les parois se refermaient sur moi, m'écrasant comme une fleur. J'ai étendu les bras et appuyé les paumes sur leur surface sèche, comme pour les repousser. Dans ma hâte, j'ai trébuché sur le tuyau, me suis relevée à l'aide des mains. Le passage a continué de rétrécir, mais j'ai vu de la lumière au bout. Étais-je parvenue de l'autre côté ?

Quelques mètres encore et j'y étais. Mais non de l'autre côté. Le chemin débouchait en fait sur une clairière. La lumière y était plus vive, mais la végétation par laquelle elle filtrait lui donnait une couleur verdâtre. Je me suis arrêtée. La clairière était de la taille d'une grande pièce, mais cernée d'épais buissons et d'arbres, dont certains poussaient sur les flancs des rochers, s'épanouissant au-delà de leurs sommets. D'autres passages s'enfonçaient à l'intérieur. Quelle différence avec l'immensité désertique que je venais de quitter, l'environnement ici était tout autre. Le tout premier bout de verdure que je voyais depuis des siècles.

Je me suis avancée au milieu de la clairière. Le tuyau s'incurvait vers la droite pour emprunter un passage plus large. À l'entrée, j'ai trouvé des cages. Les poules! Dès que je me suis approchée, elles se sont mises à glousser. Je me suis accroupie et j'ai regardé à travers le grillage. Elles étaient six, maigres comme des clous. La cage d'à côté abritait un coq. J'ai passé la main pour caresser les plumes noires de sa queue.

– Pauvre vieux, ai-je murmuré.

J'ai tiré sur le couvercle métallique de la cage des poules pour le faire basculer. J'ai introduit la main à l'intérieur à la recherche d'éventuels œufs, pensant en emporter avant de disparaître. Mais il n'y en avait pas. J'ai envisagé de libérer les bestioles, mais je n'avais aucune envie que leurs caquètements t'indiquent la direction que j'avais prise.

Derrière les cages s'étendait un carré de végétation dense, de drôles de baies jaunes pendaient aux branches et des fruits en forme de petite pomme émergeaient du feuillage. J'ai jeté un coup d'œil au passage étroit par lequel j'étais arrivée. Je perdais du temps. Tu pouvais débouler d'une seconde à l'autre. J'ai laissé les poules. Plus vite j'aurais traversé la clairière mieux ce serait.

J'ai suivi le tuyau. Le passage par lequel il passait

était plus large et plus plat que le précédent, m'obligeant à piétiner de larges touffes d'herbe. Je me suis demandé si des serpents s'y cachaient. Que faire si j'en voyais un? Je me suis rappelé ce film où un homme se fait un garrot au bras au-dessus de l'endroit où le serpent l'a mordu, mais il le serre trop fort et il est obligé de se faire amputer. J'ai repoussé ces pensées, elles ne m'étaient d'aucune utilité. J'ai continué d'avancer, espérant me diriger dans la bonne direction. Il me semblait que j'allais en ligne droite vers l'autre côté. Le soleil cognait au-dessus de ma tête, mais rien à voir avec la chaleur étouffante qui régnait près de la maison. La végétation était de plus en plus dense. À l'intérieur des rochers, plus rien ne rappelait le désert. Je n'étais pas allée bien loin quand le passage a débouché sur une autre clairière. Celle-ci était plus petite que la précédente, mais plus envahie de plantes aussi. J'ai suivi le tuyau jusqu'au milieu.

Le bassin était si bien caché par les arbres et les buissons que j'ai failli tomber directement dedans. Heureusement qu'une grosse branche m'a arrêtée à temps.

Les rochers qui surplombaient le bassin le protégeaient du soleil. De l'autre côté s'ouvrait une grotte juste au-dessus de l'eau, une grotte dont l'entrée était tapissée de mousse. Va savoir ce qui se cachait dans ce trou noir. Des serpents, des crocodiles, des cadavres. J'ai frissonné.

Accrochée fermement à ma branche, j'ai observé ce qui m'entourait, écoutant d'une oreille distraite les oiseaux qui gazouillaient au-dessus de ma tête. L'eau était profonde et sombre, mais pas trouble. Je voyais distinctement le sable et les algues au fond. J'aurais dû me douter qu'il y avait de l'eau. Comment expliquer autrement la présence des arbres ? Ils ne devaient évidemment pas leur survie à la pluie.

Je me suis accroupie au bord et j'ai plongé le doigt dans l'eau. Je l'ai retiré aussitôt, le souffle coupé. Elle était froide, presque glacée. Je mourais d'envie d'y plonger et de la boire entièrement. Mais je suis restée comme j'étais, accroupie. J'étais trop bête. Alors que je me déshydratais de seconde en seconde, je regardais toute cette eau sans en boire une goutte. Tu sais, j'ignorais si je pouvais la boire, ce qu'elle contenait. La seule chose à laquelle je pensais, c'est à une émission de télé sur un explorateur que j'avais vue. Le type avait bu l'eau d'une rivière et s'était retrouvé avec un petit poisson dans le ventre, qui lui mangeait les viscères. Un docteur avait été obligé de lui introduire un long tube dans le corps pour le retirer. Pas le moindre médecin autour de ce bassin. Et je ne voulais pas d'un petit poisson dans mon ventre, alors j'ai abandonné l'idée de l'eau. Je me suis relevée et j'ai fait le tour pour voir où le tuyau ressortait de l'autre côté.

Mais il ne ressortait pas. Il s'arrêtait au bassin et ne repartait nulle part. Je me suis passé la main dans les cheveux en laissant mon regard errer sur ce qui m'entourait. Tu avais donc raison. Aucune autre habitation ne se servait à cette retenue d'eau.

J'ai parcouru la petite clairière à la recherche d'une sortie, d'une sortie pour rejoindre l'autre côté. J'ai aperçu deux autres passages mais plus petits et plus étroits encore que celui que j'avais emprunté, et plus touffus aussi. Je me suis enfoncée dans le plus large des deux d'un pas hésitant. Mes premières inquiétudes concernant les serpents n'étaient rien comparées aux pensées que m'inspirait ce passage. Par endroits, j'avais de l'herbe jusqu'aux genoux et je sentais des trucs se faufiler partout. Il me semble même avoir vu quelque chose de brillant onduler à hauteur de mes mains. Sans compter les mouches qui bourdonnaient bruyamment autour de ma tête ou qui se prenaient dans mes cheveux. J'ai marché jusqu'à ce que je réalise que le chemin se terminait en cul-de-sac contre une paroi rocheuse et j'ai fait demi-tour. J'ai pris ensuite le deuxième, le plus petit des deux, qui s'est vite révélé trop étroit.

Je suis retournée à la clairière principale, mais les passages qui en partaient ne valaient guère mieux. Je ne faisais que me perdre, prisonnière du labyrinthe des Différents. Je ne sais pas combien de temps j'ai passé à essayer de trouver la sortie vers l'autre côté. Il était difficile de garder la notion du temps dans cet endroit. Ça m'a semblé une éternité. Mais la seule chose dont j'étais sûre, c'est que tu ne m'avais pas suivie. Pas encore. Je m'accrochais désespérément à l'espoir que tu me croies enfuie ailleurs. J'ai pris un autre passage, plus petit, m'aplatissant au maximum pour passer entre les rochers. Mais en débouchant pour la énième fois dans la grande clairière, je me suis rendu compte que je tournais en rond.

C'est là que j'ai fini par avoir ma grande idée.

Contre un rocher poussait un grand arbre à l'écorce blanche et aux branches solides. Je lui ai été reconnaissante d'être robuste en commençant son ascension. J'adorais grimper aux arbres quand j'étais petite, bien que j'en aie eu rarement l'occasion. Maman avait toujours peur que je tombe. C'était bizarre de se retrouver dans un arbre et, au début, je n'ai pas trop su où poser le pied. Mais je me suis vite rappelé comment faire. Enserrant le tronc fermement, je me suis hissée au sommet en me servant des branches comme de marches. La seule fois où je me suis arrêtée, c'est en voyant une petite araignée déguerpir devant moi. Après cet incident, seule ma détermination m'a permis de poursuivre.

Mais en arrivant en haut, une contrariété m'attendait. Impossible de voir quoi que ce soit à cause de l'épais feuillage. J'ai pris une profonde inspiration, fermé les yeux et la bouche, et repoussé les branches. Des trucs me sont tombés sur la tête. Je ne voulais pas savoir ce que c'était, je les ai écartés avant de les voir, mais j'avais l'impression de les sentir grouiller sur moi, leurs pattes se prendre dans mes cheveux. Je me suis accrochée aux toutes dernières branches et, un pied appuyé contre le flanc du rocher, je me suis haussée de quelques centimètres.

Et j'ai regardé.

J'ai mis ma main en visière. Rien, à part du sable et l'horizon. Je me suis retournée en me tenant aux branches, m'écorchant la jambe au passage contre le rocher. Mais de l'autre côté, pas la moindre habitation, pas de ville, pas même une route. C'était exactement pareil que près de la maison. Une immensité vide et plate. J'ai eu envie de hurler, je ne l'ai pas fait uniquement parce que je ne voulais pas que tu m'entendes. Si j'avais eu un flingue, je me serais tuée.

Je me suis laissée glisser le long du tronc. J'ai posé le front contre une branche et appuyé les mains sur mes yeux. Puis la branche serrée entre mes bras, j'ai posé la joue contre l'écorce. Un bout rugueux m'a griffé la figure, mais je suis restée comme ça, m'efforçant de réprimer mes sanglots.

Ça peut paraître dingue mais, sur le moment, la seule chose qui m'est venue à l'esprit, ce sont mes parents à l'aéroport. Que s'étaient-ils dit en ne me voyant pas à l'embarquement? Qu'avaient-ils fait depuis pour me retrouver? La joue contre l'écorce de l'arbre, j'ai essayé de me rappeler les derniers mots qu'on avait échangés. Impossible. Mes pleurs ont redoublé.

J'avais pratiquement retrouvé mon calme quand j'ai entendu la voiture. Je suis remontée en vitesse à la cime de l'arbre, et de là sur le rocher. Je me suis accrochée à une branche en manquant perdre l'équilibre. J'ai tourné les yeux vers l'horizon, puis au bas des Différents. Bingo! J'ai vu ta voiture arriver lentement juste à mes pieds.

J'ai mis un moment à comprendre ce que tu fabriquais. Au début, j'ai cru que la clôture avait toujours été là. Puis je me suis rendu compte que tu étais précisément en train de l'installer. Mon cœur s'est serré. Voilà pourquoi tu ne m'avais pas suivie. Tu avais profité de tout ce temps pour faire le tour des Différents en voiture, m'enfermant, me piégeant comme un animal. J'avais été si occupée à essayer de passer de l'autre côté des rochers que je n'avais pas remarqué le bruit de la voiture.

Je t'ai regardé monter la clôture. Tu clouais un gros rouleau de grillage aux piquets que j'avais vus fichés dans le sol un peu plus tôt. Tu travaillais vite, consacrant à peine quelques minutes à chaque piquet, puis tu remontais en voiture jusqu'au prochain en déroulant le rouleau au fur et à mesure. Tu avais presque terminé. J'étais déjà parquée.

Je me suis adossée au rocher. Au-dessus du feuillage, le soleil me brûlait le visage. Je me suis sentie soudain épuisée, vaincue. J'ai fermé les yeux pour m'abstraire de la réalité.

Quand je les ai rouverts, tu avais cessé de rouler. Tu attendais de l'autre côté de la clôture, la voiture à l'arrêt, la portière conducteur ouverte, les pieds posés sur la vitre baissée. J'ai aperçu la fumée de ta cigarette.

Agrippée aux branches, je me suis tournée vers la maison, vers le paysage désolé qui l'entourait. Une petite brise agitait de rares brins de végétation. Au loin, j'ai revu les ombres en forme de collines. Elles étaient à une distance inouïe et, pourtant, elles ont fait naître en moi une petite lueur d'espoir. Exceptées les ombres en question, le rocher sur lequel j'étais appuyée était le seul relief à des kilomètres de distance. Pour la première fois, je me suis demandé comment tu avais trouvé cet endroit. N'y avait-il vraiment personne d'autre aux alentours ? Que nous ? D'autres explorateurs s'étaient peut-être arrêtés à mi-chemin, ou étaient morts. Il y avait quelque chose de dingue au fait d'être capable de survivre dans un environnement pareil. On se serait cru sur une autre planète plutôt que sur la terre.

Ma gorge s'est nouée et j'ai de nouveau eu envie de pleurer. Mais pas question, je devais être forte, sinon je n'avais qu'à me laisser mourir de faim et de soif au sommet de cet arbre. Papa disait que mourir de soif était la pire des morts, on a langue qui se fend, les organes qui cessent de fonctionner l'un après l'autre et éclatent en se dilatant. Je ne voulais pas de ça.

J'ai décidé de retourner dans la clairière principale et d'attendre la nuit pour me glisser jusqu'à la clôture vérifier sa solidité, voir si je pouvais passer par-dessus ou par-dessous. Ça ne devait pas être si difficile que ça. Ensuite je n'aurais plus qu'à courir jusqu'à la maison prendre des provisions et des vêtements, si j'avais le temps, de l'eau et traverser le désert en direction des ombres au loin. Je finirais bien par trouver une route, un chemin, forcément.

Le froid est tombé avant la nuit. Je tremblais de tous mes membres alors que la lune n'était pas encore levée. Je me suis recroquevillée contre un rocher en claquant des dents.

C'était la première fois que j'étais dehors la nuit. Je savais que la température baissait parce que je l'avais senti, même à l'intérieur de la maison, mais je ne m'étais pas attendue à un tel froid. Pire qu'une nuit d'hiver en Angleterre. Ça paraissait dément que le désert soit aussi stupidement brûlant la journée, et aussi stupidement glacé la nuit. Mais ça s'expliquait peut-être par l'absence de nuages pour retenir la chaleur. La chaleur disparaissait en un clin d'œil, comme l'horizon. C'est sans doute aussi la raison pour laquelle la nuit était claire, rien ne venait cacher la lune.

Je me suis félicitée qu'elle le soit, je trouverais facilement mon chemin à travers les rochers, repérerais les ombres en forme de serpent au sol. Je me suis mise à faire les cent pas, tout plutôt qu'avoir froid. Et puis, je n'ai plus pu attendre. J'ai repris le passage

étroit en sens inverse pour gagner la lisière des Différents.

Arrivée à destination, j'ai constaté que ta clôture
étais haute, certes, mais apparemment pas insurmon-
table. Je me suis frotté les bras, j'étais gelée, incapable
de penser à autre chose qu'à me réchauffer. J'entendais ta voiture se rapprocher par intermittence tandis
que tu effectuais une de tes patrouilles. Le point positif de mon plan, c'est que je pouvais t'entendre bien
avant que tu ne sois réellement là. Mais je claquais
des dents et craignais que tu t'en aperçoives. Je me
suis demandé ce que tu pensais ; savais-tu exactement où je me trouvais ?

J'ai serré les bras autour de ma poitrine le plus fort
possible et j'ai regardé les étoiles. Si je n'avais pas été
gelée et si je n'avais pas eu aussi envie de m'échapper,
je les aurais contemplées jusqu'à l'éternité. Elles
étaient incroyablement belles, innombrables et bril-
lantes. J'aurais pu y perdre mes yeux à force de les
regarder. À Londres, j'avais de la chance quand j'en
voyais, avec toute la pollution et les lumières de la
ville mais, dans le désert, impossible de les rater. Elles
m'avalaient littéralement. On aurait dit des centaines
de milliers de petites bougies, porteuses d'espoir. J'ai
pensé que tout n'était peut-être pas perdu.

J'ai attendu que tu repasses devant moi et j'ai
quitté l'abri des rochers. J'ai été surprise en décollant
le dos de la paroi, surprise par le froid sur mes
épaules. Les rochers avaient dû emmagasiner la chaleur du soleil pendant la journée et s'étaient réchauf-
fés. J'ai foulé le sable.

Je me suis sentie aussitôt exposée, comme nue
sous ton regard scrutateur. J'ai couru à la clôture, tête

baissée. Ces quelques mètres m'ont semblé interminables. Je guettais sans cesse ta voiture et, effectivement, je l'ai entendue, mais réduite à un faible ronronnement, de l'autre côté des rochers.

Je me suis arrêtée devant la clôture. Elle était en grillage très serré et plus haute que moi de plusieurs dizaines de centimètres. Je ne pouvais pas passer les doigts par les interstices minuscules. J'ai voulu glisser le pied dedans pour prendre appui, mais impossible, je suis tombée par terre en m'égratignant les mains. J'ai tenté ma chance avec l'autre pied, ça n'a pas marché. De rage, j'ai shooté dedans. J'ai poussé dessus, mais je rebondissais en arrière à chaque fois.

Je me suis mise alors à trembler, de froid ou de peur, je ne sais pas, probablement les deux. Je me suis forcée à me concentrer sur mon problème. Comme je ne pouvais pas passer par-dessus, je passerais par en dessous. Je me suis agenouillée et j'ai commencé à creuser. Mais je n'étais pas sur une plage, le sable du désert était dur, plein de cailloux, d'épines et de végétaux agglomérés. Creuser ce sable était comme tout dans le désert, épuisant. J'ai serré les dents, ignorant les égratignures que je me faisais et j'ai continué. Je me serais crue dans un film de guerre, en train de creuser un tunnel pour m'échapper d'un camp. Mais les choses ne se passent jamais comme à Hollywood. Mon trou était tout juste bon à laisser passer un lapin. C'était inutile. Je me suis mise à plat ventre pour soulever la clôture, mais elle n'a pas bougé d'un pouce. Je n'ai réussi qu'à glisser les doigts, c'est tout. Le grillage était tendu au maximum.

Allongée de tout mon long sur le sable, le nez contre la clôture, j'avais le cœur qui battait la chamade, la respiration haletante. Je me suis relevée et j'ai réessayé de sauter le grillage. J'en aurais crié d'impuissance. Tout se refermait sur moi, la clôture, les rochers…

Quand j'ai entendu ta voiture.

Je suis retournée aux Différents en courant. Mais tu es arrivé avant que je n'aie rejoint l'obscurité. J'ai gagné la lisière des rochers malgré tout et j'ai attendu.

Tu as arrêté la voiture, coupé le contact, tu es descendu et tu t'es adossé au capot pour scruter les Différents à ma recherche. Tu m'avais vue courir, j'en suis sûre. Tu voyais probablement où j'étais, frissonnant contre les rochers, essayant désespérément de me réchauffer à leur contact.

– Gem ? tu as crié.

Au bout de quelques instants, tu es allé prendre un pull-over dans la voiture, puis tu es revenu sur tes pas en le brandissant.

– Reviens vers moi.

Je suis restée silencieuse. Je ne voulais pas revenir vers toi. Je ne savais pas ce que tu mijotais. J'ai appuyé les bras contre le rocher dans l'espoir illusoire de cesser de trembler. J'avais le bout des doigts bleu.

– Tu ne peux pas t'enfuir, tu as crié. J'attendrai toute la nuit s'il le faut, toute la semaine. Tu ne peux pas m'échapper.

Tu as pris une cigarette déjà roulée dans ta poche et tu as fumé. L'odeur de feuilles brûlées a flotté vers moi, stagnant dans l'air froid de la nuit. Je me suis adossée au rocher, la tête tournée de l'autre côté pour ne pas la sentir. J'ai voulu serrer les poings, mais j'avais les doigts gourds, ça m'a fait mal.

Tu avais refermé encore une fois ton piège sur moi. Tu m'en ferais sortir bientôt, ce n'était qu'une question de temps. Je me suis laissée glisser le long du rocher dans le sable et j'ai enfoncé les doigts dans les grains encore chauds, espérant follement me réchauffer.

Tu m'as vue bouger. Tu es allé droit à la clôture et, les mains appuyées dessus, tu m'as regardée attentivement. Puis tu es retourné à ta voiture prendre une pince coupante. La lune se reflétait sur ta peau tandis que tu t'activais, faisant briller la moitié de ton visage. Tu as découpé une fente dans le grillage, puis tu l'as rabattu de sorte que tu puisses passer, l'enroulant comme une vague.

Je ne me suis pas débattue. Mon corps était mou et vide. Une fois à la maison, tu m'as enveloppée dans des couvertures, tu as glissé quelque chose de chaud dans mes mains que tu m'as fait boire. Mais mon corps, mon cerveau, mes organes avaient gelé. J'avais sombré dans un endroit vide et noir. Tu me parlais, mais ta voix était inaudible. Je ne voulais pas refaire surface. La vérité était trop dure à entendre.

Il n'y avait rien de l'autre côté des rochers, si ce n'est la même chose qu'ici.

Où que j'aille, tu me rattraperais.

Je ne pouvais pas m'enfuir.

J'ai fermé les yeux. Derrière mes paupières, il faisait sombre et l'atmosphère y était plus paisible, je m'y suis enfoncée. Je n'ai pas bougé, pas émis un son. J'ai battu en retraite, traversé à reculons mon cerveau, le canapé, le plancher, jusqu'à cet espace sous la maison où régnaient la fraîcheur et l'obscurité et je me suis roulée en boule dans la poussière. Puis j'ai attendu que le serpent me trouve.

Que faire d'autre…

… à part attendre les rêves ?

J'ai dormi.

Maman était auprès de moi, elle me caressait le front pour me calmer. Elle me parlait doucement, on aurait dit une berceuse. Elle m'a posé quelque chose sur les épaules dans lequel elle m'a enveloppée. J'ai senti ses bras autour de moi, son haleine parfumée au thé sucré.

Dans celui d'après, j'étais plus âgée. J'étais malade. Maman était à la table de la cuisine devant son ordinateur portable, le téléphone à portée de main. J'étais allongée sur le canapé bien confortablement. Je n'avais pas envie de regarder *Teletubbies* et maman n'était pas d'accord pour que je regarde une autre émission.

– Et si on jouait à un jeu ? ai-je demandé.

Elle n'a pas répondu.

– À cache-cache ?

Au bout d'un certain temps, je me suis levée et j'ai marché jusqu'au placard sèche-linge sur la pointe des pieds. J'ai ouvert la porte imposante qui a raclé sur la moquette et je me suis faufilée dans l'obscurité. L'air y était moite et sentait ma veste d'uniforme mouillée. J'ai choisi un bon coin et j'ai attendu, imaginant que j'étais au fond de la mer, dans le ventre d'une créature géante.

J'entendais maman pianoter sur son clavier par un trou dans le mur. Mais bientôt, elle cesserait de taper pour venir me chercher. Je le savais. Bientôt, elle se demanderait où j'étais passée.

J'ai reculé dans l'obscurité du placard sèche-linge et j'ai attendu.

Dans le rêve suivant, j'étais à l'hôpital. Les appareils reliés à mon corps faisaient des bip-bip silencieux. Je ne pouvais pas ouvrir les yeux, mais j'étais réveillée. J'ai eu des visites : Anna et Ben, des camarades de classe. Papa s'est assis à côté de moi et m'a caressé la main. Il sentait la fumée de cigarette, comme autrefois, quand j'étais petite. Une infirmière insistait pour qu'on continue de me parler, une autre me tamponnait le front.

J'ai tendu la main vers Anna, griffé l'air près de son visage. Mais elle ne me voyait pas. J'ai essayé de crier, de les supplier tous de rester. Mais ma bouche refusait de s'ouvrir et le son est demeuré coincé dans ma gorge.

Quand j'ai ouvert les yeux, tout le monde avait disparu. Il ne restait que toi.

Je ne t'ai pas parlé. Je suis restée allongée sur le lit dans la chambre en bois à fixer le mur. Ma voix s'était ratatinée, elle avait disparu et je ne savais pas comment la retrouver. J'ai oublié de faire les encoches dans le lit. Je me suis acharnée à tout oublier.

Parfois, tu t'asseyais à côté de moi pour me parler, mais je ne te regardais pas. Je remontais les genoux contre ma poitrine et je les serrais fort dans mes bras.

Puis je convoquais mes souvenirs.

Je commençais par les sensations du réveil, le poids de ma couette sur mes épaules, la douceur de mon pyjama en pilou contre ma peau. Avec un peu de concentration, j'arrivais même à entendre les bruits que maman faisait dans la cuisine en préparant son café du matin. Je sentais la riche amertume du café en train de filtrer, l'arôme qui se glissait sous les portes jusqu'à mon lit. Le bruit du chauffage central qui se remettait en route.

Puis papa se levait et frappait à ma porte. Il me faisait toujours la morale au petit déjeuner, il insistait pour que j'aie de bonnes notes et que je réfléchisse à une fac. J'avais intérêt à m'y mettre dès l'été. J'ai fermé les yeux pour retrouver son visage. En me rendant compte que je n'y arrivais pas, j'en ai eu le souffle coupé. Quelle forme avaient ses lunettes ? De quelle couleur était sa cravate préférée ?

Je suis passée à maman, mais même maman était difficile à se rappeler. Je me souvenais de la robe rouge qu'elle aimait porter pour les vernissages, mais pas de son visage. Je savais qu'elle avait les yeux verts comme moi et les traits fins, mais je ne parvenais pas à emboîter toutes les pièces.

Cette amnésie me terrifiait et je m'en voulais. J'avais l'impression d'être une fille indigne.

Mais je me rappelais Anna. Et Ben. J'ai passé des heures à penser à Ben, à l'imaginer auprès de moi, ma main dans ses cheveux fous décolorés par le soleil. En fermant les yeux, je le sentais dans le lit veiller sur moi.

Il passait l'été en Cornouailles avec Anna pour le surf. C'était le premier été qu'Anna et moi ne passions pas ensemble. Je me suis demandé à quoi ils occupaient leurs journées dans l'auberge de jeunesse au bord de la mer où ils séjournaient, couchés dans le sable, un sable tellement différent du mien, bien plus doux. Savaient-ils seulement que j'avais disparu ?

Quand j'ai ouvert les yeux, tu étais à côté de moi, tu te mangeais les petites peaux autour des ongles. Tu t'es aperçu que je te regardais.

— Comment tu te sens?

Impossible de répondre. Mon corps s'était pétrifié. Si je bougeais, ne serait-ce que les lèvres, j'allais me fissurer.

– Tu veux quelque chose à manger. À boire? tu as proposé.

Je n'ai pas cillé. Si je restais immobile assez longtemps, tu finirais par partir.

– On devrait peut-être changer tes draps?

Tu t'es penché sur moi et tu as posé le dos de la main sur mon front, je n'ai rien senti. Tu étais à des millions de kilomètres, évoluant dans un monde parallèle, un rêve. J'étais de retour à la maison, dans mon lit, j'allais me réveiller d'une seconde à l'autre et me préparer pour aller au lycée. C'est Ben qui était assis à côté de moi, pas toi. Ça ne pouvait pas être toi. Tu t'es renversé contre le dossier de ta chaise, tu m'as regardée.

– Ça me manque de pas t'entendre.

J'ai dégluti, ça m'a fait mal à la gorge. Tu t'es tourné vers moi, tes yeux s'attardant sur mes lèvres.

– Je sais comment ça marche, tu as dit. Moi aussi, j'ai arrêté de parler une fois.

Tu as trouvé une petite peau dure contre un ongle, que tu as fait rouler sous ton pouce.

– Les gens croyaient que j'avais toujours été comme ça, que j'étais, comment on dit déjà? Muet. Il y en a même qui pensaient que j'étais sourd.

Tu as arraché le petit bout de peau avec tes dents.

– Ça m'est arrivé juste après que j'ai trouvé cet endroit.

J'ai froncé les sourcils et tu t'en es aperçu.

– Ça t'intéresse, on dirait.

Tu as appuyé la tête contre le mur. Une goutte de sueur a dévalé ta joue, roulant sur ta petite cicatrice.

– Oui, c'est exact, tu as dit avec un hochement de tête, surprenant mon regard sur ta cicatrice. J'en ai écopé à l'époque où je ne parlais pas.

Tu as essuyé la sueur d'un geste vif, tâtant la chair boursouflée. Puis tu as serré tes doigts et tu t'es giflé. Le bruit m'a fait sursauter.

– Tu ne peux pas savoir à quelle vitesse un filet peut frapper un visage, avec quelle facilité il laisse une marque.

Tu t'es levé pour aller à la fenêtre. J'ai changé de position, tourné la tête pour te voir. Tu l'as remarqué.

– Pas si morte que ça à ce que je vois. Pas si loin que ça finalement, tu as murmuré.

Quelque temps après, tu as déposé un mince carnet fané sur la table de nuit. J'ai attendu que tu sois parti pour le feuilleter, toutes les pages étaient vierges. Tu avais laissé également un crayon à la mine bien taillée, dont je me suis donné des coups entre le pouce et l'index, à l'endroit où la peau est tendre. Ça m'a fait mal et j'ai recommencé.

J'ai essayé de tous les dessiner, maman, papa, Anna et Ben, pour me les rappeler. Mais je n'ai jamais été très forte en dessin. Il n'en est ressorti que des visages informes, un enchevêtrement de lignes et d'ombres que j'ai raturé sauvagement.

Je suis passée alors à l'écrit. J'ai toujours été plus à l'aise avec les mots. Mes parents n'ont jamais compris comment je pouvais être aussi bonne en anglais et aussi nulle en maths ou en dessin, leurs points forts à tous les deux. Mais même les mots ne venaient pas facilement. Ils ne rimaient à rien. Si quelqu'un devait lire ces lignes un jour, il penserait que j'étais sous l'emprise d'une drogue quelconque en voyant ce fatras.

J'ai commencé une lettre, mais impossible d'aller plus loin que «Chère maman, cher papa». Trop de choses à dire. De toute façon, rien ne me garantissait que tu ne la lises pas.

Alors j'ai listé les seuls mots qui me venaient à l'esprit… «emprisonnée, confinée, détenue, retenue, incarcérée, enfermée, internée, réduite, enlevée, kidnappée, dérobée, obligée, bousculée, blessée, volée…»

J'en ai noirci des pages.

Je n'avais plus sommeil. Ma vessie était douloureuse et mon corps raide. J'avais envie de bouger. J'ai plié doucement les genoux, contracté les doigts de pied et passé la langue sur mes lèvres sèches. J'ai trouvé mes bras faibles en me redressant sur le lit, mes jambes tremblaient quand je me suis mise debout.

J'ai enfilé des vêtements propres que j'ai pris dans la commode. Le short me tombait sur les hanches, j'avais le ventre creux. Je suis allée à la salle de bains et j'ai fait pipi dans le trou sans fond. Puis j'ai ouvert le robinet du lavabo, qui s'est mis en marche avec des borborygmes, crachotant une eau chaude teintée de marron. Je me suis lavé la figure, puis j'ai bu au robinet. Dans le tout petit miroir craquelé, j'ai regardé l'eau ruisseler sur mon visage, vu mes yeux gonflés, mon nez qui pelait à cause du peu de soleil auquel j'avais été exposée. J'avais l'air plus vieille.

Tu étais assis à la table de la cuisine, penché au-dessus d'une feuille de papier recouverte d'inscriptions. À mon arrivée, tu as levé les yeux, puis tu es retourné à tes occupations. Des petits flacons en verre étaient éparpillés autour de toi. Certains étaient remplis de liquide, d'autres vides. Tu en as pris un dont tu as examiné l'étiquette à la lumière et tu as noté quelque chose sur la feuille. Le tiroir, d'habitude fermé à clef, était grand ouvert, mais je n'en voyais pas le contenu. J'ai aperçu un genre d'aiguille sur le plan de travail à côté.

Mon estomac s'est serré. Tout ce qui t'entourait n'évoquait qu'une chose, les drogues. Sans doute des drogues que tu avais déjà expérimentées sur moi, ou que tu comptais expérimenter bientôt. Je suis sortie de la cuisine à reculons. Tu n'as pas bronché. Pour une fois, tu étais captivé par autre chose.

J'ai traversé la petite véranda en passant devant les batteries, puis devant des planches alignées contre le mur, et j'ai gagné la galerie. Dehors, la lumière aveuglante m'a obligée à baisser les yeux, le temps que je m'habitue à tant de clarté. Quand j'ai cessé de loucher, je me suis accoudée à la rambarde. J'ai regardé les Différents à l'autre bout du terrain. Ta clôture était toujours en place, cernant les rochers, plus immobiles que jamais. D'où j'étais, personne n'aurait pu deviner la végétation et la vie qui grouillaient à l'abri des rochers, ni cru aux chants des oiseaux. Ces rochers étaient comme toi, étranges et secrets.

J'ai levé les yeux vers le ciel sans nuage. Aucun

avion ni hélicoptère ne passait, aucune équipe de secours. Du fond de mon lit, j'avais envisagé d'écrire SOS sur le sable, avant de réaliser que c'était stupide, dans la mesure où jamais personne ne survolait le coin. J'ai tourné les yeux vers le paysage, l'horizon à perte de vue, les Différents et toujours plus d'horizon, nulle part où m'enfuir.

J'ai entendu tes pas sur les planches en bois et le petit *clic* de la porte avant même de te voir.

– Je suis content que tu te sois levée, tu as dit.

J'ai reculé jusqu'au canapé.

– Pourquoi aujourd'hui ? tu as demandé sur un ton de sincère curiosité.

Mais je débordais de tristesse et, si j'avais ouvert la bouche, je n'aurais pas pu en retenir le flot. De plus, je me refusais à ce que tu obtiennes quoi que ce soit de moi, même pas ça. Tu t'es obstiné malgré tout.

– Belle journée, tu as dit. Bien chaude.

Je me suis cognée au canapé, j'ai agrippé les accoudoirs, écrasant les brins d'osier entre mes doigts au passage.

– Tu veux manger ?

J'ai regardé droit devant moi les crevasses dans les rochers.

– Assieds-toi, tu as dit.

Je me suis assise, j'ignore pourquoi. Sans doute le ton sur lequel tu l'as dit, un ton contre lequel il aurait été stupide de s'insurger, un ton qui faisait se dérober mes jambes sous moi.

– Pourquoi ne pas se parler ?

J'ai ramené mes pieds sous moi. Une légère brise a commencé à soulever les grains de sable. J'ai regardé les tourbillons se former à quelques mètres devant nous.

– Raconte-moi quelque chose, n'importe quoi, ta vie à Londres, tes copains, tes parents, même!

J'ai sursauté en constatant que tu parlais fort, changé de position. Je n'avais pas la moindre envie de te parler, encore moins d'eux. J'ai serré mes genoux entre mes mains. Que faisait maman en ce moment? À quel point étaient-ils bouleversés tous les deux par ma disparition? Qu'avaient-ils entrepris pour me retrouver? J'ai serré mes genoux plus fort, m'efforçant de faire ressurgir leurs visages de ma mémoire.

Tu t'es tu, laissant ton regard errer au loin. Je t'ai regardé tirer sur ton sourcil du coin de l'œil. Tu étais mal à l'aise, tu hésitais à l'extrémité de la galerie. N'empêche, je savais à quoi tu pensais. Tu étais en train de chercher un nouveau sujet de conversation, quelque chose d'intéressant qui m'inciterait à sortir de mon trou. Tu te démenais comme un fou. Tu t'es accoudé à la rambarde avec un profond soupir.

– C'est horrible à ce point de vivre avec moi? tu as demandé d'une voix presque inaudible.

J'ai soufflé.

– Évidemment, ai-je répondu dans un murmure après une bonne minute de silence.

Avec le recul, je me demande si ma réponse s'arrêtait à ce seul mot, si elle n'exprimait pas un besoin de communiquer, d'utiliser ma voix plutôt que la perdre. Car c'est exactement l'impression que j'ai eue sur le moment, en voyant le vent chasser le sable, l'impression qu'il pouvait emporter ma voix avec. Je disparaissais avec les grains de sable, éparpillée au vent.

Cela dit, tu m'as entendue. J'ai cru que, sous le

choc, tu allais tomber de la galerie. Tu t'es repris avec un froncement de sourcils et tu as évalué ma réponse.

– Ça pourrait être pire…, tu as dit, laissant ta phrase en suspens.

Qu'est-ce qui pouvait être pire ? Mourir ? En quoi était-ce pire qu'être perdue au milieu de nulle part, à fixer du rien, sans pouvoir en partir. Et que je sache, je m'attendais à être tuée. J'ai fermé les yeux pour chasser ces réflexions et me suis replongée dans mes souvenirs d'Angleterre. Je faisais de réels progrès dans ce domaine. En prenant mon temps, je parvenais à passer plusieurs heures à me rappeler les choses infimes que je faisais au cours d'une journée. Mais tu ne m'as pas laissée rêver, pas cette fois. Je t'ai entendu taper du pied contre la rambarde, imprimant un rythme à ta chaussure. J'ai ouvert les yeux. Ça ne te ressemblait pas. D'habitude, tu avais des gestes de Sioux.

– Au moins, ici, il n'y a pas de villes, tu as fini par dire. Pas de béton.

– J'aime les villes.

J'ai vu tes mains se crisper sur la rambarde.

– Personne n'est réel dans une ville, tu as rétorqué. Rien n'est réel.

J'ai sursauté, surprise par ta colère soudaine.

– La ville me manque, ai-je murmuré et j'ai enfoui ma tête entre mes genoux, frappée par la réalité de ce manque.

Tu t'es rapproché.

– Pardon pour tes parents.

– Pardon de quoi ?

Tu as cligné des yeux.

– De les avoir laissés, évidemment, tu as répondu en t'asseyant à l'autre bout du canapé, tes yeux perçants plantés dans les miens. J'aurais aimé les emmener, si j'avais su que ça te rendrait heureuse.

Je me suis écartée de toi, le plus loin possible.

– C'est mieux comme ça, juste toi et moi, tu as dit en titillant les brins d'osier. C'est la seule façon pour que ça marche.

J'ai tourné les yeux vers le ciel, m'efforçant de trier mes pensées. J'ai jugulé ma peur.

– Depuis combien de temps vous avez planifié tout ça ?

Tu as haussé les épaules.

– Un moment, deux ou trois ans. Mais je t'observe depuis plus longtemps.

– Combien de temps ?

– Six ans à peu près.

– Vous m'observez depuis que j'ai dix ans ?

Tu as acquiescé.

– Pas tout le temps.

– Je ne vous crois pas, ai-je dit.

Mais un petit quelque chose en moi me disait de réfléchir. Ce petit quelque chose rôdait dans un recoin de ma tête et, pour peu que je m'y attarde, il expliquerait peut-être ce qui m'arrivait.

J'ai fouillé ma mémoire à la recherche de ton visage. Je n'ai rien trouvé de précis, seulement des bribes de choses confuses, comme l'homme que mes copains avaient vu attendre à la sortie de l'école et la fois où il m'avait semblé apercevoir quelqu'un m'épier depuis des buissons, et aussi celle où maman s'était crue suivie jusqu'à la maison. Était-ce toi ? me suis-je demandé. M'avais-tu réellement observée depuis tout ce temps ? Sûrement pas. Il demeurait cependant autre chose que je n'arrivais pas à me rappeler.

– Pourquoi moi ? ai-je murmuré. Pourquoi pas une autre pauvre fille ?

– Tu étais toi. Tu m'as trouvé.

– Qu'est-ce que vous voulez dire ? ai-je demandé, soutenant ton regard.

Tu m'as fixée d'un drôle d'air. Voyant que je ne réagissais pas comme tu l'entendais, tu t'es penché vers moi, une flamme brillant dans tes yeux.

– Tu ne te souviens pas ? Tu ne te souviens pas de notre première rencontre ? tu as demandé en secouant la tête avec étonnement.

– Je devrais ?

– Je me souviens de toi.

Tu as avancé la main comme pour me toucher, ta lèvre inférieure s'est mise à trembler.

– Je m'en souviens très bien, tu as ajouté avec des yeux écarquillés.

J'ai baissé le menton sur ma poitrine pour leur échapper.

– Ça n'est jamais arrivé, ai-je dit d'une voix hésitante, à peine audible. C'est faux.

Tu m'as attrapée par l'épaule et j'ai senti tes doigts s'enfoncer dans ma chair tandis que tu me forçais à me tourner vers toi.

– C'est arrivé, tu as dit, sans ciller, ton expression déterminée. C'est la vérité. Tu ne te le rappelles pas encore.

Tu as examiné attentivement mon œil droit, puis le gauche.

– Mais ça viendra, tu as murmuré.

Peu après, tu as dégluti, ton regard s'est embrumé et tu as lâché mon épaule. Je me suis renversée contre le dossier du canapé. Tu t'es levé et tu es parti. Je t'ai entendu claquer les portes des placards de cuisine. J'ai posé la tête sur mes genoux pour me faire toute petite. Je tremblais, j'avais même la chair de poule et pourtant il ne faisait pas froid.

J'ignore combien de temps je suis restée sur ce canapé à réfléchir, mes yeux parcourant inlassablement le paysage à la recherche du moindre truc qui me conduirait vers la liberté. Le ciel a commencé à se strier de bandes orangées et l'horizon s'est illuminé de rose.

Tu es sorti sur la galerie, ébloui par le soleil couchant, un verre d'eau dans chaque main. Tu as hésité une éternité sur le seuil, attendant vainement que je te rende ton regard. Voyant que je n'en faisais rien, tu t'es approché et tu m'as tendu un verre. Je ne l'ai pas pris, bien que j'aie été morte de soif. Tu as fini par le poser à mes pieds et tu t'es éloigné pour boire le tien, sans cesser de me regarder. Tu attendais sans doute que je reprenne la parole. Je me demande bien pourquoi, tu n'étais pourtant pas du genre causant. J'ai reporté mon attention sur le vent qui soulevait les grains de sable avant de les faire retomber ailleurs selon un mode arbitraire.

– Qui êtes-vous ? ai-je murmuré.

C'était plus une réflexion qu'une question. Je me suis rendu compte que je l'avais formulée tout haut en te voyant chercher désespérément la bonne réponse, le visage crispé. Tu as soupiré.

– Ty, tu as dit.

Tu t'es assis à l'autre bout du canapé en te frottant les sourcils. À la lumière éblouissante du couchant, tes yeux étaient plus clairs que jamais. On aurait dit ton iris constellé de particules de sable, de grains soufflés par le vent.

– Je suis d'ici, tu as ajouté d'une voix douce, hésitante, si différente de la tienne, plus semblable au vol d'une feuille d'herbe porc-épic.

J'ai résisté à l'envie de me pencher pour la retenir avant qu'elle ne s'envole vraiment.

– Vous êtes australien ?

Tu as acquiescé.

– Ouais. Je m'appelle Ty à cause de la crique où mes parents ont baisé.

Tu m'as jeté un coup d'œil pour vérifier ma réaction. Je suis restée de marbre, attendant que tu reprennes. J'étais sûre que tu le ferais. Quelque chose en toi, une énergie retenue, demandait à se libérer.

– Ma mère était très jeune quand elle m'a eu. Par la suite, mon père et elle n'ont jamais vraiment vécu ensemble. Ma mère était d'une famille riche anglaise. Dès que mon père a obtenu ma garde, tout ce beau monde est reparti en Angleterre essayer de m'oublier. Et mon père m'a emmené vivre sur une propriété de plusieurs milliers d'hectares avec quelques têtes de bétail. C'était la vie.

– Qu'est-ce qui s'est passé ?

Je t'ai regardé te tortiller sur l'accoudoir du canapé en quête de la bonne réponse. Ça m'a fait plaisir de te voir mal à l'aise, ça changeait. Par ailleurs, je me disais que le jour où je serais sauvée et toi jeté en prison, je pourrais me servir de tes réponses contre toi. Tu te rongeais l'ongle du pouce, les yeux tournés vers le coucher de soleil.

– Au début, mon père s'est plutôt bien débrouillé. Il n'était pas encore foutu à l'époque. Il avait du personnel, des gardiens de bétail et une dame qui s'occupait de moi. Je ne me rappelle plus son nom.

Tu t'es interrompu pour essayer de retrouver le nom.

– Mme Gee ou je ne sais quoi. On s'en fiche, non? tu as dit en levant les sourcils, cherchant mon assentiment.

J'ai haussé les épaules.

– Elle était comme qui dirait ma prof. Elle, les vieux et les ouvriers.

– Les vieux?

– Les Aborigènes du coin, les types qui travaillaient à la ferme de mon père, les vrais propriétaires. Ils m'ont appris la terre, Mme Gee les maths et d'autres conneries, et les ouvriers agricoles l'alcool. Bonne éducation, non? tu as dit avec une ébauche de sourire. N'empêche, c'était sympa comme terrain de jeu.

C'était bizarre de t'entendre parler autant. D'habitude, tu ne disais que deux ou trois mots à la fois. Je n'avais jamais imaginé que toi aussi, tu avais une histoire. Jusque-là, tu n'étais qu'un ravisseur sans circonstances atténuantes. Tu te résumais à un être stupide, mauvais et dérangé. En te mettant à parler, tu as changé.

– Il y avait d'autres enfants autour de vous quand vous étiez petit?

Tu m'as décoché un regard aigu. Mais j'étais contente de la colère et de l'exigence que renfermait

ma question, qui t'ont déstabilisé. J'ai adoré le soup-
çon de pouvoir que ça m'a donné.

Tu as secoué la tête. Tu n'avais sans doute plus
envie de poursuivre sur ce sujet, mais comme je
t'adressais à nouveau la parole, tu ne pouvais pas te
permettre de m'ignorer.

– Non, je n'ai pas vu d'autres gosses jusqu'à ce que
je parte d'ici. Je me croyais seul au monde. Mme Gee
avait beau me dire qu'il en existait d'autres, je ne la
croyais pas, tu as dit avec un petit sourire. J'étais persuadé d'avoir un pouvoir magique grâce auquel je
restais plus petit que les autres. Je n'ai jamais pensé
que j'étais seulement plus jeune.

– Vous ne jouiez jamais avec d'autres enfants ?

– Non, il n'y avait que le bush.

– Et avec votre père ?

Tu as grogné.

– Il ne jouait avec personne, pas après le départ de
ma mère.

J'ai réfléchi en silence. Petite, j'étais entourée
d'enfants. Et d'ailleurs, était-ce vrai ? À l'école, bien
sûr, mais avant ? En y repensant, je ne me voyais pas
avec d'autres gosses non plus. J'étais une gamine
maladive et maman m'avait beaucoup couvée. Papa
m'avait raconté qu'avant ma naissance, elle avait fait
une dépression nerveuse, à cause d'une fausse-
couche, voire de plusieurs, et qu'elle redoutait de me
perdre. J'ai fait la grimace en constatant que c'était
pourtant ce qui lui était arrivé. Elle m'avait finalement perdue.

Je t'ai regardé, pleine de haine à nouveau. Tu avais
fini ton verre et tu laissais tes yeux errer au loin, ton
verre vide à la main. Tu es resté dans la même position

un certain temps avant de reprendre la parole. Et tu as parlé tellement bas que j'ai dû me pencher en avant pour comprendre ce que tu disais.

– Au bout d'un moment, mon père a commencé à aller en ville, pour le boulot, entre autres. Il vendait du bétail, je précise pas pour de l'argent, mais pour de l'alcool ou de la drogue, des trucs qui l'aidaient à oublier. Il s'est mis à changer. Il ne faisait plus le tour de la propriété, ne s'occupait plus du bétail ni de moi.

Tu as regardé ton verre et j'ai cru que tu allais partir te chercher de l'eau. Je ne sais pas exactement pourquoi, mais j'ai soudain eu envie de continuer la conversation. L'ennui avait peut-être fini par me gagner, à moins que ce soit le désir de communiquer avec quelqu'un d'autre, même si ça devait être toi. Je ne sais pas. À moins que j'aie voulu dénicher des trous dans ton histoire.

– Que faisiez-vous tout ce temps en l'absence de votre père ? Vous faisiez bien quelque chose ?

Tu as froncé les sourcils, cherchant à deviner mes intentions.

– Tu ne me crois pas ? tu as dit en tapotant ton verre contre le dossier du canapé. Aucune importance, tu as ajouté en haussant les épaules.

Tu t'es roulé une cigarette. Les criquets ont commencé leur concert et tu ne t'es remis à parler qu'après avoir fumé la moitié de ta cigarette.

– Si tu veux le savoir, tu as dit, la voix chargée, je passais mon temps à courir à ma guise dans le bush parce que je voulais vivre comme les vieux. Je suis devenu maigre et malade, et je dormais sous les étoiles. Personne ne me voyait pendant des journées entières, des semaines parfois. Un jour que je mourais de faim, j'ai tué un veau de mon père, mais je me suis gardé de le lui dire.

Ton sourire soudain t'a rajeuni le visage.

– La plupart du temps, je mangeais des lézards, si j'étais chanceux.

Tu as scruté le ciel.

– J'étais imbattable sur les étoiles, je pouvais dessiner les constellations, relier les points entre eux.

Je me suis rappelé les étoiles que j'avais vues depuis les Différents, le soir où j'avais tenté de m'enfuir. C'était un endroit où dormir aussi bon qu'un autre, à condition de faire abstraction du froid.

– Comment vous trouviez de l'eau ?

– Facile. Il suffit de chercher la végétation, c'est simple comme bonjour, comme la source des Différents, par exemple.

J'ai repensé à la petite mare à l'eau claire et à ma crainte du poisson mangeur d'estomac.

– C'est de l'eau potable ? ai-je demandé.

Tu as indiqué le verre à mes pieds d'un signe de tête.

– Comment tu aurais ça ? Où tu crois qu'il va ? tu as demandé en montrant le long tuyau qui partait de la maison. C'est moi qui l'ai posé.

– Je ne vous crois pas.

– Tu ne me crois jamais.

Tu as glissé de l'accoudoir sur le canapé à côté de moi. Je me suis recroquevillée instantanément, plus par habitude qu'autre chose. Ça t'a fait rire. Tu t'es adossé, mais sans chercher à te rapprocher. Tu as repris ton récit à voix basse :

– À partir du moment où mon père a découvert la

ville et ce qui va avec, c'en a été terminé, la ferme ne s'en est pas remise. Il a oublié la terre et moi, il a viré les ouvriers, Mme Gee. Je le voyais de temps à autre, les nuits où je dormais dans mon lit, mais je doute que lui me voyait avec tout ce qu'il avait comme drogue et comme alcool dans le sang. Ça a continué comme ça un bout de temps. Puis un jour, il n'est pas rentré de la ville.

Tu as jeté un bref coup d'œil à mon verre d'eau.

– Tu en veux ? tu m'as demandé.

J'ai regardé l'eau maronnasse dans laquelle flottaient des particules noires. J'ai secoué la tête. Tu t'es penché pour prendre mon verre et j'ai observé les mouvements de piston de ta pomme d'Adam tandis que tu buvais.

– Comment ça, il n'est pas rentré ?

Tu t'es humecté les lèvres.

– Jamais revenu. Disparu. Foutu le camp.

– Vous aviez quel âge ?

– J'en sais rien, franchement. On ne me souhaitait pas mes anniversaires. Dans les onze ans, peut-être. Tout le monde avait quitté la ferme depuis longtemps, il n'y avait plus que moi. Mais il s'est passé un an avant que quelqu'un s'en rende compte et vienne m'attraper.

– Vous attraper ? ai-je répété.

Tu as haussé les épaules d'un air gêné.

– Vous n'aviez pas envie qu'on s'occupe de vous ?

– Non. Pourquoi faire ? Je me débrouillais très bien tout seul, tu as répondu en plissant les yeux. Mais je leur ai donné du fil à retordre. Ils ont tout essayé : le fric, d'autres gosses, un prêtre. Au bout du compte, ils m'ont attrapé avec un filet, comme une bête. Ils faisaient même des petits bruits pour me calmer. Au début, ils ont cru que je ne parlais pas, du moins pas l'anglais. Cela dit, ils m'ont peut-être pris pour un Aborigène, j'avais la peau très foncée à cause du soleil.

Tu as souri à ce souvenir.

– Ils ont fait quoi de vous ?

Ton regard s'est soudain assombri et tu as pincé les lèvres, on aurait dit que ma question t'avait mis en colère.

– Ils m'ont emmené en ville, jeté à l'arrière d'un camion, le genre de fourgon qui sert au transport des criminels. J'ai été placé dans un foyer pour enfants. J'avais une chambre sans fenêtre bourrée à craquer de gosses. Ils voulaient savoir comment je m'appelais, mais je ne leur ai pas dit, je ne leur ai rien dit d'ailleurs. Alors ils m'ont appelé Tom.

– Tom ?

– Oui, pendant quelques mois. Ils ont choisi mon âge, mes fringues. Comme je ne leur parlais pas, ils ont voulu faire de moi quelqu'un d'autre. J'aurais préféré qu'ils ne m'attrapent jamais.

Je me suis demandé ce qui serait advenu de toi s'ils ne l'avaient pas fait. Aurais-tu continué à arpenter la ferme de ton père en devenant de plus en plus sauvage ? Aurais-tu fini par perdre l'usage de l'anglais ? Mais va savoir si ça ne t'aurait pas convenu.

– Quand avez-vous reparlé ?

– Quand ils m'ont balancé un de leurs psys dans les pattes. J'ai mis les choses rapidement au point avec eux, tu as dit en haussant les épaules. J'ai appris à me battre comme un chef au foyer.

– Mais ils ont réussi à vous faire parler malgré tout ?

– Ils ont eu mon nom, tu as rétorqué. Quelque temps après, ils ont su que ma mère était partie en Angleterre et que mon père était mort dans un pub. La ferme avait déjà été vendue pour payer ses dettes.

Tu me regardais toujours d'un œil noir, serrant le rebord du canapé à le faire craquer.

– Personne ne savait vraiment qui j'étais, tu as ajouté. À la ville, j'ai commencé une nouvelle vie, je me suis sorti de la boue.

Une ride profonde te barrait le front et tu te tenais les épaules remontées, la nuque tendue. Je me suis rendu compte alors que je commençais à lire en toi, à distinguer les moments où tu étais tendu justement, en colère ou bouleversé. Tu t'es passé la main sur le front pour le lisser. Je me suis penchée légèrement vers toi.

– Vous avez donc été volé en quelque sorte, ai-je dit doucement.

Je ne me suis pas dégonflée, j'ai soutenu ton regard. Tes yeux se sont réduits à deux fentes. Tu comprenais très bien ce que je voulais dire. On t'avait volé, comme tu m'avais volée.

– Est-ce qu'avec moi vous essayez de leur rendre la monnaie de leur pièce ?

Tu n'as rien dit pendant un bon moment. Mais je n'ai pas baissé les yeux. Dès que j'ai compris que tu ne te mettrais pas en colère contre moi, je me suis sentie pleine de courage. C'est toi finalement qui t'es détourné.

– Non, tu as dit. Ce n'est pas ça. Je t'ai sauvée. Sauvée, pas volée.

– J'aurais préféré que vous ne le fassiez pas.

– Ne dis pas ça.

Tu as tourné alors de grands yeux implorants vers moi.

– Ici, c'est mieux que la ferme de mon père, tu as affirmé. Personne n'a acheté cette terre et personne ne la réclamera non plus. C'est une terre mourante, une terre solitaire.

– Comme moi, dans ce cas, ai-je dit.

– Oui, comme toi, tu as renchéri en te mordillant la lèvre. La terre et toi, vous avez besoin d'être sauvées.

Cette nuit-là, impossible de dormir, mais rien de nouveau à cela. J'ai fixé le plafond en écoutant la maison craquer, grogner. À croire qu'elle était vivante, que c'était un grand animal couché dans le sable, qui nous abritait dans son ventre.

J'ai réfléchi à des moyens de te tuer. J'ai imaginé les gargouillements qui s'échapperaient de ta gorge après que je t'aurais enfoncé un truc pointu dans le cou, le sang qui giclerait de la plaie, ruissellerait sur mes mains, tacherait les lattes du plancher. J'ai imaginé tes yeux bleus se figer.

Mais ces images ne m'ont pas endormie. Alors, j'ai pensé aux choses que je dirais à mes parents si d'aventure je les revoyais, des excuses essentiellement.

«Je regrette d'avoir cassé le vase préféré de maman.»

«Je regrette que vous m'ayez découverte saoule ce jour-là.»

«Je regrette que nous nous soyons disputés à l'aéroport.»

«Je regrette d'avoir été enlevée.»

«Je regrette, je regrette, je regrette…»

Et tout à coup, je me suis retrouvée dans le parc. J'ai eu beau me retourner dans le lit pour échapper au rêve, il était trop tard.

Je marchais vite. L'odeur chaude de mousse qui montait de la terre, vestige d'une belle journée d'été, était entêtante. Les moucherons qui pullulaient se prenaient dans mes cheveux, me rentraient dans les yeux.

Il était à quelques mètres derrière moi, il gagnait du terrain, il me suivait. J'entendais le frottement de son jean, le bruit de ses pas. J'ai accéléré. Je me suis tournée vers les arbres et les buissons dans l'espoir d'y apercevoir quelque chose de familier, mais la végétation était dense et sombre, et les feuilles ne cessaient de frémir.

Il était tout près, j'entendais sa respiration rauque, due sans doute au rhume des foins. Je me suis trompée d'allée, j'allais droit sur le bassin. Il a reniflé. Il était juste derrière moi, il me parlait, il me disait de ralentir. Mais je me suis mise à courir. Franchement, c'était bête, je connaissais ce type. Et de toute façon, l'allée ne menait nulle part ailleurs qu'au bassin. J'ai glissé sur des brindilles, j'avais le souffle court. L'eau était tout près, elle approchait à une vitesse folle.

Son ombre a glissé sur moi, elle m'a rattrapée, recouverte de sa noirceur. J'ai amorcé un demi-tour, essayé de trouver quelque chose à lui dire à propos des devoirs, d'Anna ou de je ne sais quoi.

C'est alors qu'il s'est arrêté et je l'ai vu. Seulement, ce n'était pas lui cette fois, c'était toi.

Tu portais la chemise à carreaux que tu avais à l'aéroport. Tu avais les bras tendus, les mains qui tremblaient.

– Je t'en supplie, Gemma, tu disais, je t'en supplie, ne le fais pas!

Je t'ai tourné le dos malgré tout et j'ai couru droit au bassin. Je me suis laissée recouvrir par l'eau, couler dans les profondeurs noires et glacées, prisonnière des algues qui se prenaient dans mes cheveux.

J'ai entendu un bruit sourd venir de la galerie, des coups réguliers portés sur quelque chose. J'ai ouvert la moustiquaire en grand et suis restée sur le seuil quelques instants, pieds nus sur les planches en bois. Le soleil était moins fort, moins intense, ce matin-là. Je n'ai pas eu besoin d'attendre les quelques secondes habituelles avant que mes yeux s'habituent.

Je t'ai aperçu sur ma gauche, en short râpé et mince tricot de corps troué. Un punching-ball, que je n'avais pas remarqué auparavant, se balançait devant toi. Cela dit, tu venais peut-être de le suspendre. En équilibre sur la pointe des pieds, tu frappais le sac de tes poings nus avec rage, le corps tendu comme un arc avant l'impact, aussi rigide que les rochers derrière toi. Je voyais tes muscles saillir sous ton tricot. Pas la moindre graisse, rien de superflu en toi. À chaque coup, tu poussais un petit grognement, tes articulations étaient à vif.

Tu ne savais pas que je te regardais, trop concentré sur ce que tu faisais, chaque muscle de ton corps sollicité pour frapper. J'ai frissonné à l'idée que tu pourrais te servir de ces poings d'acier contre moi, j'ai imaginé mes côtes se briser dans un craquement, vu la ribambelle de bleus sombres.

Tu as continué de frapper jusqu'à ce que ton tricot soit imbibé de sueur. Puis tu as arrêté le balancement du punching-ball et tu t'es essuyé le front à l'aide de ton tricot. J'ai aperçu ton ventre, doux et musclé, on aurait dit du sable parcouru de sillons. Puis tu es allé te mettre devant la barre métallique fixée à un des côtés de la galerie et tu as noué les mains autour. Tu as relevé le menton vers la barre, puis tu l'as lentement baissé. À chaque traction, tes biceps se contractaient, ta peau se tendait, près de craquer. Tu étais l'homme le plus fort que j'avais jamais vu de ma vie. Pour peu que tu le décides, tu pouvais me tuer en un clin d'œil. Une légère pression de tes mains sur ma gorge et tu m'étranglais, un petit coup sur ma tête et mon cerveau explosait, sans que je puisse faire quoi que ce soit. Un pauvre couteau émoussé sous un matelas ne faisait pas le poids face à toi.

Plus tard, j'ai sorti le couteau en question pour vérifier son tranchant. Je me suis entaillé le doigt en imaginant que c'était ta gorge. La goutte de sang qui a perlé aussitôt a taché le drap. Puis j'ai fait de nouvelles encoches dans le bois du lit. Seize jours devaient s'être écoulés, j'ai ajouté une encoche de plus au cas où je me serais trompée. Dix-sept jours.

À mon réveil, tu étais à mon chevet.

– Tu es prête à visiter les Différents ? tu as demandé. Aujourd'hui, je t'emmène.

Je me suis renfrognée.

– Je les ai déjà vus.

J'ai roulé sur le côté en repoussant le souvenir de ma tentative d'évasion avortée, mais tu as fait le tour du lit. Quel que soit le côté où je me tournais, tu me voyais. Tu as souri en me regardant.

– Tu ne les as pas vus comme il faut. Pas avec moi.

Tu as quitté la pièce. Quand je me suis levée, long-temps après, tu m'attendais à la cuisine. En me voyant, tu as ouvert la porte.

– Viens, tu as dit.

Alors, je t'ai suivi. Je ne m'explique pas vraiment pourquoi. Je pourrais prétexter que c'était parce que je n'avais rien d'autre à faire à part regarder quatre murs, ou que je voulais à nouveau essayer de m'en-fuir, mais ce n'était pas seulement ça. Enfermée à la maison, j'avais l'impression d'être déjà morte. Quand j'étais avec toi, il me semblait au moins que ma vie comptait pour quelque chose. Non, ce n'est pas tout à fait ça, il me semblait que ma vie ne passait pas ina-perçue. Je sais que c'est bizarre, mais j'aurais parié que tu aimais m'avoir dans les parages. De toute façon, c'était préférable à l'alternative que j'avais, à ce sentiment de vide dans lequel je manquais me noyer à chaque heure passée dans la maison.

Tu as marché devant pour traverser l'étendue de sable. À la clôture, tu as tiré sur le grillage pour réta-blir l'ouverture, puis tu l'as retenu afin de nous lais-ser passer. On a progressé en silence jusqu'à l'entrée du passage. Tu m'as attendue, une main posée sur le tronc d'un arbre qui poussait en lisière des rochers. J'ai laissé une distance de quelques mètres entre nous.

– Tu n'as pas peur d'y entrer ? tu as demandé.

– Je devrais ? Qu'est-ce que vous allez faire ? ai-je dit en détournant les yeux.

– Rien, c'est juste que…

Tu as secoué rapidement la tête.

– Un gardien de bétail de mon père m'a raconté une fois qu'il y avait des esprits dans les rochers près d'ici, que les rochers avaient une raison d'être, un but. Il a dit que si je leur manquais de respect, ils s'écraseraient sur moi. Ces histoires m'ont toujours foutu une trouille d'enfer.

Tu t'es avancé jusqu'à l'entrée du passage et tu as levé les yeux vers les blocs de pierre qui nous surplombaient.

– Depuis, je les salue toujours avant d'entrer. Je prends un temps pour leur faire savoir que je suis là.

Tu as caressé les rochers, ramassant au passage quelques grains de poussière que tu as fait rouler entre tes doigts et portés ensuite à ta bouche. Tu as jeté un coup d'œil derrière toi pour vérifier où j'étais avant de t'engager dans le passage.

Je t'ai suivi quelques secondes après, maintenant une bonne distance entre nous. J'avais les jambes flageolantes et le pied pas très assuré sur les rochers. Je me suis retrouvée pour la deuxième fois à progresser, un pied de chaque côté du tuyau, les mains appuyées contre les immenses murs de pierre. Le vent s'y insinuait en gémissant d'une façon qui m'a déplu. Et j'ai détesté que ce passage soit l'entrée et l'unique sortie pour les rochers. J'ai eu l'impression de me jeter dans la gueule du loup.

Tu as fait vite. En arrivant à la clairière, je t'ai trouvé déjà adossé à un arbre à l'écorce rugueuse. Tu faisais rouler un petit truc dans ta paume.

– Une noix du désert, tu as dit en me la tendant.

La noix était dure comme du caillou et, d'ailleurs, elle ressemblait à un caillou. J'ai tapoté la coque du bout de l'ongle.

– Elles parlent quand on les fait cuire, tu as dit. Quand la coque éclate dans le feu, la noix raconte des trucs, c'est ce qu'on dit. La première fois que j'en ai fait cuire, j'ai cru que les esprits des rochers me prévenaient que j'allais mourir.

Tu as souri, d'un sourire forcé. Puis tu m'as repris la noix des mains et tu l'as glissée dans ta poche.

– *Turtujarti*, tu as annoncé en posant la main sur un tronc d'arbre. Il procure douceurs, sel, noix et abri. Dans le bush, c'est un ami, si tant est que ça existe.

Tu as traversé la clairière pour rejoindre les cages des poules. Une fois le couvercle de la plus grande soulevé, tu as déposé des graines et des baies dans un coin, puis tu as contrôlé le niveau de l'eau dans le réservoir. Les poules se sont précipitées sur la nourriture. Tu as cherché d'éventuels œufs et, n'en trouvant pas, tu as fait un bruit de bouche contrarié.

– Elles ne sont pas encore remises du voyage en voiture, tu as murmuré.

Tu les as caressées en leur disant des mots doux. J'ai regardé tes doigts effleurer leur cou. Une pression un peu plus forte de tes mains puissantes et tu les étranglais. Tu as refermé le couvercle. J'ai passé un doigt à travers le grillage pour toucher les plumes de celle qui était rousse.

Puis tu es passé aux plantes, t'assurant qu'elles étaient bien alimentées en eau.

– *Minyirli*, *yupuna*, tomate du bush…

Tu leur parlais comme à des amies, me les désignant par leur nom. Tu as retourné leurs feuilles et leurs fruits en quête de maladies ou de parasites.

Tu t'es relevé et tu es allé au bassin en suivant le tuyau. Tu marchais sans crainte dans l'herbe haute en faisant résonner tes pas.

– Il y a des serpents ? ai-je demandé.

Tu as acquiescé.

– Mais si tu fais du bruit, ils s'enfuiront. Ils sont très peureux.

Je n'en avais aucune envie mais, cette fois, j'ai marché pas très loin derrière toi. Chaque brindille ressemblait à un serpent jusqu'à ce qu'elle se brise sous mes pas.

Devant le bassin, tu t'es appuyé à la branche qui m'avait retenue la dernière fois, effleurant la douce écorce de l'arbre.

– Big Red, tu as annoncé comme si tu me présentais l'arbre. C'est lui qui filtre les cochonneries contenues dans l'eau.

Tu t'es agenouillé et tu as plongé la main dans le bassin pour palper le tuyau. Puis, d'un mouvement leste, tu as retiré ta chemise.

– Envie de piquer une tête ? tu as demandé. Je dois vérifier la source.

J'ai secoué la tête, m'obligeant à ne pas regarder ton torse, doré et ferme à souhait. Je n'avais jamais vu quelqu'un d'aussi musclé, d'aussi parfait, consciente pourtant que ta force était maléfique. J'avais le cœur qui battait en pensant à l'usage que tu pourrais en faire. J'ai fixé le sol. De grosses fourmis noires montaient sur mes chaussures. J'en ai fait tomber une qui menaçait de grimper sur ma cheville.

– Tu peux t'asseoir par terre. Elles ne te mordront sûrement pas, tu as dit en indiquant les fourmis.

Tu es entré dans l'eau et, juste avant que tu plonges, j'ai jeté un dernier coup d'œil à ton dos impeccable, aux muscles qui ondulaient sous ta peau à chacun de tes mouvements.

Une deuxième fourmi a essayé de me monter sur la jambe, je l'ai chassée d'une pichenette. Un oiseau quelque part au-dessus de ma tête a poussé un cri sardonique de sorcière. Autrement, silence de mort.

À notre retour, le seul bruit audible était celui de nos pas dans le sable. J'ai ressenti le besoin de briser la quiétude, l'immobilité du lieu.

– Je peux nourrir les poules de temps à autre ? ai-je demandé.

Tu m'as regardée attentivement, tu as ri et, finalement, hoché la tête.

– Pourquoi pas ? Avec toi, elles pondront peut-être.

Tu marchais, ta chemise drapée sur tes épaules, tu étais encore mouillé après ta baignade, des perles d'eau s'attardaient sur ta peau. Je suis passée devant, je ne voulais pas que tu me surprennes en train de te regarder.

Dix-huitième jour. Je ne t'ai pas trouvé en me levant. J'ai ouvert la porte de la cuisine et me suis assise sur la caisse qui faisait office de marche. J'ai regardé les immensités de sable qui s'étiraient devant moi. J'ai attendu. Quoi, je l'ignore. Il a bientôt fait de plus en plus chaud. Les mouches se sont mises à zonzonner près de ma tête. Un brouillard de chaleur troublait l'horizon.

Quand soudain, une flopée de tout petits oiseaux m'est passée devant en gazouillant. Leurs piaillements m'ont fait penser à des enfants piétinant leurs jouets en plastique. Je me suis concentrée sur l'un d'entre eux dont j'ai vu que la taille n'excédait pas celle de mon poing. Il avait le dos gris et un bec rouge sang. Ils ont tourné et viré autour de la maison pendant un moment avant d'obliquer en trombe vers les Différents. J'ai attendu des heures après leur passage, dans l'espoir qu'ils reviennent.

Le lendemain, tu m'attendais.

– Allons-y, tu as dit.

Je t'ai suivi. Je commençais à haïr le silence de la maison, à haïr la dépression passive dans laquelle j'étais en train de plonger. Mais tu n'es pas allé vers les Différents, tu es parti en direction des dépendances et je suis restée en arrière.

– Je ne veux pas entrer là-dedans, ai-je dit quand j'ai vu que tu t'arrêtais devant la porte de la pièce où tu m'avais poussée.

– Viens, je voudrais te montrer quelque chose, tu as répondu.

Tu as ouvert la porte et tu es entré. Je suis montée sur la marche et j'ai regardé à l'intérieur depuis le seuil. Tu as ouvert les rideaux et des flots de lumière ont illuminé les couleurs, le sable, les fleurs, les feuilles, la peinture. Au début, à voir tout ça éparpillé, ça ne ressemblait à rien. Je me suis mise aussitôt en quête des objets avec lesquels tu pourrais me faire du mal. À part un tas de pierres dans un coin, rien. Voyant que tu te dirigeais vers ce coin-là, je me suis raidie, prête à prendre mes jambes à mon cou.

Mais tu n'en as pas ramassé. Au contraire, tu as ouvert une bouteille d'eau et tu en as versé quelques gouttes dessus. Puis tu as gratté des particules de la surface humide que tu as fait tomber ensuite dans un petit bol, puis mélangées à de l'eau pour obtenir une pâte marron foncé.

– Vous faites quoi ? ai-je demandé.

– Je fabrique de la peinture.

Pas très loin de l'endroit où j'étais, il y avait un grand panier tressé plein de feuilles, de baies et de fleurs, dans lequel tu es venu choisir avec soin de tout petits fruits rouges, que tu as également réduits en pâte. Tu travaillais vite et méthodiquement pour transformer en peinture toutes sortes d'éléments venus de la nature. Sentant le soleil commencer à me brûler la nuque, je suis entrée dans l'atelier et je me suis adossée au mur.

Tu t'es assis, les jambes tendues devant toi et, armé d'un pinceau que tu as pris derrière les pierres, puis trempé dans une pâte couleur rouille, tu as entrepris de te peindre les pieds. Tu as tracé de longues lignes dont la texture m'a fait penser à celle de l'écorce d'un arbre. Sous l'effort, tu fronçais les sourcils. Tu me faisais moins peur, la tête penchée sur ton travail, mais je ne t'ai pas quitté des yeux pour autant. Sur le moment, je t'aurais presque cru quand tu me disais que tu ne me ferais pas de mal.

– Combien de temps avez-vous l'intention de me garder ? ai-je demandé doucement.

– Je te l'ai déjà dit, tu as répondu sans lever la tête. Toujours.

Je ne t'ai pas cru. Comment aurais-je pu ? Si je m'étais autorisée à croire une chose pareille, il aurait mieux valu mourir sur-le-champ. J'ai soupiré. On approchait du milieu de la journée, l'heure où la chaleur devenait insupportable, l'heure où parcourir quelques mètres tenait de l'épreuve olympique. J'ai continué à te regarder.

Tes dessins ne s'arrêtaient plus à tes seuls pieds, ils

se poursuivaient autour des chevilles, sur le devant de la jambe par des feuilles, et sur les mollets, par des herbes pointues et rouges. Tu as souri en constatant que je t'observais.

– Tu ne te souviens vraiment pas de notre première rencontre ? tu as demandé.

– Pourquoi je m'en souviendrais ? Ça n'est jamais arrivé.

Tu as terminé tes herbes pointues, puis tu as rempli l'espace qui les séparait au charbon.

– C'était Pâques, tu as dit. Au printemps. Il y avait du soleil dans les arbres. Il ne faisait pas froid, les primevères étaient déjà sorties. Tu étais venue au parc avec tes parents.

– Quel parc ?

– Prince's Park, celui qui est au bout de ta rue.

Je me suis laissée glisser le long du mur, choquée encore une fois par ce que tu savais sur moi. Tu as sondé mon regard, incrédule devant mon absence de souvenirs. Tu as parlé lentement, comme si parler lentement allait obliger le souvenir à me revenir.

– Tes parents lisaient le journal sur un banc, devant les rhododendrons. Ils avaient emporté une trottinette pour que tu joues avec, mais tu l'as laissée dans l'herbe. Tu es allée vers les parterres de fleurs. Je t'entendais parler aux jonquilles et aux tulipes, chuchoter des trucs aux fées qui vivaient parmi les pétales. Chaque fleur abritait une famille différente de fées.

J'ai serré mes genoux très fort contre ma poitrine. Personne n'était au courant de mes jeux, pas même Anna. Voyant que j'étais sous le choc, tu as continué ton récit, un petit sourire narquois aux lèvres :

– Tu as traversé la plate-bande sur la pointe des pieds pour dire bonjour à chaque famille, les Mose, les Patel, les Smith. Plus tard, j'ai su que c'étaient les noms de certains de tes camarades de classe. Bref, tu as traversé le parterre, puis tu es passée sous les rhododendrons et tu as déboulé dans les buissons, mes buissons, où tu m'as trouvé, roulé en boule, sans doute à moitié saoul, avec un petit baluchon et une demi-bouteille de bibine. Mais je t'avais observée, écoutée, et j'aimais bien tes petites histoires.

À ce souvenir, tu as souri.

– Tu m'as demandé si je cherchais des œufs de Pâques. On a discuté, tu m'as parlé de tes fées dans leur maison en fleur et moi des Min Mins, les esprits qui vivent dans les arbres de la région et essaient de voler les enfants. Tu n'avais pas peur de moi, comme la plupart des gens à l'époque, tu me regardais comme quelqu'un de normal. Ça m'a plu.

Tu t'es tu pour dessiner la forme d'un œuf sur ta cuisse dont tu as moucheté l'intérieur de petits points marron.

– L'œuf de rouge-gorge que je t'ai donné, tu as dit en me montrant ton dessin. Je l'avais dégotté sous un chêne. Il avait un petit trou au sommet par lequel j'avais gobé l'intérieur un peu plus tôt. Je ne sais pas pourquoi je l'avais gardé, pour toi, sans doute.

Je t'ai regardé colorier l'œuf en beige.

– Ils sont redoutables, les rouges-gorges, capables de défendre leur nid jusqu'à la mort.

J'ai senti mon cœur s'emballer. Évidemment que je me rappelais cet épisode. Mais pourquoi toi ?

– C'était un clochard dans ces buissons, ai-je dit.

Un vieux, maigre, hirsute et sûrement dérangé. Ce n'était pas vous.

Tu as souri.

– Tu m'as dit que tu n'avais jamais vu un plafond en fleurs roses aussi joli que le mien.

– Non ! C'était un clochard sur lequel je suis tombée par hasard. Pas vous. Vous vous trompez.

Tu t'es rongé l'ongle du pouce.

– C'est dingue, les dégâts que provoque la vie en ville.

Tu as arraché un bout d'ongle que tu as recraché en tordant la bouche de côté.

– Bref, tu étais une enfant à l'époque. Je t'aurais de toute façon paru plus vieux, même si j'étais à peine un adulte moi-même.

Je me suis essuyé les mains sur mon T-shirt, je me sentais horriblement moite. Tu t'en es aperçu, mais tu as continué malgré tout, ravi de constater mon trouble.

– Tu m'as dit que c'était le plus bel œuf de Pâques que tu avais jamais ramassé. Tu le tenais dans ta main comme un trésor et ça m'a rappelé à quoi ressemblait la vie ici. Ça m'a rappelé l'importance des choses qu'on trouve dans la nature, l'importance qu'elles ont pour d'autres choses.

Tu as tracé un cercle sur ton genou que tu as rempli de petits points.

– Ça m'a fait comprendre où était ma place, pas dans le parc d'une ville en compagnie d'esprits minables, mais ici, sur cette terre, avec de vrais esprits.

Tu as tracé de nouveaux cercles sur ton genou, toujours sans me regarder.

– Le lendemain, j'ai trouvé le nid du rouge-gorge,

abandonné et abimé, mais j'étais sûr que tu le voudrais. J'avais trouvé le nid, je t'avais trouvée, c'était un signe.

– Comment ça un signe? ai-je demandé, la gorge serrée au point d'avoir du mal à parler.

Je me rappelais le nid de rouge-gorge, je l'avais trouvé sur le rebord de ma fenêtre un matin. Je n'avais jamais su comment il était arrivé là. J'ai essayé de déglutir. Tu m'as regardée en hochant la tête, car tu avais surpris quelque chose dans mon expression.

– Le signe qu'une personne était capable de faire quelque chose de différent, qu'on pouvait devenir accro à une drogue plus forte que l'alcool. Je me suis mis à réfléchir à ce que j'attendais de la vie. Et voilà, peindre, vivre ici, être libre…

Tu as balayé la pièce d'un geste de la main, faisant gicler une goutte de peinture du bout de ton pinceau, qui a atterri je ne sais où.

– La rencontre avec toi a donc été le premier pas pour arriver à ça. J'ai trouvé du boulot, j'ai appris le bâtiment, j'ai fait des recherches…

Le petit son étouffé qui a jailli de ma gorge t'a interrompu au milieu de ta phrase. J'ai appuyé mes poings serrés contre le sol.

– Vous êtes malade, ai-je craché. Vous faites une fixette sur une gamine de dix ans et vous l'enlevez six ans après? Vous êtes complètement tordu!

– Non, tu as rétorqué, la bouche pincée. Ça ne s'est pas passé comme ça. Je n'ai pas fait de fixette, tu as ajouté, le visage dur, un visage de tueur. Tu ne connais pas toute l'histoire.

– Je ne veux pas la connaître.

Tu as laissé tomber ton pinceau avec fracas et tu as traversé la pièce en trois enjambées. J'ai rampé sur le sol vers la porte, mais tu m'as attrapée par la jambe.

– Lâchez-moi!

Tu m'as tirée vers toi.

– Je ne te lâche pas et tu vas apprendre quelque chose sur moi, tu as dit d'une voix égale qui ne tremblait pas, la mâchoire crispée, ton haleine de terre âcre toute proche, la pression de tes doigts forte sur moi.

– Je ne suis pas un monstre, tu as grommelé. Tu étais une enfant à l'époque. J'ai su que je te voulais bien après.

Tu as cillé, puis détourné les yeux, soudain hésitant.

J'ai essayé de me dégager en te donnant des coups de pied dans les genoux. Tu m'as plaqué les bras le long du corps comme un oiseau que tu empêcherais de voler.

– Je t'ai regardée grandir, tu as dit.

J'ai essayé de me dégager, mais tu étais trop fort, je pouvais à peine bouger.

– Jour après jour, tes parents te poussaient à leur ressembler, te poussaient vers une vie vide de sens, tu as ajouté. Ce n'était pas ce que tu voulais, je le sais.

– Qu'est-ce que vous savez sur mes parents? ai-je crié.

Tu as cillé de nouveau.

– Tout.

J'ai rassemblé ma salive dans ma bouche et je t'ai craché à la figure.

– Vous mentez!

Tu as plissé les yeux en sentant la salive dégouliner

sur ta joue. Tu m'as serrée plus fort, tellement fort que j'ai cru que tu allais me briser les côtes. Ma respiration est devenue sifflante, mais tu ne m'as pas libérée pour autant, tes yeux menaçants toujours braqués sur moi.

– Je ne mens pas, tu as dit. Les choses sont comme ça, un point, c'est tout.

Tu as fini par me lâcher pour essuyer la salive qui te coulait sur le menton. Je me suis remise debout en un clin d'œil et j'ai reculé vers la porte. Tu m'as tourné le dos malgré tout, sans me prêter attention. Tu as ramassé ton pinceau et tu t'es tracé des traits pleins de colère sur le dos de la main. À cet instant précis, tes yeux bleus avaient quelque chose d'inhumain. La sauvagerie qui les animait m'a poussée à reculer davantage vers la porte. Mais je n'en avais pas terminé, il me restait un point à éclaircir. J'ai intimé l'ordre à mes jambes de cesser de trembler et j'ai serré les poings pour juguler ma peur.

– Comment vous savez tout ça ? ai-je demandé en te jetant un regard noir dont j'aurais voulu que sa seule intensité te terrasse sur-le-champ, avant de me retourner et d'abattre mon poing sur le mur. Vous ne pouvez pas savoir tout ça ! ai-je hurlé.

Je sentais les larmes me monter aux yeux. Le silence était aussi lourd que la chaleur. Soudain, tu t'es levé et tu es venu vers moi.

– Je t'ai observée pendant longtemps, tu as dit. C'était de la curiosité, rien de plus. Tu me ressemblais quand j'étais jeune. Tu semblais ne jamais être à ta place.

Tu t'es passé la main sur les sourcils en soupirant.

– Tu ne te souviens vraiment pas m'avoir vu ?

– Bien sûr que non! Ce ne sont que des mensonges imbéciles! ai-je dit en abattant à nouveau
mon poing sur le mur, sursautant à la vue de mes
articulations à vif.

– Gem, tu as dit calmement, je te connais. Je t'ai
vue tous les jours.

J'ai serré les dents, incapable de te regarder. J'ai
repensé aux fois où je m'étais baladée toute nue dans
la maison parce que je me savais seule. À la fois où
Mathew Rigoni était rentré avec moi après qu'on
s'était pintés au parc.

– Vous avez vu quoi? Et comment? ai-je murmuré.

Tu as haussé les épaules.

– Le chêne à côté de ta chambre, le vasistas du
garage, la maison des voisins quand ils étaient en
Grèce et ils y étaient souvent, et le parc, bien sûr.
C'est plus facile que tu crois.

Tu étais assez près pour que je te gifle. Et Dieu sait
si j'avais envie de te gifler, de te bourrer de coups de
pied, de te taper jusqu'à ce que tu ne sois plus qu'un
petit truc merdique sans vie sur le sol. Je voulais que
tu ressentes ce que je ressentais. Mais tu t'es rapproché davantage et tu m'as arraché la main du mur,
caressant du pouce ma peau meurtrie. J'ai eu immédiatement la tremblote et serré le poing.

– Ne me touchez pas! ai-je dit d'un ton mauvais.

Tu as reculé.

– Je sais qui tu es, Gem, tu as dit.

Alors, dans un hurlement, je t'ai balancé un coup
de poing dans le ventre de toutes mes forces. Et j'ai
recommencé, pesant de tout mon poids sur toi,
encore et encore, cognant sur ton torse dur comme

du bois. Je me fichais de ce qui pouvait m'arriver, je ne voulais qu'une chose, te faire du mal. Mais on aurait dit que tu t'en rendais à peine compte. Tu m'as tordu le bras derrière le dos, tu as collé ta bouche à mon oreille, de sorte que, si je bougeais, j'aurais senti tes lèvres sur ma peau.

– Je sais ce que tu ressentais, tu as murmuré, les soirs où tu étais toute seule dans ta grande maison, tes parents encore au boulot, tes copains en train de se défoncer au parc et toi hésitant à les rejoindre. Josh Holmes qui tapait à la fenêtre de ta chambre à une heure du matin…

Tu as laissé retomber mon bras.

– Tu étais vraiment heureuse en ville ?

– Allez vous faire voir !

Tu as reculé.

– Je ne faisais que demander, tu as dit. Ta vie était parfaite ? Elle te manque ? Tes parents, tes amis ?

Tu as soutenu mon regard. J'ai hoché la tête.

– Évidemment, ai-je craché.

Tu es retourné à l'endroit où tu peignais. J'en ai profité pour masser ma main meurtrie et essayer de me calmer. Je ne m'étais pas rendu compte que je tremblais à ce point. Tu as trempé un nouveau pinceau dans un bol de peinture verte avec lequel tu as dessiné des motifs sur tes doigts de pied.

– Tu sais très bien que j'ai raison, tu as dit. Tes parents sont des branleurs. Leur seul but dans la vie, c'est gagner de l'argent, avoir une maison qui ressemble à un musée et se retrouver dans le supplément du dimanche, tout en te faisant entrer dans le moule pour que tu deviennes une version d'eux petit format. Je t'ai sauvée de ça.

– Non ! ai-je crié et j'ai serré les dents à les casser.

Voyant ma réaction, tu as haussé les épaules.

– Quoi ? Je t'ai assez entendue leur dire.

– Je suis leur fille.

– Et alors ?

– Je peux.

Tu as essuyé ton pinceau sur ton short pour le nettoyer.

– Regarde les choses en face, Gem. Ils préfèrent leur boulot, les objets chers et les amis influents à toi. Ils ne t'aiment que quand tu te comportes comme eux.

– Conneries !

Tu as levé un sourcil.

– Ils ont raté ta soirée de remise de prix pour aller chercher leur nouvelle voiture.

– Je n'avais pas de prix.

– Mais tu devais aller à la soirée quand même et tous les parents des autres y étaient.

– Vous aussi à ce qu'on dirait.

– Bien sûr, tu as dit en haussant les épaules.

Tu as dessiné des petits points verts à la base de ton gros orteil.

– Mais je peux comprendre pourquoi ils sont comme ça, tu as dit. Ils sont avides de reconnaissance, ils veulent s'intégrer. C'est le désir de la plupart des gens.

– À part les anormaux comme vous, ai-je craché.

Tes yeux ont lancé des éclairs.

– Je veux la liberté, tu as dit simplement. On n'obtient pas la liberté en vivant comme tes parents, on se fait juste avoir.

J'ai vu les veines de ton cou palpiter. Tu as dégluti lentement, sans me quitter des yeux.

– Tu sais maintenant que j'ai vu des trucs que tu n'as pas vus? tu as dit calmement, ton pinceau bien serré dans ta main. Que j'ai entendu des conversations que tu n'as jamais entendues.

Je me suis bouché les oreilles.

– Vous essayez de me faire douter, ai-je murmuré. De me dire que vous connaissez ma vie mieux que moi.

– C'est possible. Tu veux que je t'en parle? tu as demandé en te levant, le visage impassible. Première-ment, je sais que tes parents veulent déménager, sans toi. Ta mère en a discuté avec ton père. Elle est d'accord pour te mettre en pension.

– C'est faux, ai-je murmuré.

– Comme tu veux. Mais qu'est-ce que tu dis de Ben?

– Quoi, Ben?

– Anna sait ce que tu ressens pour Ben et ça ne lui plaît pas. Elle ne te fait plus confiance à cause de ça.

– Non!

– Et Josh Holmes?

J'ai eu le souffle coupé par la surprise.

– Je sais exactement ce qu'il avait l'intention de te faire, jusqu'où il voulait aller. Je l'ai vu te suivre, j'ai lu ses petits textos menaçants.

– Vous mentez.

Tu m'as regardée droit dans les yeux.

– Je me suis trompé jusqu'ici?

J'ai reculé jusqu'au mur pour ne pas tomber. C'était la deuxième fois que tu parlais de Josh.

– Tu lui plaisais vraiment beaucoup. Il a dit à Anna qu'il était dingue de toi.

– Vous l'avez suivi aussi?

– J'ai suivi tout le monde, tu as répondu avant de

te remettre à peindre. Mais tu n'avais pas de souci à te faire à propos de Josh. Je lui aurais éclaté la cervelle avant qu'il ait le temps d'ouvrir sa braguette.

J'ai secoué la tête pour chasser les mille pensées qui y tourbillonnaient. J'aurais aimé que tu éclates la tête de Josh car, dans ce cas, tu serais en prison, Josh à l'hôpital et moi à la maison. Ce qui aurait été parfait. Je me suis laissée tomber au pied du mur, m'efforçant de voir clair dans tout ça. Je continuais de m'accrocher à l'idée que tu racontais des conneries. Sauf que ça tenait debout. J'ai fermé les yeux pour m'abstraire définitivement de toi.

Puis une idée m'a traversé l'esprit. Je me suis demandé si on avait soupçonné Josh après ma disparition. Il était le suspect idéal, je doute cependant que quelqu'un ait pu le croire capable de tout le mal que tu t'étais donné pour m'enlever. Peut-être était-il interrogé par la police, qui l'avait peut-être pris pour un de mes amis, voire mon petit ami. Peut-être l'avait-on arrêté. Un frisson m'a parcourue. Même à des milliers de kilomètres, penser à Josh me filait toujours la chair de poule. En particulier quand je l'imaginais jouant les amis inquiets.

– Vous habitiez où ? ai-je demandé.

– À Kelvin Grove.

– Au foyer ?

Tes yeux ont croisé furtivement les miens.

– Ça se pourrait, pour un certain temps.

– C'est près de chez Josh.

– Je sais, tu as dit en retournant à ta peinture. Tu crois qu'il aurait dû faire équipe avec moi ? tu as demandé en riant. Il aurait eu plus de chance de t'attraper si je lui avais filé un coup de main.

– Vous l'avez observé ?

– Bien sûr.

– Vous lui avez parlé ?

– Une fois…

– Et… ?

Je me suis raidie malgré moi, inquiète de ce que tu avais pu dire ou faire.

– Je lui ai dit que j'étais ton ange gardien.

– Vous lui avez vraiment parlé en face ?

Je me suis mise à spéculer à toute allure. Si Josh t'avait vu, s'il pouvait te décrire à la police, la police aurait alors une piste et dresserait ton portrait-robot et le ferait passer à la télévision. On finirait par te retrouver, par nous retrouver.

J'ai repensé à Josh avec plus d'attention pour tenter de le cerner. Il était lâche, mais je ne le croyais pas malhonnête. Il n'aurait aucune envie d'être considéré comme suspect, mais se ferait-il connaître pour autant ? Il pouvait au moins donner ta taille, décrire ta voix. Sur le moment, Josh m'est apparu comme mon seul espoir. C'était étrange de penser que mon seul espoir venait de quelqu'un que je détestais autant.

– On finira par me retrouver, ai-je dit. Vous ne pourrez pas me garder pour toujours.

Tu t'es arrêté de peindre, le front plissé.

– À moins que vous ne me laissiez partir ? Peut-être que vous vous lasserez de tout ça ? ai-je tenté d'un ton prétendument désinvolte dans l'idée de tenter une nouvelle tactique. Je peux vous trouver de l'aide, de l'argent. Mon père connaît des tas de gens, des médecins, des avocats…

Tu ne m'as pas laissée finir. Tu t'es remis debout d'un bond.

– Tu crois que c'est ce que je veux ? tu as demandé d'une voix brisée.

Puis tu m'as tendu ton pinceau.

– À toi de faire ta main, maintenant.

Le ton était sans appel, ce n'était pas une prière. Tu as poussé le bol de peinture marron vers moi. J'ai vu le sang battre dans la veine de ton cou, ta mâchoire se crisper.

– Peins-toi. Tout de suite.

J'ai secoué imperceptiblement la tête.

– Non, ai-je murmuré.

Tu as appuyé le pinceau sur ma peau.

– Je veux que tu dessines sur ta main, tu as dit lentement en prononçant chaque mot. Comme moi.

Voyant que je ne bougeais pas, tu as recouvert ma main de la tienne et, le pinceau coincé entre le pouce et l'index, tu as serré très fort. Mes doigts se sont rabougris comme des bouts de chiffon. À sentir avec quelle force tu me pétrissais, on aurait dit que j'étais du chewing-gum. J'ai senti une goutte de peinture froide sur ma peau.

– Non, ai-je répété en te faisant lâcher prise.

J'ai trébuché sur le bol de peinture marron dont le contenu s'est répandu sur tes pieds et a recouvert les motifs au sol.

– Espèce de...

Tu as levé le bras, ravalant le « salope » qui avait failli t'échapper. Je me suis faite toute petite, les yeux rivés sur ton poing, mais tu as envoyé valdinguer le bol d'un coup de pied et il est allé s'écraser contre le mur. Tu avais des yeux de dingue, tant tu avais envie de me frapper, mais tu m'as souri, du moins tu as essayé. On aurait dit que tes yeux livraient une lutte sans merci à ton sourire. Le combat de la colère contre le contrôle de soi. Ton poing serré tremblait.

– Et si on allait faire une balade en voiture demain ? tu as demandé d'un ton léger, faussement joyeux, alors que tu avais le regard dur. Ça te permettrait peut-être d'apprécier le coin. Si on a de la chance, on attrapera peut-être un chameau.

Tu n'as pas attendu ma réponse, tu m'as plantée là dans ton atelier, le bol de peinture renversé répandant son contenu autour de moi. Et je suis restée un certain temps au milieu de cette mer marron, tremblant de tous mes membres, avant de te suivre dans la maison.

Dans les films d'horreur, les tueurs font toujours le même truc : emmener leur victime dans un paysage de rêve après un périple en voiture interminable et avant de les dépecer de manière artistique. Aucun film célèbre n'échappe à la règle, du moins ceux qui mettent en scène un meurtrier perdu au milieu de nulle part. J'y ai pensé, le lendemain de ce fameux jour où tu avais failli me frapper, quand tu m'as réveillée.

– On part capturer un chameau, tu m'as dit.

J'ai compris qu'il était très tôt en voyant les reflets rosés du ciel pâle et en sentant la fraîcheur. Je me suis habillée et j'ai pris soin de glisser mon couteau dans la poche de mon short. Je t'ai entendu t'occuper dans la maison, puis sortir faire tourner la voiture. Tu me noyais sous le bruit, je n'y étais pas habituée. J'ai pris mon temps pour me préparer, car j'avais bien conscience de deux choses. Ce voyage en voiture pouvait présenter d'un côté l'opportunité de m'enfuir, et de l'autre signifier ma dernière heure.

Tu étais en train de charger la voiture, des caisses et des caisses de nourriture et de matériel. Ne voulant pas que tu piques une crise comme la veille, j'ai décidé de te parler.

– Où va-t-on? ai-je demandé.

– Au milieu de nulle part.

– J'ai cru qu'on y était.

– Non, tu as dit en secouant la tête. On est à la limite.

Je t'ai regardé enrouler une corde bien serrée que tu as posée sur une glacière avant d'en prendre une autre avec laquelle tu as fait la même chose.

– Je ne te laisse pas ici, tu as ajouté.

Puis tu as coincé trois énormes jerricans d'eau dans le coffre, que tu as dû soulever avec effort.

– On part combien de temps?

– Une journée, mais dans le bush, on ne sait jamais. Il pourrait y avoir une tempête de sable, un feu, n'importe quoi. De toute façon, le chameau aura besoin de boire, tu as dit en tapotant le dernier des jerricans.

– Je croyais qu'ils transportaient de l'eau dans leur bosse.

Tu as secoué la tête.

– De la graisse.

– Quoi?

– Ils transportent de la graisse dans leur bosse, des réserves de force. Ils ont autant besoin de boire que les autres animaux.

Tu as essayé de faire rentrer un seau dans le coffre, sans succès. Je me suis vue gisant là sous tout le reste, tordue, écrasée, suffoquant. Ça m'a fait trembler. Je suis allée vers l'avant de la voiture, t'obligeant à pencher la tête de côté pour ne pas me perdre de vue.

– Cette fois, tu as tout le siège avant pour toi, tu as crié.

J'ai ouvert la portière, mais sans monter. À l'intérieur, il régnait une odeur de moisi, de saleté, l'odeur rance d'un endroit inhabité. Tout était recouvert d'une mince couche de poussière rouge, à croire que la voiture n'avait pas été utilisée depuis cinquante ans. J'ai paniqué. Et si finalement j'étais dans cette maison avec toi depuis plus longtemps que je ne pensais ? La poussière s'était même déposée sur l'emballage froissé des chocolats qui traînaient au sol. J'en aurais plein mon short en descendant de voiture, si j'en descendais.

La clef n'était pas sur le contact. Je me suis demandé si elle était cachée quelque part ailleurs, enfouie sous une tonne de poussière et donc impossible à distinguer. J'ai passé la main à l'intérieur de l'habitacle pour farfouiller parmi les objets qui s'y trouvaient, dans le vague espoir de la dégotter, le rétroviseur tourné de façon à voir ce que tu faisais. Tu chargeais des choses dans le coffre avec des gestes vifs, puis tu les retirais pour leur trouver un meilleur emplacement. Je t'ai entendu chantonner un truc informe, plein de gaieté, sinon d'excitation.

Une fois ton rangement fini, tu es venu me voir. Avec ta bouche et tes yeux qui souriaient, tu avais à peu près le même air qu'à l'aéroport, trois semaines auparavant. Tu étais presque beau. J'ai regardé immédiatement par terre, j'en étais malade de penser à toi de cette façon.

– Je ne veux pas y aller, ai-je dit.

– Pourquoi ? Je croyais que tu avais envie de voir d'autres horizons.

– Pas avec vous. Pas avec tous les trucs que vous avez mis à l'arrière.

Tu t'es appuyé à la voiture.

– On pourrait y aller à pied, si tu veux, mais ça nous obligerait à partir plusieurs semaines. Ce qui signifie compter sur les ressources naturelles pour survivre, manger des lézards pour se nourrir et des grenouilles pour s'hydrater. Tu es prête à ça ?

J'ai secoué la tête. Aucune chance d'évasion dans ce cas de figure. De plus, en ta compagnie, la perspective de marcher dans le désert était pire que celle de rester à la maison. Je me suis rappelé les conseils des profs lors des excursions scolaires : « Si vous vous perdez, restez où vous êtes, on vous retrouvera forcément. » J'avais peut-être plus de chance d'être secourue en restant où j'étais.

– Je croyais que tu voulais attraper un chameau, tu as tenté à nouveau.

– Non.

– Moi, oui.

– Vous n'avez qu'à y aller tout seul.

Tu as ri.

– Je veux ton beau visage à portée de regard.

Je n'ai pas bougé d'un pouce. Tu as soupiré et j'ai vu que tu t'efforçais de saisir mes pensées, un doigt tapotant sur la carrosserie.

– Ne me dis pas que tu as toujours peur que je te fasse du mal ?

Je n'ai pas répondu, les yeux toujours baissés. Tu as fait le tour de la voiture pour te mettre à côté de moi.

– J'ai cru que tu avais compris, maintenant. Je ne te ferai jamais rien, pas comme ça.

Tu t'es accroupi à mes pieds pour voir mon visage.

– Quelle que soit ton opinion sur moi, ton corps est à toi. C'est toi qui décides de ce que tu en fais.

– Vous ne m'avez pas laissée me suicider.

– Ça, c'est différent. Tu n'avais pas toute ta tête.

– Parce que vous m'aviez droguée !

– Il le fallait.

Aveuglé par le soleil, tu as plissé les yeux.

– Écoute, je te demande pardon. Je ne m'étais pas rendu compte que tout ça serait si dur, tu as ajouté.

Tu as tourné les yeux vers l'horizon, les sourcils froncés. J'avais envie de te demander ce que tu entendais par «tout ça», si tu avais imaginé que m'enlever serait un jeu d'enfant. Mais tu t'es retourné d'un coup et tu m'as fixée.

– Je te jure que je ne te ferai pas de mal, tu as dit.

– Qu'est-ce qui me prouve que vous ne mentez pas ?

– Tu dois me faire confiance. Maintenant que tu vis avec moi, tu y es un peu obligée.

– Je ne suis obligée à rien, ai-je murmuré, évitant ton regard.

– C'est vrai, tu as reconnu d'un ton bourru. Mais tu pourrais parfois en avoir envie, tu as ajouté en ramassant une poignée de sable. Surtout quand ça risque d'être excitant.

Tu as ouvert la main pour me montrer le sable.

– Écoute, je te jure sur ça que je ne te ferai jamais rien. Qu'en dis-tu ?

– C'est nul de jurer sur du sable.

– Ce sable est plus ancien et plus vrai que n'importe quoi au monde. Je t'assure que c'est la meilleure chose sur laquelle jurer.

J'ai réprimé un petit rire.

– Il est plus vrai que nous, tu as ajouté doucement.

Tu as laissé filer le sable entre tes doigts et tu t'es frotté les mains pour te débarrasser du reste, puis tu t'es relevé en poussant sur tes bras.

– Viens, allons attraper un chameau, tu as dit en t'essuyant le front avec ton T-shirt, qui est devenu instantanément rouge.

– On ira près d'une ville ? ai-je demandé.

– Pas plus près qu'ici.

J'ai chassé une mouche qui me tournait autour de la figure.

– Mais on verra d'autres choses de près, des choses plus intéressantes, tu as expliqué.

Une deuxième mouche a grimpé sur mon genou, me chatouillant avec ses pattes.

– Vous ne me ferez rien, ai-je murmuré.

– Relaxe. Je te le jure.

Tu m'as tenu la portière et, quand je suis montée, tu m'as remerciée d'un large sourire, puis tu l'as refermée. J'ai été prise de vertige. J'ai descendu ma vitre et une tonne de poussière m'est tombée dessus. Tu es monté à ton tour et tu as descendu ta vitre aussi. Je me suis éloignée de toi, le plus loin possible sans avoir à sauter par la fenêtre.

– Je suppose que vous voulez que je mette ma ceinture ? À moins que vous préfériez m'attacher au siège ?

Tu as haussé les épaules.

– N'importe quoi. J'ai des mètres de corde dans le coffre si tu veux.

Et tu as éclaté de rire. C'était un son qui s'échappait rarement de ta bouche et qui ne t'allait pas, trop relâché pour toi. Il se peut que ce relâchement t'ait choqué aussi, car tu y as mis un terme très vite. Tu as refermé la bouche et regardé dans le rétroviseur.

Tu as mis le contact et on s'est éloignés de la maison en traçant notre propre piste dans le sable. Sentant la sueur me mouiller les paumes, la nuque, j'ai posé la tête contre le montant de la portière et j'ai respiré à fond la brise sèche qui filait par la vitre. Ma bouche s'est remplie de sable.

Le sol était accidenté, j'étais ballottée de tous côtés. Tu ne roulais pourtant pas vite, d'ailleurs ce ne devait pas être possible sur une terre meuble piquetée de buissons. Dès que les roues rencontraient du sable, elles patinaient, t'obligeant à accélérer pour nous dégager. Tu t'es même arrêté plusieurs fois pour retirer les herbes qui s'étaient fichées dans le radiateur. J'ai eu très vite mal à la tête. J'avais de la poussière dans les yeux et les oreilles, un désert miniature s'était formé dans ma bouche. J'ai tendu la main vers la radio.

– Elle ne marche pas, tu as dit aussitôt.

Je l'ai allumée malgré tout, mais il n'en est sorti qu'un pauvre sifflement.

– Je te l'avais dit. On va être obligés de chanter. Tu sais chanter ? tu as demandé, sincèrement intéressé.

– J'ai fait partie de la chorale des sixièmes pendant six mois. Vous devriez le savoir.

Tu as haussé les épaules.

– Je n'ai pas été là tout au long de ta vie. Il fallait bien que je gagne de l'argent. J'étais parfois ici en train de préparer tout ça, tu as dit en indiquant d'un geste ample les bâtiments qui disparaissaient derrière nous dans un nuage de sable tourbillonnant.

– C'est vraiment vous qui avez construit tout ça?

– Bien sûr, tu as répondu avec fierté.

– Je ne vous crois pas. Il y avait forcément quelque chose, ai-je dit sans pouvoir m'empêcher de te regarder avec mépris.

– Bon d'accord, il y avait un vieux bâtiment de ferme. J'ai fait le reste.

– Comment?

– Doucement.

– Comment vous trouviez l'argent pour les matériaux?

Tu as souri mystérieusement.

– Vite.

– Racontez-moi.

Tu as haussé les épaules.

– Une autre fois.

Tu es revenu à la route, scrutant le paysage.

– Vous savez depuis combien de temps, je suis ici? ai-je demandé.

– J'en ai une vague idée.

La voiture a de nouveau été ralentie par une bande de sable. J'ai basculé la tête brutalement contre le dossier, soudain agacée par tes réponses évasives.

– Il me semble que c'est mon vingt et unième jour, mais je n'en suis pas sûre...

Je me suis mordu la langue aussitôt en voyant ton sourire radieux, regrettant sur-le-champ d'en avoir trop dit.

– Ça se fête, tu t'es écrié.

J'ai dégluti, me sentant brusquement toute petite.

– Qu'est-ce que vous voulez dire ?

La voiture a rebondi sur une étendue de terre plus ferme. Sentant le changement, tu as appuyé à fond sur le champignon et tourné le volant, l'arrière de la voiture est parti de côté dans un hurlement de moteur, les roues luttant pour garder l'adhérence avec le sol. J'ai été projetée contre toi, ce qui t'a fait éclater de rire. J'ai vu passer du sable et des touffes d'herbe porc-épic dans une sorte de brouillard, cherché désespérément quelque chose auquel m'accrocher.

– Ouaouh ! tu as crié.

Au moment où la voiture dérapait sur une autre bande de sable, tu as tourné le volant dans l'autre sens. Cette fois, c'est contre la portière que j'ai été projetée. J'ai passé le bras par la vitre ouverte pour me tenir au montant. Des nuages de poussière me sont passés au-dessus de la tête et m'ont fouetté le visage, mais je t'entendais toujours rire. Soudain, tu as tiré le frein à main, faisant s'arrêter brutalement la voiture dans une embardée. Quand tu as posé la joue sur le volant, tu avais les yeux brillants.

– Qu'est-ce que vous faites ? ai-je crié.

– Je m'amuse. Je fais la fête ! tu as répondu en étudiant les immenses étendues vides qui nous entouraient. Personne ne va venir nous dire d'arrêter, tu as dit, tout sourires.

J'ai regardé moi aussi, remarquant les traces de glissades géantes qu'on avait laissées dans la terre inviolée derrière nous.

– Ce n'est pas une raison pour me tuer, ai-je dit, regrettant aussitôt mes paroles.

Quand j'ai tourné la tête vers toi, tu étais pensif, tu avais les yeux tristes.

– C'était juste pour te distraire un peu.

– Dans ce cas, vous auriez mieux fait de me laisser en Angleterre, ai-je dit d'un ton mauvais.

Quand tu as redémarré, plus doucement cette fois, j'ai observé tes gestes. Tu as appuyé du pied gauche sur la pédale d'embrayage et enclenché la première sur le levier de vitesse le plus proche de toi, sans toucher au second. Dès que la voiture s'est mise en mouvement, tu as appuyé sur l'accélérateur du pied droit. Papa avait essayé de m'apprendre une fois dans un terrain vague derrière un supermarché, mais après que je lui ai rayé sa Merco contre une clôture, il n'avait plus jamais voulu. Tu t'es aperçu que j'épiais tes gestes.

– Tu veux apprendre ? tu as demandé en riant.

Puis tu as secoué imperceptiblement la tête et de nouveau écrasé le champignon. Ma tête a heurté l'appuie-tête et du sable a giclé partout. Il m'en est tombé sur les genoux par la vitre. Quand tu as atteint soixante-dix kilomètres à l'heure, tu m'as crié de tirer le frein à main. Les zigzags de la voiture dans le sable te faisaient sourire de manière diabolique. Je t'ai hurlé d'arrêter.

– Tire le frein à main, alors !

Je me suis exécuté et la voiture a décrit aussitôt une courbe serrée. Je suis pratiquement sûre qu'elle est restée sur deux roues durant quelques secondes. J'ai été projetée contre toi avec une violence inouïe, je n'arrivais même plus à bouger. J'ai senti la chaleur de ton épaule me gifler le front et ton corps se secouer sous les assauts de ton rire.

Ça faisait plus de deux heures qu'on roulait. J'avais scruté l'horizon en quête d'une ville, en quête de n'importe quoi et, pendant tout ce temps, je n'avais même pas vu une route. Ça semblait dingue de rouler aussi longtemps pour être encore au milieu de nulle part. Certes, le paysage avait légèrement changé au cours du voyage, de broussailleux, caillouteux et plat, il était devenu plus sablonneux, plus rouge. Les touffes d'herbe porc-épic qui arrivaient aux genoux avaient fait place à des carcasses d'arbres noircis, parfois à une tache verte signalant un eucalyptus, et partout des rochers déchiquetés se dressaient au milieu du désert telles des lances. Et puis sont apparus des monticules qui pointaient leurs doigts rouges biscornus vers le ciel.

– Des termitières, tu as expliqué.

Rien à voir avec l'Angleterre. L'été dernier, quand on avait fait deux heures de route en mettant cap à l'ouest, on avait atterri au pays de Galles, un pays différent. Dans ce désert, deux heures de route signifiaient pénétrer davantage au cœur du brasier. Plus on roulait, plus il faisait chaud, plus la terre était rouge et plus je redoutais de ne jamais en sortir.

Tu t'es arrêté à proximité d'un petit bouquet d'arbres.

– Tu les vois ? tu as demandé.

– Quoi ?

– Eux ! Là ! tu as dit en me montrant les arbres. Guette le moment où ils vont bouger les oreilles et tu les verras.

J'ai regardé et soudain, j'ai vu quelque chose bouger, une oreille. J'ai suivi l'oreille et découvert une tête affublée d'un long nez et de grands yeux marron qui se fermaient sous l'effet de la chaleur.

– Des kangourous, ai-je dit.

Tu as acquiescé avec un petit sourire.

– Drôlement savoureux.

– Quoi?

Le bras appuyé sur le volant, tu as fait comme si tu tirais dessus de tes deux doigts tendus.

– Vous n'allez pas les tuer?

– Si j'en mettais dans ma cuisine, on se régalerait, non?

J'ai dégluti. J'ignorais que tu avais une arme dans la voiture, ça m'a terrifiée. Tu t'es rapproché de moi, pensant que j'étais bouleversée par ce que tu avais dit à propos des kangourous.

– T'en fais pas, je ne vais pas les tuer. On a ce qu'il faut comme nourriture.

J'ai tourné les yeux vers les kangourous; le plus proche se léchait les pattes avant.

– Il se rafraîchit, tu as expliqué. Ses vaisseaux sanguins sont situés juste sous la surface de sa peau; il se lèche pour faire baisser la température de son corps. C'est une bonne méthode, hein?

Tu t'es léché le dos de la main pour tester la méthode sur toi, mais le goût de ta peau t'a arraché une grimace qui s'est transformée en sourire en coin. Au même instant, un des kangourous a tendu le cou pour attraper une feuille sur une branche basse.

– Ils n'ont pas soif? ai-je demandé, sentant la sécheresse de ma propre gorge.

Tu as secoué la tête.

– Ils n'ont pas besoin d'eau, du moins pas beaucoup. Ils s'hydratent grâce à l'humidité contenue dans les arbres.

Tu as souri en les regardant avec une expression que je t'avais déjà vue. On aurait dit que tu voulais quelque chose des kangourous, que tu en avais besoin.

– Au revoir, les amis, tu as dit en redémarrant.

On a roulé sans échanger un mot. Je te jetais un coup d'œil de temps à autre et constatais que tu scrutais inlassablement le paysage, jamais lassé de contempler les étendues de sable qui s'étiraient devant nous.

– Comment vous trouvez votre chemin? ai-je demandé.

– Je suis la direction vers laquelle le sable a été soufflé pour repérer des traces.

– Vous savez comment rentrer?

Tu as hoché la tête d'un air absent.

– Évidemment.

– Comment vous faites?

– La terre raconte des histoires, elle chante.

– Je préfère la radio.

– Non, Gem, je ne plaisante pas. La terre a ses chants, que les Aborigènes connaissent. D'ailleurs, j'en connais certains. Ils sont pareils à des cartes, ils montrent le chemin. Ils indiquent les repères dans le paysage. Il y a toute une musique du silence, la musique de la terre.

J'ai fait comme si je ne t'avais pas entendu, me concentrant sur l'horizon. Tu n'as plus ouvert la bouche. À voir ton visage impassible, tu pouvais aussi bien penser à la terre qui chantait qu'à quelque chose de beaucoup plus sinistre. Je ne m'étais jamais interrogée sur les pensées qui assaillaient les ravisseurs. Cela dit, qui y songerait? Pensais-tu à ta famille, aux endroits que tu avais quittés? Quelle était exactement ton opinion sur moi?

À cette dernière question, mon estomac s'est serré car j'ai envisagé le pire. Plus on roulait, plus je m'inquiétais de tes réflexions et plus j'étais tendue. Si tu me tuais maintenant, au milieu de nulle part, personne ne le saurait jamais. Personne ne viendrait déterrer un corps dans cette immensité. Autant chercher une aiguille dans une botte de foin.

Tu t'es arrêté en faisant légèrement déraper la voiture.

– Des chameaux, tu as dit en me montrant quelque chose qui ressemblait davantage à des petites taches sur le pare-brise qu'à des animaux de grande taille.

J'ai levé la main pour me protéger les yeux. Tu t'es penché pour prendre des jumelles dans la boîte à gants, que tu as laissées tomber sur mes genoux.

– Tu verras mieux avec ça.

Je les ai portées à mes yeux.

– C'est flou.

Tu as tourné la molette sur le dessus et tu t'es trouvé du coup trop près pour que je m'écarte de toi. J'ai senti la faible odeur de transpiration qui collait à ta peau.

– Je peux le faire moi-même, ai-je dit en écartant les jumelles.

Je les ai réglées jusqu'à ce que l'image soit nette et j'ai vu cinq chameaux, quatre grands et un plus petit, traverser lentement l'horizon à grandes enjambées. Avec la brume de chaleur qui s'élevait derrière eux, on aurait dit des rubans de sable tordus par le vent.

– Je ne vous croyais pas pour les chameaux.

– Ils sont revenus à l'état sauvage, tu as dit. Ils ont été importés, comme toi, pour la construction de la voie ferrée.

– Une voie ferrée ?

– Oui, très loin d'ici, tu as confirmé. Et de toute façon, elle est plus ou moins désaffectée. Comme la plupart des choses ici.

– Pourquoi ?

– Tout s'en va, la roche est exploitée, les animaux sont en voie de disparition, même les Aborigènes ont quitté les lieux. Ça rend tout trop silencieux. Tu entends ?

– Quoi ?

Tu as coupé le moteur.

– Le silence.

Tu t'es protégé les yeux pour observer les chameaux.

– Vous n'essayez pas d'en attraper un ? ai-je demandé.

– Ils sont trop loin pour être coursés. Ça galope, tu sais. Avec un peu de chance, la curiosité les poussera à venir nous voir. Ou alors on devra trouver un endroit moins sablonneux pour prendre de la vitesse et arriver à les attraper. Il faut attendre de voir ce qu'ils font.

– Combien de temps ?

Tu as haussé les épaules.

– Aussi longtemps qu'il le faudra, quelques heures. Tu as faim ? tu as demandé en ouvrant ta portière.

J'ai secoué la tête, manger était la dernière de mes préoccupations.

– Dans ce cas, je vais préparer les cordes.

Tu es sorti ouvrir le coffre, dans lequel tu t'es mis à farfouiller. Je me suis retournée sur mon siège juste au moment où tu sortais un rouleau de corde. Je me suis figée, songeant que je pouvais me retrouver saucissonnée avec.

La clef était restée sur le contact.

Je pouvais le faire, je pouvais l'atteindre, à condition d'être silencieuse. Je n'avais qu'à me glisser sur le siège conducteur en enjambant le frein à main, facile. Après quoi, je démarrerais à toute vitesse avant que tu puisses m'arrêter, avant même que tu te rendes compte de quoi que ce soit. Franchement, ça ne devait pas être si difficile que ça, conduire. Je l'avais déjà fait, je savais changer les vitesses. Je te laisserais en plan dans le désert, je te roulerais même dessus, pourquoi pas.

J'ai regardé ce que tu faisais dans le rétroviseur. Tu avais la tête baissée et tu déplaçais des trucs dans le coffre. J'ai levé la jambe de sorte que mon genou repose sur le siège, à côté du frein à main. Je n'avais plus qu'à étendre la jambe de l'autre côté, puis passer le reste du corps. J'ai enjambé le frein à main. J'ai progressé doucement, centimètre par centimètre, vers ton siège, sans faire de bruit, si ce n'est un petit grincement. La seule chose que j'entendais, c'étaient les battements de mon cœur. Je me suis laissée retomber sur ton siège et j'ai posé les mains sur le volant mais, même les jambes tendues au maximum, mes pieds n'atteignaient pas les pédales. Je me suis avancée au bord du siège, j'ai avancé la main vers la clef. Silence. J'ai soudain réalisé que je ne t'avais pas entendu t'affairer depuis un moment. J'ai jeté un coup d'œil dans le rétroviseur.

Quelque chose a bougé sur ma droite. J'ai eu le souffle coupé en me rendant compte de ce que c'était. Sa tête argentée reposait sur le rebord de la vitre ouverte, à dix centimètres de moi, sinon moins. Il me fixait de ses yeux d'ambre en pointant la langue dehors. Il sentait l'air, il me sentait.

J'ai retiré ma main et je me suis reculée aussi loin que possible dans le siège. Le serpent s'est arrêté, il a tourné la tête. Il s'apprêtait à me sauter dessus. Je ne pouvais pas le regarder. Je suis repassée par-dessus le frein à main à toute vitesse, mais mon pied est resté coincé. Je suis retombée sur mon siège en me tapant brutalement la tête et les épaules contre la portière. Je me suis aussitôt palpée partout, je n'avais mal nulle part. Le serpent m'avait-il mordue sans que je m'en rende compte ? Sa tête brune aux reflets argentés était toujours sur le rebord de la vitre.

C'est alors que j'ai aperçu tes mains qui tenaient le serpent juste en dessous de la tête. Ton visage est apparu dans l'encadrement à quelques centimètres de lui.

– Il est joli, non ? Je l'ai trouvé à côté des roues. On a failli l'écraser. C'est une chance qu'on ne l'ait pas fait.

J'ignore si tu t'es aperçu de la terreur qui continuait de briller dans mes yeux. Ni si tu savais que je m'étais glissée derrière le volant dans le dessein de m'enfuir. Te connaissant, c'était sûrement une façon perverse de me punir.

– Il est inoffensif, tu as dit. Enfin presque, si c'est ce qui te fait peur. Sans doute le seul dans le coin.

– Pourquoi vous l'avez attrapé ?

– Pour te le montrer.

– Pour me faire peur?

– Non, tu t'es récrié avec un regard tendre pour le serpent. On pourrait le ramener à la maison comme animal de compagnie. Tu n'as qu'à lui donner un nom.

– Je vais nulle part avec ce truc dans la voiture, ai-je dit, le souffle court, la voix saccadée.

– Dans ce cas, on le fera adopter par le chameau, tu as dit en souriant.

Tu as retiré le serpent et je t'ai à nouveau entendu remuer des choses dans le coffre, j'espérais que le serpent n'y était pas. J'ai dû déglutir à plusieurs reprises pour empêcher le vomi de remonter dans ma gorge, j'ai pris trois profondes inspirations, aussi profondes que me le permettaient les battements affolés de mon cœur et j'ai fermé les yeux très fort. J'étais de retour à la maison, blottie dans la chaleur du placard sèche-linge. J'ai gardé les yeux fermés même quand tu es remonté en voiture.

– Pardon si je t'ai fait peur, tu as dit calmement. Je voulais juste que tu le voies. J'ai déjà oublié que tu n'aimais pas les serpents.

Tu as mis le contact.

– Allez, je vais tâcher de me rattraper, tu as ajouté en reprenant la route.

Tu n'as plus rien dit pendant un certain temps. La tête renversée contre l'appuie-tête, je me suis laissée ballotter au gré des efforts de la voiture pour traverser le désert.

Des kilomètres éprouvants plus loin, tu as finalement arrêté la voiture. Je t'ai entendu claquer ta portière et ouvrir le coffre d'un coup sec. Quand j'ai enfin ouvert les yeux, je n'ai vu que du ciel d'un bleu lumineux, un ciel sans nuage où tournait un oiseau de grande envergure. Je me suis redressée sur mon siège. On était quelque part en hauteur. De la voiture, j'ai vu le désert s'étaler devant moi comme une carte, une couverture sans fin, brune, orange et plate, marquée çà et là par les gribouillis verts des touffes d'herbe porc-épic, les bosses rougeâtres des rochers et les longs serpentins des lits des rivières asséchées.

La voiture était garée au milieu d'un bouquet d'arbres dont les troncs rouge foncé étaient parcourus de fourmis. J'ai même entendu des petits oiseaux gazouiller quelque part au-dessus de ma tête comme des gosses en excursion. Il y avait aussi des rochers aux flancs ornés de motifs tourbillonnants et dans les crevasses desquels poussaient des fleurs minuscules agitées par une brise légère. Comparé à l'immensité stérile qui nous entourait, l'endroit faisait figure d'oasis.

Tu avais préparé un pique-nique sous le plus grand des arbres, à gauche de la voiture. Tu découpais je ne sais quel fruit, assis sur une couverture écossaise élimée. Les pépins jaillissaient sous la lame de ton couteau. Des mouches se sont posées sur les sandwichs que tu avais préparés sans que tu les chasses.

Une bouteille de vin pétillant était plantée dans le sable, une vision pour le moins incongrue dans ce contexte et dont je ne parvenais pas à détacher mes yeux. Je suis sortie de la voiture à l'atmosphère étouffante, plus attirée par la promesse d'une brise qu'autre chose. Tu m'as servi un verre, puis tu t'en es servi un plus petit.

– J'ai bien fait de l'apporter, tu as dit.

– Pourquoi?

– Ton vingt et unième jour! Ce n'est pas un jour ordinaire, sinon tu n'en aurais pas parlé.

J'ai de nouveau regretté de ne pas avoir gardé cette information pour moi. J'ai fixé le verre que je tenais à la main.

– Vous avez mis de la drogue dedans?

Tu as bu d'un trait avec un geste agacé.

– Je ne le ferai plus jamais, je te l'ai dit.

Tout à mon examen du verre, j'ai dû le secouer, car du vin est tombé sur ma main, il était chaud. À la maison, mes parents mettaient l'alcool sous clef dans une vitrine. Si bien que je devais me saouler sur le dos de quelqu'un d'autre au parc avec mes amis. Mais ici, je n'en avais pas envie. J'ai versé le contenu du verre dans le sable, tu nous as resservis aussitôt.

Puis tu m'as tendu un sandwich dont le pain était dur comme du bois, et la tranche de tomate au milieu complètement molle. Surprenant mon regard, tu as haussé les épaules.

– C'est ce qu'on a de mieux.

– Si vous essayez de m'impressionner avec votre pique-nique, c'est raté.

– Je sais, tu as dit d'un ton grave. J'ai oublié les fraises.

Tu as retiré ton T-shirt pour t'essuyer le front, tu as descendu ton deuxième verre d'un trait et tu t'es allongé, la tête posée sur ton T-shirt plié, les yeux furetant parmi les branches. Quelque chose faisait bouger les feuilles et, à voir tes sourcils froncés, tu cherchais à savoir ce que c'était. Des gouttes de sueur perlaient sur ton torse, s'attardaient dans les cavités entre tes muscles. J'ai bu une gorgée de vin, on aurait dit du thé chaud gazeux. Je suis allée prendre mon pull-over dans la voiture et je l'ai posé sur ma tête. Le soleil tapait à travers les branches, plongeant le paysage dans la léthargie.

– Écoute, tu as dit.

– Quoi ? Il n'y a rien.

– Mais si. Pas des centres commerciaux ni des voitures, mais d'autres choses : des insectes qui bourdonnent, des fourmis qui trottinent, un souffle de vent qui fait grincer l'arbre, un oiseau « mangeur de miel » qui cavale et les chameaux qui arrivent.

– Quoi ?

Tu m'as désigné le terrain en contrebas d'un signe de tête, avec un petit sourire satisfait.

– Va voir.

Je me suis levée pour jeter un coup d'œil au paysage monotone. Effectivement, j'ai vu des petits points flous devenir de plus en plus gros à mesure qu'ils approchaient du pied de notre modeste colline. Je n'avais pas besoin de jumelles pour savoir que c'étaient les chameaux.

– Vous ne pouvez pas les avoir entendus arriver. Il faudrait avoir l'ouïe de Superman, ai-je dit d'un ton méprisant.

– Qui te dit que je ne suis pas Superman ? tu as répondu en ne me regardant que d'un œil à cause du soleil.

J'ai haussé les épaules.

– Si vous étiez Superman, vous m'auriez déjà sauvée, ai-je dit doucement.

– Qui te dit que je ne l'ai pas fait ?

– N'importe qui vous dirait que vous ne l'avez pas fait.

– Dans ce cas, n'importe qui se trompe, tu as répliqué en te redressant sur les coudes. De toute façon, je ne vois pas comment je pourrais te sauver puisque je t'ai enlevée. Il faudrait que j'aie une personnalité multiple.

– Ce n'est pas le cas ? ai-je murmuré.

J'ai mangé le sandwich et je me suis forcée à boire mon vin pétillant. Profitant de ce que tu refermais les yeux à cause du soleil et n'ayant rien de mieux à observer, je me suis autorisé un coup d'œil vers ton torse, par curiosité vraiment. Je n'en avais vu de semblables que dans les magazines. Je me suis demandé si ce n'était pas ainsi que tu avais gagné de l'argent, en étant mannequin. J'ai regardé mon ventre pour évaluer combien de gras je pouvais prendre avec une main.

– Ne t'inquiète pas, tu as dit en ouvrant un œil de crocodile. Tu es belle.

Tu as reposé la tête sur ton T-shirt.

– Belle, parfaite, tu as ajouté dans un murmure.

– Qu'est-ce que vous en savez ? Vous êtes bâti comme un top-modèle.

Je me suis mordu aussitôt la langue, regrettant de t'avoir fait ce compliment.

– Ou un strip-teaseur, ou un prostitué, ai-je alors ajouté.

– Je ne voudrais pas que tu me trouves répugnant, tu as dit avec une ébauche de sourire.

– Trop tard.

Tu as ouvert l'autre œil.

– Tu ne me lâcheras donc jamais ?

– Si vous me donnez vos clefs de voiture, je vous trouverai tous les attraits du monde.

– N'y compte pas, tu as dit en refermant les yeux pour retrouver ta position initiale. Tout ce que tu gagnerais, c'est de te perdre et de mourir.

– Donnez-moi une chance.

– La semaine prochaine, peut-être.

Tu es resté encore quelques minutes allongé à paresser. Avec tes yeux clos et ta bouche entrouverte, on aurait pu te croire paisible. Une mouche a atterri sur ta joue, puis elle est descendue jusqu'à ta lèvre inférieure où elle s'est arrêtée pour se nettoyer à ta salive.

Quelques instants plus tard, tu as rangé le piquenique et on a redescendu la colline, roulant par endroits presque à la verticale. Et chaque fois que la voiture heurtait un caillou, le volant se mettait à tourner tout seul. Plus on approchait du bas et plus le paysage rétrécissait. Arrivée au pied, j'avais oublié la vue infinie qui, d'en haut, s'était étalée devant moi.

Tu t'es garé à l'abri de la colline, mais il faisait trop chaud pour attendre dans la voiture, alors tu m'as dit de sortir me mettre à l'ombre. Les chameaux ont finalement débarqué. On les a regardés approcher à lentes enjambées quand, soudain, ils ont accéléré, la forme de leur corps plus visible de seconde en seconde. Ils avaient dû vraiment se hâter. Tu as pris les jumelles pour les observer.

– Monte dans la voiture ! tu m'as hurlé aussitôt. Ils nous ont vus. Ils vont changer de direction avant d'arriver ici.

On entendait au loin le martèlement des sabots sur le sable dur.

– Viens! tu m'as crié en me faisant signe de te rejoindre. Vite ou je te laisse ici!

C'était une proposition tentante mais, bien que j'aie fait semblant du contraire, j'étais impatiente de voir comment tu allais t'y prendre pour capturer un animal aussi grand. Tu as démarré sur les chapeaux de roues avant même que je referme ma portière, vérifiant d'un coup d'œil que j'étais bien montée.

– Reste assise et accroche-toi à quelque chose.

L'aiguille du compteur de vitesse est montée en flèche tandis qu'on fonçait à la poursuite des bêtes, accélérant dès que le sol était plus ferme. Des trucs se cognaient dans le coffre. J'espérais que le serpent n'y était plus, qu'il n'était pas bringuebalé dans tous les sens, à deux doigts de ricocher vers moi à tout moment. J'ai senti les roues patiner et, plus d'une fois, la voiture a fait une violente embardée. Tu étais extrêmement concentré.

– C'est dangereux! ai-je crié.

La voiture a alors bondi au-dessus d'une bande de sable et je me suis cogné la tête au plafond. Au même moment, tu jetais un coup d'œil aux jumelles qui valdinguaient à l'arrière avant de s'aplatir contre une portière.

– Peut-être pas, tu as dit en riant.

Tu as écrasé le champignon et je me suis agrippée si fort à ma poignée que j'en ai eu les doigts raides. L'aiguille du compteur de vitesse est restée bloquée pile au-dessus de soixante-dix kilomètres à l'heure. On était presque à leur hauteur et, tu avais raison, ils avaient bien changé de direction avant d'arriver à nous. À présent, ils galopaient à fond de train vers l'horizon, le cou tendu, la tête baissée, faisant des enjambées de géant. Je n'avais jamais vu de chameau sauvage de ma vie et j'étais effrayée de voir qu'ils nous dominaient de toute leur hauteur. Un coup de sabot au bon moment et une patte pouvait parfaitement passer par la vitre ouverte.

– Attrape la perche sur le siège arrière, tu as hurlé. Vite!

Je me suis retournée pour prendre le grand bout de bois à l'extrémité duquel tu avais noué un lasso. J'ai essayé de te le faire passer, mais ce n'était pas facile dans cet espace restreint; il s'est coincé dans l'encadrement de la portière et je ne suis pas parvenue à le couler entre les deux sièges. Tu as jeté un coup d'œil à la perche, puis aux chameaux, t'efforçant de continuer à rouler droit et à leur hauteur.

– Il me la faut maintenant!

– Je fais ce que je peux.

Tu as tendu le bras pour dégager la perche et, en la tirant, tu t'en es donné un grand coup au visage. La voiture a fait une violente embardée sur la droite, vers les chameaux. J'ai hurlé.

Tu m'as attrapée violemment par l'épaule.

– Tais-toi! Tu vas leur faire peur.

Tu as passé la perche par la vitre en la faisant glisser sur tes genoux, le bout armé du lasso pointé vers les chameaux. Tu les observais attentivement, le visage ruisselant de sueur. D'ailleurs, j'étais dans le même état, en dépit de l'air qui soufflait.

– Je vais tenter d'attraper la jeune femelle, tu as crié. Celle qui est la plus proche de nous. Tu es d'accord pour conduire? tu as demandé en te penchant sans attendre par la vitre ouverte.

– Qu'est-ce que vous faites?

– Prends le volant ! tu m'as ordonné.

Je n'avais pas vraiment le choix. Tu n'avais pas plutôt crié ton ordre que tu étais déjà dangereusement penché à l'extérieur de la voiture, qui s'est mise alors à dévier en direction des chameaux. Si elle avait continué sur sa lancée, tu n'aurais pas tardé à heurter de la tête l'arrière-train du premier. J'ai été tentée de la laisser faire.

– Prends le volant immédiatement !

Je me suis exécutée. J'entendais les chameaux grogner sous l'effort et ta respiration aussi. J'ai pris le volant, tu l'avais rendu chaud et collant. Tu as déplacé le pied gauche vers l'accélérateur au lieu de le laisser à côté du frein, la jambe droite appuyée contre la portière, plus moyen d'arrêter la voiture si besoin était.

– Roule en ligne droite !

Je me suis efforcée de ne pas regarder les chameaux car, chaque fois que je tournais les yeux vers eux, je tournais le volant en même temps. Je me suis concentrée sur les étendues de sable devant moi. J'ai dû faire un écart pour éviter un buisson d'herbe porc-épic et, ce faisant, j'ai failli t'éjecter par la vitre.

– Bon sang ! Tu conduis encore plus mal que moi ! tu as dit en riant dans le vent.

Tu as enroulé ta jambe droite autour de la gauche afin de pouvoir te pencher davantage, la perche sortie au maximum, déroulant les mètres de corde qui pendaient derrière. Tu avais la cuisse appuyée contre mon bras, sans doute pour te permettre de garder l'équilibre.

– Dès que je lui ai passé le lasso autour de l'encolure, écarte-toi. La corde va se dévider à toute blinde, elle peut te couper en deux. Je ne plaisante pas.

En me voyant hissée hors de mon siège par-dessus le levier de vitesse, les mains accrochées solidement au volant, je me suis demandé comment je pourrais bien m'écarter de quoi que ce soit. Tu as accéléré, faisant tressauter la voiture. Tu étais prêt à lancer, concentré, le corps tendu, ta jambe fortement appuyée contre mon bras.

Je me suis obligée à respirer. Tu avais le bras levé, sur le point de lancer ton lasso. Tu t'es penché encore plus, le torse étiré au maximum, chaque muscle contracté. Si je te poussais, basculerais-tu à l'extérieur ? Tu as fait tourner la perche autour de ta tête, de plus en plus vite, de plus en plus fort.

Et tu as lancé.

J'ai vu le lasso filer vers la tête de la chamelle, la corde se dévidant follement derrière la perche. L'extrémité a zigzagué en sifflant à travers l'habitacle, me brûlant le bras au passage, imprimant une profonde marque rouge sur ton ventre nu. Quand soudain, la voiture s'est mise à pivoter toute seule. J'ai senti l'arrière virer à gauche et j'ai fait tout ce que j'ai pu pour tourner le volant dans l'autre sens.

– Laisse tomber ! tu as hurlé en retombant sur ton siège, manquant t'asseoir sur moi.

Et, de ta main libre, tu as tourné le volant vers la chamelle.

– Cramponne-toi !

Ton pied gauche a quitté l'accélérateur pour venir s'écraser sur le frein. Pour le coup, la voiture s'est vraiment mise à pivoter. J'ai vu la chamelle passer en un éclair devant le pare-brise. Je suis retombée lourdement sur mon siège, cherchant désespérément quelque chose pour m'agripper, et j'ai fermé les yeux.

Tu es sorti de la voiture en quatrième vitesse. La chamelle poussait ce cri affreux qui est propre aux chameaux, un gémissement profond et désespéré dont le désert renvoyait l'écho.

Je suis venue voir.

– Vous l'avez blessée ? ai-je demandé.

– Que sa fierté.

Elle ne cessait de faire de grands cercles avec le cou, les yeux révulsés de peur. J'ai touché son pelage.

– Pauvre chose.

Tu lui as rapidement attaché les pattes. Puis tu as sorti le seau du coffre et soulevé avec un petit grognement un des gros jerricans que tu as coincé sur ta cuisse pour remplir le seau d'eau.

– Voilà, doucement, ma jolie, tu as murmuré à la chamelle pour l'inciter à boire.

Tu lui as caressé le cou pour la calmer, mais elle n'avait d'yeux que pour son troupeau qui disparaissait au loin et elle ne cessait de gémir. Elle a voulu avancer mais, comme tu serrais la corde autour de ses pattes avant, elle a donné un coup de sabot de la patte arrière, me manquant de quelques centimètres.

– Fais attention, tu m'as prévenue en surgissant à côté de moi pour lier la chamelle au niveau des rotules. Passe de l'autre côté.

Tu as jeté la corde de l'autre côté de sa bosse.

– Tire ! tu m'as dit.

J'ai tiré.

– Plus fort.

J'ai tiré encore, la mort dans l'âme. Chaque fois, la chamelle se plaignait en tournant vers moi de grands yeux désespérés. Tu tirais aussi de ton côté, si bien qu'elle a fini par avoir les pattes avant ligotées et elle s'est agenouillée dans le sable.

– Ça suffit! tu m'as crié avant de te jeter sur sa bosse, pesant de tout ton poids sur elle, pesant jusqu'à ce que ses pattes plient sous elle et que tu sois certain qu'elle ne se lève pas.

Puis, rapide comme l'éclair, tu lui as ligoté les pattes arrière au niveau des rotules, de sorte qu'elle ne pouvait plus les étendre.

– C'est cruel, ai-je dit.

– Tu préférerais avoir une hémorragie cérébrale à cause d'un coup de sabot sur la tête? tu as dit en grattant la patte de la chamelle. On peut le faire de manière plus cruelle, crois-moi.

Je t'ai cru. Tu connaissais sans doute des manières plus cruelles de faire bien des choses. Le gémissement de la chamelle s'était amplifié, tant en volume qu'en désespoir; il était difficile de croire qu'un tel son provienne d'elle seule, comme si le désert tout entier s'y était mis. Je me suis demandé si quelqu'un d'autre l'entendait. Le reste du troupeau n'était plus de nouveau que des petits points à l'horizon, à peine visibles, mais elle continuait de tordre le cou dans leur direction.

– Tu rêves, ma fille, si tu crois que tu vas t'échapper, tu as murmuré.

À présent, elle avait toutes les pattes entravées et elle était attachée à la voiture, il était peu vraisemblable qu'elle puisse s'échapper. J'ai regretté que ce ne soit pas le cas, qu'elle n'arrive pas à se libérer de ses liens et retrouve au galop son troupeau en les appelant à grand renfort de voix tout le long du chemin.

– Tu m'emmènerais avec toi? ai-je chuchoté contre son flanc chaud.

J'ai fait le tour pour la voir de face. Même apeurés, ses yeux étaient magnifiques, marron foncé avec des cils duveteux. Elle a arrêté de regarder son troupeau pour me jeter un coup d'œil.

– Te voilà piégée toi aussi, lui ai-je dit. Ne cherche pas à t'enfuir, il sera après toi.

Elle a baissé la tête pour me regarder. On aurait dit qu'elle me comprenait. J'ai hoché la tête.

– Toi et moi, ma jolie, ai-je murmuré.

Quand elle s'est immobilisée, tu t'es avancé vers elle pour lui attraper la tête, une sorte de longe à la main. Dès qu'elle t'a vu, elle a reculé pour t'échapper avec, cette fois, une sorte de rugissement monstrueux et guttural. Tu lui as posé la main sur le cou pour lui faire baisser la tête.

– Hé, ma jolie, tu as murmuré. Ne fais pas ça.

La chamelle a détesté, elle secouait la tête dans tous les sens en faisant un bruit effroyable, mais tu as continué de la tirer vers toi, ta force venant même à bout d'un chameau. Elle m'a jeté un bref coup d'œil, abaissant ses longs cils ravissants, puis elle s'est tournée vers toi et elle t'a vomi sur la tête.

Rien ne ressemble au vomi de chameau, une substance grumeleuse marron tirant sur le vert, qui sent la merde de chien, l'égout et la pisse mélangés. C'est sans l'ombre d'un doute ce que j'ai senti de pire dans ma vie, pire que les pets de papa, pire que le caca de bébé, pire que tout. Et tu en avais plein la tête. Je t'ai vu en recracher, tu en as essuyé sur ta joue et retiré de tes yeux. Et tout de suite après, tu t'es penché pour vomir à ton tour.

Je n'étais pas loin derrière, si bien qu'au premier

effluve, j'ai rendu mon pique-nique. Je suis nulle dans ce cas, chaque fois que quelqu'un est malade, je suis malade aussi. Au point cette fois d'avoir à m'accroupir dans le sable, le cou tendu entre les genoux. T'entendre vomir n'a rien arrangé non plus, j'ai cru que je ne pourrais plus m'arrêter, j'ai continué même après que tu as fini. La chamelle a cessé de gémir je ne sais quand au milieu de tout ça, elle devait être contente d'elle et se moquer de nous. Comment lui en vouloir ? À moins que ce soit le moment où elle a renoncé à tout espoir en se rendant compte que son troupeau était parti pour de bon et qu'il était désormais inutile de gémir.

J'ai roulé sur le sol pour m'adosser contre un arbre. L'odeur de vieux vomi empuantissait l'air. Les mouches s'en étaient déjà emparées avec un bourdonnement incessant, se laissant tomber dessus avant d'essayer de venir sur ma figure. La chaleur n'a fait qu'empirer les choses, j'avais la tête qui tournait. J'ai regardé les étendues de sable qui s'étiraient sur des kilomètres, mais j'avais du mal à me concentrer.

Le voyage de retour fut le pire voyage de ma vie, pire que celui que j'avais effectué, coincée dans le coffre, que, de toute façon, je ne me rappelais pas. Même avec les vitres baissées, la puanteur s'est immiscée dans chaque recoin de la voiture. Et quand le vomi a séché sur nos habits, l'odeur est devenue pestilentielle, un mélange de pieds sales et de lait tourné. Et, pour couronner le tout, elle se mélangeait à celle des fruits du pique-nique qui s'étaient écrasés sur le siège arrière à cause de ta conduite sauvage. On a roulé, la tête à la portière.

La chamelle trottait derrière nous, désormais

docile. À croire qu'elle t'avait, à son modeste niveau, rendu la monnaie de ta pièce et s'en trouvait plus heureuse. J'ai encore vomi, je ne sais combien de fois, le long de la portière, des filets de bile blanche.

Le lendemain, je t'ai trouvé en train de dresser la chamelle dans un enclos fait de bois et de corde que tu avais dû fabriquer pendant la nuit. Tu l'avais monté de sorte qu'il soit contigu à la clôture en fil de fer qui entourait les Différents.

Je me suis approchée pour regarder. Tu lui avais déjà passé une longe autour de l'encolure, elle-même attachée à une corde, et la chamelle te suivait, plus calme, presque résignée. Elle avançait, tête baissée, et avait renoncé à gémir. Tu lui parlais doucement à l'oreille, des petits mots doux que je ne pouvais entendre ni comprendre. Elle avait l'air d'apprécier.

– Comment tu veux l'appeler ? tu as demandé quand tu t'es aperçu que j'étais là.

– Volée, ai-je répondu.

C'est le premier mot qui m'est venu à l'esprit.

– Ce n'est pas un nom.

– Mais c'est ce qu'elle est, non ? Volée à son troupeau, ai-je répondu, m'en voulant d'avoir apporté ma contribution.

– Elle apprendra à nous aimer, tu as dit doucement. Tu pensais pareil quand tu es allée chercher ton chat au refuge ?

– C'était différent.

Tu t'es approché de l'endroit où j'étais en tirant la chamelle par la corde. Elle a baissé la tête pour que je la caresse et tu as posé la main sur son flanc d'un air rêveur.

– On devrait l'appeler Nausea, tu as dit.

– C'est nul, comme nom.

– Ça lui va bien. J'ai mis un temps fou à nettoyer la portière de la voiture, tu as répondu en posant sur moi un regard doux plus longtemps que nécessaire.

Tu m'as tendu la corde.

– Tiens, tu ne veux pas essayer de la guider ?

Je suis entrée doucement dans l'enclos et je me suis saisie de la corde, évitant ainsi de te toucher. J'ai caressé l'encolure de la chamelle dans l'espoir de la rassurer, cherchant les paroles qui lui feraient comprendre que je ne lui voulais pas de mal. Elle se dressait au-dessus de moi, tout en pattes et en muscles. Elle sentait toujours vaguement le vomi, mélangé à quelque chose d'autre qui ressemblait au désert. Elle sentait le sable.

– Marche en ligne droite, elle te suivra.

J'ai avancé et elle m'a suivie, penchant la tête pour me renifler gentiment l'épaule. J'ai senti ses lèvres sur l'encolure de mon T-shirt, son souffle chaud dans ma nuque, le martèlement de ses sabots sur le sol à côté de moi.

– Tu es drôlement jolie, je lui ai chuchoté.

Elle mastiquait je ne sais quoi en décrivant des cercles avec la mâchoire inférieure. Sa douceur, son désir de se soumettre m'a surprise, difficile de croire que la veille encore, elle était un animal sauvage.

– Le prochain truc qu'on lui apprend, c'est à plonger.

– Quoi ?

– À s'asseoir. Maintenant, repasse de l'autre côté.

Tu m'as repris la corde et tu m'as poussée vers la clôture pour que je me glisse dessous, puis tu m'as redonné la corde.

– Tiens-la bien. Derrière la clôture, elle ne pourra pas te donner de coup de sabot.

Après quoi, tu lui as attaché une patte avant avec une deuxième corde, puis tu as balancé celle-ci par-dessus sa bosse.

– Il faut tirer ensemble, tu as dit. Elle va très vite comprendre.

On ne s'était pas plutôt mis à tirer que la chamelle a recommencé à gémir.

J'ai secoué la tête.

– Ça ne me plaît pas.

– Les chameaux font toujours du cinéma.

Tu lui as caressé l'encolure en lui susurrant des mots gentils, qu'elle a écoutés attentivement en bougeant l'oreille.

– Dès qu'elle aura pigé ce qu'on attend d'elle, elle le fera. Les chameaux sont comme ça.

Je me suis demandé si tu pensais la même chose de moi.

J'ai commencé à avoir chaud à la tête, je suis allée m'allonger sur le canapé en rotin de la galerie. Je t'ai regardé obliger inlassablement la chamelle à s'asseoir, puis à se relever. Le soleil tapait mais, à l'abri du toit, la chaleur était moins oppressante, j'avais les paupières qui se fermaient. Dans cet état de demi-somnolence, j'ai été assaillie par les souvenirs : la tête d'Anna quand elle m'a annoncé qu'elle sortait avec Ben, maman rentrant à la maison avec un sac qui venait de chez un traiteur, Josh me faisant des propositions.

Je t'ai entendu siffler un air informe. J'ai ouvert les yeux d'un coup et je me suis forcée à me redresser, tu revenais vers moi.

Tu t'es appuyé à un pilier de la galerie avec un soupir. Tu avais les joues un peu rouges, des mèches qui te collaient au front. Tu t'es roulé une cigarette dont tu as rapidement collé les bords d'un coup de langue. Ce jour-là, j'ai pris mon temps pour t'observer, m'attardant sur tes pommettes saillantes, ta mâchoire bien dessinée, ta petite cicatrice et tes cheveux un peu longs.

– Je vous ai déjà vu, n'est-ce pas? ai-je dit. Après la fois où j'avais dix ans.

Tu as tiré sur ta cigarette. Un flot de bribes de souvenirs tourbillonnait dans ma tête, le vague sentiment de t'avoir croisé dans le quartier, quelque part au parc, parfois, et autre chose aussi. Je me suis rappelé à quel point ton visage m'avait semblé familier à l'aéroport.

– Pourquoi je vous reconnais?

– Je te l'ai dit, je t'ai suivie.

– Ça, c'est juste flippant.

Tu as haussé les épaules.

Je me suis penchée en avant.

– Mais, moi aussi, je vous reconnais. Et c'est encore plus flippant. Pourquoi?

Tu as souri.

– J'habitais pas loin.

– Oui, mais il y a autre chose. Quand je vous ai croisé à l'aéroport, je savais que je vous avais déjà vu.

J'avais mal à la tête à force de réfléchir. J'ai essuyé la transpiration qui me coulait sur le front et jusque dans le coin des yeux. J'ai décollé les cuisses du canapé pour me pousser plus loin, vers un endroit plus frais. Tu cachais le soleil de tes larges épaules, je voyais ton T-shirt pendre mollement au creux de tes reins. Tu as tiré sur ta cigarette.

– Je t'ai rencontrée dans le parc, tu te souviens?

– Vous y étiez souvent?

– Tout le temps. Comme tu le sais, j'ai vécu un certain temps au numéro un de l'allée des Rhododendrons, tu as répondu avec un sourire. Ensuite, j'y ai travaillé.

– Travaillé?

– Oui, après que je t'ai rencontrée et que j'ai décidé de me reprendre, j'ai trouvé un petit boulot au parc : entretien, bêchage. Je te voyais avec tes copains.

– Il y a combien de temps?

– Trois ans, peut-être. J'ai fait ça pendant deux ans à peu près, de manière irrégulière. J'aimais bien.

J'ai repensé au parc, je me rappelais précisément l'emplacement des arbres, des parterres de fleurs, des bancs aussi, ainsi que des épais buissons à l'abri desquels on pouvait fumer tranquillement. Je me demandais parfois si je ne connaissais pas mieux le parc que ma maison.

Mais je ne te revoyais pas du tout. À moins que?

– Vous aviez les cheveux longs à l'époque?

Tu as acquiescé avec un petit sourire. Et ça m'est revenu, j'ai revu le jeune, maigre et silencieux, qui s'activait toujours légèrement hors de vue, avec les cheveux qui lui retombaient sur la figure, le jeune absorbé par son travail dans les plates-bandes.

– C'était vous?

– Peut-être, à un moment donné.

– On parlait de vous avec Anna. Elle vous trouvait mignon.

Tu as ri.

– Et toi, tu me trouvais comment? C'était toi que je regardais.

J'ai senti mes joues s'embraser. J'enrage de rougir aussi facilement. Je me suis dépêchée de remonter les genoux et de poser la tête dessus pour te cacher mon visage.

– C'est vraiment bizarre que vous m'ayez observée comme ça.

– Pas toujours. Parfois, c'était bon.

Mon fard m'a quittée aussitôt, faisant place au malaise qui me tordait le ventre, à la nausée qui montait immanquablement chaque fois que je pensais à ce que tu m'avais fait. J'avais envie de savoir ce que tu avais vu dans le parc au cours de toutes ces années, j'avais dû faire des trucs idiots. Mais, d'un autre côté, je n'y tenais pas et je n'avais pas la moindre intention de te le demander.

Je me suis replongée dans mes souvenirs du parc, repensant aux fois où j'y étais allée, d'abord avec mes parents, pratiquement tous les dimanches pendant un an dès que le temps le permettait. Papa et maman lisaient les journaux sur un banc et je jouais auprès d'eux. Maman emportait toujours des jouets à mon intention, mais je préférais me promener dans les plates-bandes en inventant des histoires du royaume des fées. C'était un bon souvenir, un des plus joyeux concernant mes parents. À l'époque, maman n'avait pas encore repris un boulot à plein temps et papa était plus détendu. Dans ma tête, on forme une famille normale heureuse. C'est bon. C'est sans doute l'année où je t'ai rencontré pour la première fois.

Avais-tu été le témoin de tout ça? Ces rares moments de bonheur familial faisaient-ils partie de ce qui t'avait attiré en moi? J'ai tourné les yeux vers toi. Tu étais en train de tripoter un clou qui menaçait de tomber, tu essayais de le retirer. Je t'ai regardé le pousser d'avant en arrière pour glisser un doigt dessous, toute ton attention mobilisée. À te voir penché comme ça, tu semblais plus petit que tu n'étais en réalité. Je me suis renversée sur le dossier du canapé et je me suis concentrée sur le ciel, si bleu, si vide. Ce jour-là, pourtant, quelques nuages filaient à travers le ciel, semblables à des barbes à papa. J'y ai cherché des visages.

Combien de fois en avais-je fait autant au parc avec Anna ? On trouvait toujours le visage de Ben dans le gros nuage qui souriait en coin. Anna m'avait dit qu'elle y avait vu Josh une fois en train de me regarder.

Après cet épisode, je m'étais méfiée de lui, je lui avais même parlé pour essayer de savoir s'il était aussi tordu que je le pensais. Ça n'avait fait que l'encourager ; il s'est mis à me suivre partout, rôdant autour de notre groupe. Anna n'y voyait pas d'inconvénient, ce qui était curieux dans la mesure où il n'échappait à personne que Josh faisait une fixette sur moi. Elle voulait peut-être que je sorte avec lui, de façon à avoir Ben pour elle toute seule.

Au fil des nuages dérivait une pensée que je tentais de repousser. J'ai abandonné le ciel pour me concentrer sur toi. Mais la pensée refusait de me quitter. Un jour d'été où il faisait chaud, presque deux ans auparavant, au parc, ce fameux soir.

Tu as réussi à passer le doigt sous le clou, parvenant enfin à le retirer.

Josh traînait dans le coin ce soir-là, rôdant aux abords de notre groupe, telle une chauve-souris.

L'alcool coulait à flots et pas du léger. Chacun avait apporté de quoi boire et on avait mélangé le tout dans une bouteille de deux litres. Anna riait aux éclats et Ben la pelotait, là devant tout le monde. J'ai entendu sa fermeture Éclair descendre, le claquement de l'élastique de sa culotte. Jay et Beth les ont charriés sur le fait qu'ils allaient perdre leur virginité en public, mais tout le monde était jaloux en fait. On a écarté Ben et Anna du cercle des buveurs et le reste du groupe s'est remis à picoler. Au bout d'un certain temps, la conversation s'est éteinte, Jay et Beth ont disparu dans les buissons et je me suis retrouvée toute seule à côté de mes deux meilleurs amis en train pratiquement de baiser à côté de moi.

Mais Josh n'avait pas quitté les lieux, il traînait dans l'ombre derrière. J'ai continué à boire. J'espérais stupidement qu'Anna et Ben arrêteraient bientôt et qu'on rentrerait ensemble. J'ai jeté un coup d'œil de leur côté et j'ai surpris le regard qu'Anna me lançait par-dessus l'épaule de Ben, j'ai compris aussitôt ce qu'elle attendait de moi. Alors je me suis tirée. J'ai traversé le parc en titubant dans l'obscurité, en direction de la sortie. Je ne sais pas où Jay et Beth étaient passés, mais je ne les voyais nulle part. L'air était lourd d'une odeur de terre. Des petits moucherons me tournicotaient devant les yeux.

Josh suivait.

Au début, je ne l'ai pas vu, mais à mi-chemin de la sortie j'ai entendu ses pas hésitants et rapides, et même le frottement de son jean. Je me suis retournée et je l'ai vu venir vers moi, à quelques mètres derrière. Il avait un sale regard, comme s'il n'avait fait qu'attendre tous ces mois de me coincer toute seule et saoule en plus, poursuivant un unique but. J'ai commencé à avoir la tête qui tournait et j'ai dû m'appuyer à un arbre pour ne pas tomber.

C'est alors que je me suis perdue. Quand j'ai voulu reprendre l'allée, je me suis trompée, et sans m'en rendre compte tout de suite non plus parce que Josh s'était mis à me parler, à se rapprocher. La seule chose sur laquelle j'arrivais à me concentrer, c'était d'aller plus vite. Il s'est mis à rire, d'un rire gras.

– Gemma, attends. Je veux seulement te parler, disait-il.

Je me suis retrouvée dans une zone du parc que je ne fréquentais pas beaucoup, près des fougères, dans le fond. Il y avait un bassin plus loin, c'est tout ce dont je me souvenais. Pour sortir, il aurait fallu que je revienne sur mes pas, or Josh était dans l'allée et il se rapprochait. Il faisait très sombre, j'avais du mal à le situer.

– Fous le camp, Josh, ai-je dit. Une autre fois. Rentre chez toi.

– Mais il est encore tôt.

J'ai jeté un coup d'œil autour de moi, en quête d'une branche ou d'un objet quelconque à brandir. J'ai essayé de me rappeler l'emplacement du bassin. L'allée en faisait-elle le tour ? Menait-elle ailleurs ensuite ?

– Allez, Josh, à quoi tu joues ? ai-je tenté à nouveau. Tu sais que je ne veux pas sortir avec toi, ai-je ajouté d'une voix tremblante, la gorge serrée, à deux doigts de ne plus pouvoir parler. Laisse-moi tranquille.

– Pas question.

Josh n'était plus qu'à quelques mètres ; je devinais

le bassin devant moi, les plantes qui poussaient autour se dressaient telles des lances. J'ai senti la soudaine humidité de l'air, le sol plus meuble sous mes pieds, j'ai entendu le bruissement du jean de Josh passant à travers un buisson. J'ai vu sur ma gauche une allée qui contournait le bassin.

Je bifurquais vers l'allée quand ça s'est produit.

J'ai ouvert les yeux d'un seul coup en repensant à quelque chose. Tu étais toujours en train de tripoter le clou que tu avais presque fini de dégager. J'ai regardé ton dos courbé, entendu tes petits grognements.

– Vous étiez au parc le soir de Josh ?

Tu as tordu la bouche et on aurait dit que tu te ramassais sur toi-même, que tu courbais les épaules par-dessus ton torse. J'ai refermé les yeux une seconde.

Je me rappelais parfaitement le bruit d'échauffourée que j'avais pris pour une glissade de Josh dans l'herbe. Soudain, deux ombres s'étaient projetées sur l'allée à côté de moi, une grande et une petite. Je me suis retournée. Il y avait quelqu'un d'autre, quelqu'un avec une capuche gris foncé, qui fonçait sur Josh pour l'écarter. J'ai entendu Josh se mettre à hurler quelque chose avant que sa voix ne soit rapidement étouffée par celle de l'autre personne, une voix basse, profonde et pressante. J'ai cru qu'il s'agissait d'un de ses copains bizarres qui faisait l'imbécile, qui l'entraînait dans les buissons pour fumer un joint, à grand renfort de bourrades. À moins que ça n'ait été Ben ou Jay.

Je ne me suis pas attardée pour savoir le fin mot de l'histoire. Je suis passée en trombe devant le buisson où Josh avait disparu et j'ai couru jusqu'à la maison sans m'arrêter, jusqu'à ce que j'aie mis la clef dans la serrure et refermé la porte derrière moi.

À force de manipuler le clou, il a fini par partir. Tu l'as fait sauter dans ta main, puis tu m'as jeté un coup d'œil et j'ai réussi à soutenir ton regard.

– C'est pour cette raison que Josh est parti? Vous étiez le type à la capuche, n'est-ce pas? ai-je demandé.

Tu es retourné au clou dans ta main, puis tu as penché la tête de côté pour admirer le paysage. Le soleil était en train de se coucher, les derniers rayons paraient les Différents de reflets dorés.

– Qu'est-ce que vous lui avez fait dans les buissons?

Tu m'as regardée et l'éclair dans tes yeux m'a indiqué clairement que tu savais très bien de quoi je parlais.

– Rien. Je n'ai rien fait, tu as dit.

– Il m'a laissée tranquille après.

– Je sais.

Je me suis penchée davantage. J'ai vu les gouttes de sueur sur ta nuque, mais je ne ressentais que froideur. Je t'ai regardé avec des yeux incrédules.

– Vous pensez m'avoir sauvée de ses griffes?

– À ton avis? tu as dit en t'asseyant sur tes talons devant moi, scrutant mon visage pour deviner mes pensées. Tu n'es donc pas contente que j'aie été là? tu as demandé en posant la main sur le canapé, frôlant ma cuisse au passage.

J'ai froncé les sourcils, déconcertée.

– Et au cas où tu te le demanderais, tu as dit doucement, c'est à ce moment-là.

– À ce moment-là, quoi ?

– Que j'ai su pour la première fois que je te voulais, qu'il fallait que je te ramène ici. Pas quand tu avais dix ans, mais ce fameux soir. À partir de ce moment-là, j'ai tout fait en fonction de toi, j'ai mis les bouchées doubles pour tout terminer afin de te sauver au plus vite.

Le lendemain, je me suis assise directement dans le sable près de l'enclos. Tu t'occupais de la chamelle avec douceur. Chaque fois qu'elle acceptait de faire ce que tu attendais d'elle, tu la récompensais d'une brassée de feuilles sèches, qu'elle prenait entre ses lèvres douces et élastiques. Tu ne cessais de lui murmurer dans le cou des petits mots gentils. Et si elle ne t'obéissait pas, tu n'avais qu'à lever la main comme pour la frapper. La peur que tu lui inspirais suffisait à lui faire comprendre la leçon. Elle s'écartait immédiatement avant de revenir bien vite vers toi, tête baissée, mastiquant lentement. C'étaient deux volontés qui s'affrontaient, sauf que la chamelle avait déjà renoncé.

Je me suis allongée, appuyée sur les coudes ; j'avais déjà les bras bronzés, bien plus qu'ils ne l'avaient jamais été, presque de la couleur du sable. J'ai senti quelque chose chatouiller mon petit doigt, une grande fourmi que je n'ai même pas pris la peine de chasser, malgré ses mandibules impressionnantes. Étonnant, non ; quelques semaines auparavant, je l'aurais écrasée sous mon pied. Elle a rampé sur mes autres doigts avant de disparaître quelque part sous mon dos. Je n'ai pas bougé de crainte de l'écraser.

Je t'ai observé tandis que tu incitais la chamelle à venir vers toi en brandissant des feuilles. Lorsqu'elle a été suffisamment près, tu as jeté une corde sur son dos. La première fois, elle a eu un mouvement de recul et tu as laissé la corde glisser par terre. Mais à force d'obstination, tu es parvenu à ce qu'elle s'y habitue.

– Je la dresse à supporter une selle, tu m'as crié.

Je me suis redressée. La chamelle a surpris mon mouvement et a fait un écart, la corde est retombée par terre avec un bruit sourd.

– Vous projetez de la monter? ai-je demandé.

– Évidemment.

Tu lui as tourné le dos pour t'éloigner en évitant soigneusement tout contact visuel. Quelques instants après, elle s'est approchée de moi.

– Le jour où on n'aura plus d'essence, il faudra quand même pouvoir circuler.

– Quand on sera à sec?

– Pas avant longtemps, mais mieux vaut être préparés. De toute façon, cette grande fille nous sera utile pour bien d'autres choses que nous transporter.

J'ai jeté un coup d'œil aux dépendances, m'attardant sur le bâtiment qui jouxtait ton atelier et dans lequel je n'étais encore jamais entrée. Était-ce l'endroit où tu entreposais l'essence? Je me suis vue t'enfermer dans la maison, arroser les murs d'essence, mettre le feu à la galerie, et te regarder te consumer. Pour la énième fois, j'ai scruté tes vêtements. Ne sachant pas où tu cachais tes clefs, mes chances de m'enfuir ou même de te brûler vif étaient proches de zéro. Ce fameux bâtiment était verrouillé, j'avais vu le cadenas sur la porte. J'ai tourné les yeux vers la chamelle, vers son dos si haut, en me demandant s'il était confortable.

– Vous pourrez la monter quand ? ai-je demandé. Aujourd'hui ?

– Non ! tu as répondu en grattant l'encolure de la chamelle. Aucune chance. Mais c'est toujours comme ça avec les chameaux, on avance petit pas par petit pas, un à la fois, jusqu'à ce qu'ils se soumettent.

Tu as continué de lui apprendre à garder la corde sur le dos, à chaque fois plus longtemps. Elle s'en débarrassait facilement, mais il arrivait qu'elle la garde.

– Si je comprends bien, vous la forcez à vous obéir ? Vous brisez son âme.

– Ce n'est pas ça, tu as dit en claquant la langue à l'intention de la chamelle.

Tu t'es approché d'elle de face et, cette fois, elle ne s'est pas écartée quand tu as jeté la corde sur son dos. Elle a même tourné son long cou pour la renifler.

– Je lui apprends à me faire confiance. Dès qu'elle y parviendra, dès qu'elle m'aura accepté, elle appréciera la situation. Les chameaux vivent en troupeaux, ils ne se sentent en sécurité que lorsqu'ils peuvent suivre quelqu'un, un meneur, qui les débarrasse du souci de la peur.

Tu lui parlais sans la quitter des yeux, les deux mains appuyées sur son flanc, pesant de tout ton poids contre elle pour l'encourager à t'accepter. Elle ne s'est pas dérobée, elle a même mangé les feuilles que tu lui proposais.

– Tu es une bonne fille, tu es une belle et une bonne fille. Voilà, c'est bien.

Tu t'es reculé, tu as retiré la corde qui était sur son dos, tu as ramassé une nouvelle brassée de feuilles et tu as recommencé l'exercice depuis le début. Au bout d'un certain temps, tu l'as récompensée par des caresses sur tout le corps en partant de l'encolure jusqu'au bout des pattes et en répondant à ses grognements de plaisir par de petits chuchotemens.

– Ça suffit pour aujourd'hui, ma poulette, tu as dit. On reprendra demain.

Profitant de ce qu'elle avalait une autre brassée de feuilles, tu as élargi l'ouverture dans la clôture en fil de fer qui reliait son enclos aux Différents, de sorte qu'elle puisse passer. Puis tu lui as fait signe d'avancer vers la brèche, l'encourageant à se diriger vers les rochers.

– Vous n'arriverez pas à l'attraper…, ai-je commencé.

Mais la chamelle t'a suivi, tendant le cou pour te toucher l'épaule. Tu es repassé sous les cordes qui couraient autour de son enclos pour revenir vers moi. Puis tu t'es laissé tomber par terre à mes côtés, allongé de tout ton long dans le sable, les yeux clos pour te protéger du soleil. Tu étais assez près, mais je ne me suis pas écartée pour une fois, je pensais toujours à la fourmi sous mon dos. Je ne voulais pas l'écraser et me faire mordre. Et puis, j'avais chaud et je manquais d'énergie. Tu as ouvert un œil pour me regarder.

– On y arrive, tu as dit avec un soupir, petit pas par petit pas.

Quelques instants après, tu te redressais en t'essuyant le front.

– Allons chercher à boire, il fait trop chaud dehors.

Je t'ai suivi sur la galerie, mais pas dans la maison. J'avais envie de réfléchir quelques secondes encore à notre conversation de la veille, je continuais de me demander si c'était vraiment toi dans le parc ce fameux soir. Parfois, je trouvais que ça tenait debout, et parfois non.

Tu avais laissé la porte ouverte et je t'ai entendu boire avidement au robinet de la cuisine. Tu es revenu avec deux verres, tu m'en as tendu un, que j'ai pris, mais pas bu. J'ai vu tes épaules se contracter quand je l'ai posé par terre avant d'aller m'asseoir au bord du canapé. Tu avais à peu près la même taille que le type à la capuche, mais toutes tes salades sur le fait que tu me connaissais étaient trop énormes, trop dingues. Et puis, il restait encore tant de choses invraisemblables. Pourquoi à ce moment-là ? Pourquoi m'avoir suivie pendant toutes ces années ? Pourquoi moi ?

– Pourquoi vous avez quitté l'Australie ? ai-je demandé. Et pourquoi avoir choisi l'Angleterre, en fait ?

Pas de réponse. Tu as marché lentement jusqu'à un des piliers de la galerie contre lequel tu as appuyé le front. Tu aurais bien voulu fermer les yeux, mais je ne t'ai pas lâché, je voulais savoir.

– Pourquoi ?

Tu as secoué la tête, serrant ton verre dans ta main. Soudain, tu t'es tourné vers moi.

– J'ai reçu une lettre, tu as dit. Ça te va comme ça ?

– Quelle lettre ? ai-je demandé en voyant tes articulations blanchir autour du verre. Qu'est-ce qu'elle disait ?

Tu as ouvert la bouche comme pour dire quelque

chose, mais tu t'es contenté de prendre une brusque inspiration.

– Je ne sais pas…

Tu as hésité, serrant ton verre décidément trop fort. J'ai cru que tu allais le casser.

– Je ne sais pas comment elle m'a retrouvé.

J'ai changé de position, soudain intéressée.

– Qui vous a retrouvé ?

Tu as tapé le verre contre la rambarde et il s'est brisé. Tu as regardé les bouts de verre dans ta main avec de grands yeux.

– Ma mère, OK ? tu as murmuré. Elle m'a retrouvé.

Voyant du sang couler sur ton poignet, tu as lâché les bris de verre qui sont tombés par terre avec un tintement mat, en quatre morceaux égaux. Tu as refermé la main, mais le sang continuait de couler, et tu n'avais pas retrouvé ton calme. Tu t'apprêtais à ramasser le verre quand tu as surpris mon regard. Tu as reculé en me cachant ta main. Puis tu t'es détourné, les épaules contractées. Un mot de plus et tu explosais. J'ai attendu quelques instants avant de reprendre la parole d'une voix mal assurée :

– Je croyais que votre mère avait disparu après votre naissance ?

– C'est vrai, tu as répondu en dépliant les doigts pour mesurer les dégâts. Mais elle m'a retrouvé, je ne sais pas comment. Peu après mes dix-sept ans, elle m'a envoyé une lettre.

– Pourquoi ? ai-je demandé dans un souffle.

La question est restée suspendue entre nous, tu avais le dos aussi raide que le pilier contre lequel tu étais appuyé, rigoureusement immobile.

– Elle voulait me voir, elle m'a donné son adresse à Londres, 31a Elphington Street.

– C'est près de chez moi.

– Je sais.

– Alors vous êtes allé la voir.

– J'ai essayé. Ma famille d'accueil m'a prêté l'argent du voyage.

– Qu'est-ce qui s'est passé?

– Ils étaient ravis de se débarrasser de moi.

– Non, avec votre mère.

Tu t'es tourné vers moi, le visage tordu par la vague d'émotions contre laquelle tu luttais.

– Tu veux vraiment le savoir?

J'ai hoché la tête. Tu as traversé la galerie en trois enjambées et claqué la porte derrière toi. Je t'ai entendu déambuler dans la maison comme un ours, ouvrir un tiroir. J'ai attendu, les nerfs à fleur de peau. Tu as rouvert violemment la porte, qui est allée valdinguer contre le mur, et tu m'as fourré quelque chose dans les mains, une enveloppe.

– Lis la lettre, tu as aboyé.

J'ai ouvert l'enveloppe avec des mains qui tremblaient soudain et sorti plusieurs feuillets, ainsi qu'une photo qui a atterri sur mes genoux. Je l'ai ramassée.

C'était une vieille photo jaunie aux bords cornés. Dessus, on y voyait une fille de mon âge, serrant un bébé contre elle. Elle regardait l'appareil avec aplomb, comme pour défier la personne qui prenait la photo. Elle avait de longs cheveux bruns et des yeux verts, elle me ressemblait un peu, j'en ai eu le souffle coupé. Le bébé était tout petit, bien enveloppé dans une couverture d'hôpital, mais il avait des yeux comme des lacs et l'unique boucle qui ornait son front avait des reflets dorés.

Je me suis tournée vers toi, m'attardant sur les mèches blondes qui te tombaient sur les yeux.

– … vous ?

Tu as abattu la main sur le pilier, faisant trembler toute la structure.

– Je voulais que tu la lises ! tu as dit en ramassant les feuilles sur mes genoux d'un geste brusque. Rends-la-moi si tu n'en as pas l'intention.

Tu as repris la photo aussi, attentif cependant à ne pas la froisser, et tu l'as glissée dans la poche de ta chemise, bientôt suivie de la lettre.

– Elle m'a écrit pour me dire qu'elle voulait vivre avec moi, que ça faisait trop longtemps qu'elle était seule, tu as dit doucement, comme pour toi-même.

– Et que s'est-il passé ? ai-je demandé dans un murmure.

Tu t'es penché vers moi en ouvrant précaution-neusement les doigts et tu m'as pris le visage dans ta main. J'ai vu le sang sur ta paume, déjà sec. J'ai voulu me détourner, mais tu as ramené mon visage vers toi, me forçant à te regarder, j'ai senti tes doigts sur mes cheveux.

– 31a Elphington Street était un squat, tu as dit en soupirant. De la merde sur les murs et des moineaux crevés dans la cheminée. Un dealer a manqué me casser la figure quand j'ai sonné.

– Et votre mère ? ai-je demandé non sans difficulté avec la tête prise en étau.

– Elle n'était pas là. Elle avait quitté les lieux la semaine précédant mon arrivée, tu as répondu, dar-dant ton regard ailleurs à ce souvenir. J'ai essayé d'obtenir sa nouvelle adresse, mais personne ne voulait me la donner. Personne ne voulait plus rien savoir d'elle avec les emmerdes dans lesquelles elle s'était fourrée.

J'ai tenté de me dégager, mais tu ne m'as pas laissée faire, tu as même resserré ton étreinte. Tu me parlais à deux centimètres du visage, m'envoyant ton haleine âcre de cigarette.

– J'ai fini par dégotter un numéro où la joindre. J'ai gardé le papier où je l'avais noté plusieurs jours avant d'avoir le cran de l'appeler, je le connaissais par cœur. Le jour où je me suis décidé, je suis tombé sur une vieille bonne femme qui m'a demandé si j'avais de l'argent et qui a prétendu ne pas savoir de qui je parlais quand je lui ai répondu que je n'en avais pas. Mais cette voix…

Tu as repris ton souffle.

– On aurait dit qu'elle était à moitié morte, ou saoule ou droguée, la même voix que mon père parfois.

Tu t'es interrompu.

– Je me demande souvent si c'est bien elle qui m'a répondu, si c'était bien sa voix.

Sans te quitter du regard, je me suis lentement dégagée.

– J'ai continué à la chercher quand même, tu as repris sans te rendre compte que j'avais bougé, à essayer de la retrouver dans je ne sais combien de squats et de foyers. Merde ! Je n'avais jamais vu de neige de ma vie, j'ai détesté ça dès le premier jour. Je n'avais pas d'argent pour rentrer, je n'avais rien à faire, personne, alors…

Tu t'es tu, me lâchant finalement. J'ai bougé la

mâchoire dans tous les sens pour vérifier qu'elle fonctionnait. Quand je t'ai regardé, tu avais le visage grave. Tu as tendu la main vers ma joue comme pour la toucher de nouveau.

J'ai secoué la tête. Non. Ton visage s'est aussitôt crispé, je me suis rencognée dans le canapé et tu as abattu ton poing sur le coussin à côté de moi, dont ni toi ni moi ne pouvions détacher les yeux. Ta main n'était qu'à quelques centimètres de ma cuisse, j'ai constaté qu'elle tremblait. Tu as fini par la fourrer dans ta poche, puis tu es retourné à ton pilier regarder le paysage.

– C'est à ce moment-là que vous êtes tombé sur moi ? ai-je demandé doucement. Après que vous n'avez pas retrouvé votre mère ?

Tu n'as pas répondu, tu as traversé la galerie au pas de charge et tu as sauté dans le sable. Tu as balancé ton poing dans le punching-ball puis, ramassé sur toi-même, tu as frappé encore. À chaque coup de ta main blessée, tu grognais. Soudain, tu as bloqué le sac des deux bras et filé en direction des Différents. J'ai écouté le balancement rythmique du punching-ball qui ralentissait jusqu'à son arrêt complet. Plus tard, l'écho du son que j'ai entendu monter des Différents était peut-être ton cri.

L'après-midi touchait à sa fin, l'heure où d'habitude tu nourrissais les poules, or tu n'étais toujours pas rentré. J'ai pris la boîte de graines et de noix dans la véranda et j'ai décidé de le faire moi-même. Pour pénétrer à l'intérieur des Différents, j'étais obligée de passer par l'enclos de la chamelle. C'était la première fois que j'y entrais en ton absence. Elle se reposait, les pattes repliées sous elle. À mon arrivée, elle a levé la tête.

– Tout doux, ma jolie, ai-je dit en m'efforçant de prendre les mêmes intonations que toi.

Elle était monumentale, difficile de ne pas en avoir un peu peur. J'ai emprunté le passage qui traversait les rochers en avançant prudemment. Je me demandais si tu étais toujours à l'intérieur des Différents. Et dans ce cas, où ? J'avais l'impression d'être observée.

J'ai débouché dans la clairière qui bruissait du gazouillis des oiseaux, qui papotaient comme chaque fin de journée. Un lézard qui se prélassait sur un rocher a reculé précipitamment dans un coin sombre au moment où j'arrivais devant les cages. J'ai commencé par les poules, gardant le coq pour la fin. Il était en train de se pavaner, comme s'il se préparait au combat. J'ai tiré le couvercle d'un coup sec et déposé la nourriture, les poules se sont précipitées autour de ma main, j'ai senti la douce chaleur de leur corps. J'ai adoré leurs caquètements. Elles m'ont rappelé les deux vieilles dames que je croisais parfois dans le bus en rentrant du lycée, elles aussi jacassaient, sauf que c'était à propos de leurs émissions de télé préférées. Elles me manquaient. Avaient-elles remarqué que je ne prenais plus le bus ?

J'ai décidé de donner un nom à toutes les poules, les deux grosses grises se sont appelées Ethel et Gwen, en hommage aux vieilles dames du bus, la petite rouge, Maman, la rouge dodue, Anna, la grande aux plumes orange, Ben (oui, je sais, c'est un nom de garçon et alors ?), la blanche maladive, Alison, comme ma grand-mère et le coq, Salaud, comme toi.

Après avoir caressé les poules un moment, j'ai refermé le couvercle de leur cage et je suis allée à celle du coq. Il passait la tête par le grillage pour essayer de me donner des coups de bec. J'ai balancé du sable dans sa direction pour ouvrir le loquet. Il m'a foncé aussitôt dessus, me lardant de violents coups de bec dans la main. J'ai reculé en le repoussant de toutes mes forces.

Je t'ai entendu rire du côté des arbres fruitiers; tu étais adossé à un rocher, les pieds appuyés contre le tronc d'un arbre, aussi immobile que le grès sous ton dos.

– Quand il fait ça, il faut le prendre dans tes bras jusqu'à ce qu'il se calme. Ou bien le tenir la tête en bas.

– J'aimerais bien vous y voir.

Tu as haussé les épaules et tu es venu. Dès que tu t'es accroupi devant sa cage, Salaud a essayé de te picoter, sautant en l'air, ses pattes griffues lancées contre le loquet.

– Coq ninja, hein? tu as dit en me souriant avant de relever tes manches. On va voir ça.

Tu n'avais pas plutôt passé la main dans la cage que Salaud te sautait dessus. Les griffes plantées dans ta main, il a commencé à t'arracher des petits bouts de chair avec son bec.

– Saleté de coq!

Tu as essayé de lui faire lâcher prise, mais il s'est accroché de plus belle. Je me suis détournée pour cacher un petit sourire. Tu as secoué les mains en tous sens dans l'espoir de le faire tomber, mais Salaud continuait d'enfoncer ses griffes comme si sa vie en dépendait. Soudain, il t'a arraché un grand lambeau de peau près de l'articulation. Tu as essayé de le repousser de l'autre main, seulement Salaud n'en avait pas fini. Il poussait des cris stridents, ravi du carnage. Tu t'es mis toi aussi à crier. J'assistais au combat de deux mâles pour la suprématie de la basse-cour, comme j'en avais vu à la télé dans des émissions sur la nature. J'ai trouvé qu'il était de mon devoir de soutenir le coq dont j'appréciais chacune des égratignures qu'il t'infligeait.

Finalement, tu as réussi à l'attraper par les ailes, le bloquant d'un coup. J'ai attendu, redoutant que tu ne le serres davantage, que tu obtiennes réparation, pour ainsi dire. Mais tu as laissé tomber Salaud dans sa cage, tu lui as balancé sa nourriture, refermé le couvercle en vitesse et tu as filé un coup de pied dans le grillage. Salaud a voleté jusqu'au sommet contre lequel il s'est écrasé avant de s'effondrer au sol dans une débauche de couinements déments.

Du sang coulait sur tes mains et tes avant-bras, et le pourtour de tes égratignures était boursouflé.

– Tu avais raison, c'est un tueur, tu as dit en ouvrant de grands yeux. Un coq avec de gros problèmes.

Tu as secoué la tête, peut-être étonné de t'être fait battre par un autre animal. Tu as tendu les mains devant toi comme le font les tout-petits. Le sang qui coulait de l'articulation déchirée dégoulinait sur ton poignet, où des plumes étaient restées collées. En voulant contenir le saignement, tu n'as fait qu'ouvrir une blessure à l'autre main.

– Aïe, tu as dit en tournant vers moi tes yeux écarquillés. Tu vas être obligée de m'aider à baigner tout ça.

J'ai fait couler de l'eau en m'assurant qu'elle était brûlante. Assis sur le plancher poussiéreux du salon, tu attendais que je te rapporte la bassine. La température de l'eau t'a arraché une grimace et à moi un sourire. Menus plaisirs, petites récompenses. Puis je suis allée chercher la vieille éponge avec le côté abrasif dont tu te servais pour faire la vaisselle.

– Ce truc fera l'affaire ? ai-je demandé d'un ton innocent.

– Tu veux m'arracher la peau ? tu as dit en levant les yeux au ciel. Inutile de répondre à la question, tu as alors ajouté.

Je l'ai rapportée quand même et me suis agenouillée de l'autre côté de la bassine, dont l'eau rougissait à mesure que tu trempais les mains dedans.

– Ça ne vous fait pas mal ? ai-je demandé.

– Si.

– Comment vous arrivez à garder les mains dans l'eau bouillante ?

– Je suis têtu comme une bourrique, tu as répondu en souriant. Et, de toute façon, avoir mal signifie qu'on guérit.

– Pas toujours.

Le sang continuait de couler en longues spirales qui s'enroulaient autour de tes doigts.

– Saleté de coq, tu as marmonné.

Tu ne t'étais pas encore occupé de tes bras, ils étaient couverts d'égratignures, dont certaines montaient jusqu'au coude. Tu as retiré les mains de la bassine avec un soupir et tu les as posées sur le rebord, elles étaient roses et gonflées, semblables à des marshmallows.

– Il va falloir que tu m'aides, tu as dit. S'il te plaît?

– Pourquoi je le ferais? ai-je répondu en te rendant ton regard.

Tu as plissé le front.

– Parce que, si je ne peux plus me servir de mes mains, on est foutus.

Tu as soufflé, exaspéré.

– … et en plus je ne peux pas me nettoyer les bras comme il faut, tu as ajouté, ta bouche se fendant d'un sourire, tes yeux implorants. Et ça fait mal, Gem.

Tu as tendu les mains devant toi, comme tu l'avais fait plus tôt. De l'eau rosie est tombée sur le sol, une goutte a même atterri sur mon genou, avant de glisser par terre en laissant une traînée marronnasse dans son sillage.

– Qu'est-ce que j'aurai en échange? ai-je demandé doucement.

Tu as regardé la goutte dégouliner de mon genou en réfléchissant silencieusement.

– Qu'est-ce que tu veux?

– Vous savez ce que je veux.

– Tu n'iras nulle part, tu as dit en retournant ta main droite qui a bientôt été parcourue de rigoles de sang mêlé d'eau. Qu'est-ce que tu veux de moi, ici, maintenant?

En relevant la tête, tes cheveux te sont tombés sur les yeux et pourtant le geste était léger. Ta tignasse décolorée par le soleil t'arrivait presque à la bouche, tu as soufflé sur les mèches qui te gênaient, mais elles sont restées collées à tes lèvres.

– S'il te plaît, tu as dit, ne me demande rien concernant un départ d'ici. Allez, vas-y, je serai content de te faire plaisir.

Tu t'es penché en avant, curieux comme une chouette, j'ai reculé aussitôt.

– Mais d'abord, tu as chuchoté, avant toute chose, tu peux m'apporter une serviette de toilette? Elles sont dans une caisse à la salle de bains.

– Je sais.

Je suis allée à la salle de bains et j'ai pris une serviette dans la caisse métallique cabossée qui se trouvait derrière la porte. En revenant au salon, j'ai pensé à toutes les choses que je voulais savoir sur toi, des centaines. Mais te les demander me faisait l'impression d'un crime, d'une sorte de trahison. Je me suis agenouillée avec la serviette sur les genoux et j'ai réfléchi. J'étais prête à te la donner dès que tu me la demanderais, mais tu as posé les bras directement dessus, sur mes genoux. J'ai senti le tissu éponge s'imprégner de sang mêlé d'eau tiède. Ton visage s'en est trouvé plus près du mien, et j'ai dû fixer tes bras, j'avais les jambes tendues à l'extrême, comme un animal prêt à bondir.

– Je voudrais savoir comment vous avez construit tout ça? ai-je fini par demander. Où vous avez trouvé l'argent? Si, comme vous le prétendez, c'était bien vous dans les buissons, il y a toutes ces années? Et comment vous êtes passé des buissons à ça? ai-je terminé en jetant un coup d'œil circulaire autour de la pièce.

Pour la première fois, j'ai remarqué les toiles d'araignée qui pendaient du plafond et descendaient en volutes le long des rideaux par des fils impalpables, fragiles sentiers de vie.

– Lave-moi les bras, tu veux bien? tu as demandé en les retournant sur la serviette avec un signe de tête vers l'éponge. Je te raconterai en même temps.

J'ai trempé l'éponge dans l'eau et je t'ai récuré la peau avec, je l'ai passée sur tes écorchures, les faisant s'ouvrir davantage. Chaque fois qu'un lambeau de peau se décollait pour laisser la place à une parcelle plus rose, plus tendre, tu ne pouvais réprimer une grimace. J'ai frotté plus fort, des bouts d'éponge sont restés collés aux plaies, tu t'es mordu la lèvre pour réprimer la douleur.

– Je me suis procuré de l'argent de tas de façons différentes, tu as dit. Au début, j'ai volé, je me débrouillais pas mal pour piquer les sacs à main dans les pubs, par exemple. Mais un jour, je me suis fait prendre par un type qui a menacé de m'envoyer en prison.

Tu as surpris mon regard, comprenant que si ça ne tenait qu'à moi, tu irais en prison de toute façon un de ces jours. Tu as fait comme si de rien n'était.

– À un moment, j'ai même fait la manche, posé mon gobelet en carton par terre comme les autres en me sentant minable.

J'ai arrêté de frotter.

– Mais on ne construit pas une maison pareille avec l'argent qu'on gagne en faisant la manche, ai-je dit avec un nouveau regard circulaire sur la pièce.

Elle était sommaire, mais sa réalisation avait dû nécessiter plus que quelques pièces de monnaie, beaucoup plus.

– Quoi d'autre ? ai-je demandé.

– J'ai vendu des trucs.

– Quoi ?

– Ce que j'avais, tu as répondu avec une grimace accentuée qui ne devait rien à la douleur dans tes bras, je ne les frottais même pas. Je me suis vendu pour cet endroit.

– Comme un prostitué?

– Comme quelqu'un qui vend son âme.

Ton visage s'est crispé à un souvenir bien précis que tu as essayé de chasser en secouant la tête.

– J'ai fait ce que tout le monde fait en ville, tu as ajouté, le regard lointain. J'ai couru après l'argent, fait semblant d'être quelqu'un d'autre pour m'en procurer. Plus le temps passait et plus ça devenait facile, mais c'est le piège. Quand s'insensibiliser ne pose plus de problème, on sait qu'on est en train de sombrer, de mourir.

Tu as commencé à te tamponner les bras avec la serviette en appuyant sur les écorchures pour arrêter le saignement.

– Et puis, j'ai eu mon heure de gloire.

– Prostitué de luxe? me suis-je moquée.

– Presque. J'ai travaillé à Fantasyland.

– Comme personnage de Disney?

– Je l'aurais fait si on me l'avait demandé, tu as répondu avec un sourire désabusé. Non, j'ai travaillé comme escorte, cavalier professionnel. Je sortais avec qui voulait de moi dans le personnage de leur choix, James Bond, Brad Pitt, Superman...

Tu as attendu ma réaction.

– Tu vois que je pouvais être Superman.

– C'est dingue.

– Oui, mais c'est ça, la ville, tout le monde adore faire semblant, surtout les riches. Bref, rien de plus facile que d'être ce que les gens veulent qu'on soit, de leur donner quelque chose à regarder, d'acquiescer en souriant, de leur dire qu'ils sont sublimes, tu as expliqué en me décochant un sourire ravageur. Les trois marches qui mènent à l'argent.

Tu as souri de nouveau, mais cette fois pas de sourire ravageur, mais un pauvre petit sourire triste.

– Et votre argent, vous l'avez encore ?

Tu as lancé les mains en l'air pour indiquer la maison.

– Englouti dans ce bois quelque part, dans cette maison. Qu'en faire d'autre ?

– Si je comprends bien, quand vous quitterez cet endroit, vous n'aurez plus rien, plus d'argent, plus de famille, plus d'avenir… ?

Ton sourire s'est aussitôt éteint.

– Je ne quitterai jamais cet endroit, tu as dit en te levant.

Les soins étaient terminés.

Cette nuit, je n'ai pas dormi, je m'étais couchée avec trop de questions en tête. Juste avant l'aube, je t'ai entendu murmurer quelque chose. Je suis allée dans le couloir sur la pointe des pieds coller l'oreille à ta porte. Mais tu n'as plus rien dit, tu avais peut-être parlé dans un rêve.

Le lendemain matin, je t'ai trouvé dans la cuisine inondée de soleil qui entrait à flots par la fenêtre et te caressait le dos. Tu étais en train d'imprégner des bouts de chiffon d'une pâte marron foncé, qui dégageait une odeur d'eucalyptus et de terre. Tu avais les mains couvertes de croûtes et toutes gonflées. Tu as sorti un chiffon de la bassine en me demandant de t'aider à l'enrouler autour de ton poignet. Pendant que je m'exécutais, tu as regardé par la fenêtre, impatient de reprendre je ne sais quelle activité.

– Il va faire chaud aujourd'hui, tu as dit. On aura

peut-être même de la pluie un de ces jours, si on a de la chance, si elle continue à grimper.

– Qui ça ?

– La pression. Quand l'atmosphère est lourde comme aujourd'hui, ça pète forcément à un moment donné.

J'avais senti la pression, moi aussi. Depuis quelques jours, l'air me paraissait vivant, il s'accrochait à mes oreilles comme pour y pénétrer, faisait peser sa chaleur sur moi. Je me demandais parfois si l'air me pousserait jusqu'en Angleterre, pour peu que j'attende les bras grands ouverts.

Tu as vérifié si j'avais assez serré le bandage.

– Bien, tu as murmuré en ouvrant un tiroir dans lequel tu as farfouillé.

– Comment vous avez pu apporter le matériel et le bois jusqu'ici ? ai-je demandé.

Tu as sorti une petite agrafe métallique.

– J'avais un camion.

– C'est tout ?

– Et du temps, tu as dit en me faisant signe d'attacher l'agrafe sur le bandage, pour plus de sûreté.

– Quoi d'autre ? ai-je demandé en tirant sur l'élastique avant d'enfoncer les extrémités métalliques dans le chiffon.

Et je ne t'ai pas lâché le poignet tant que tu ne m'as pas regardée.

– D'accord, tu as dit en soupirant. Il y a un autre endroit, une coquille vide, en fait, pas très loin d'ici, une ancienne mine. J'y ai entreposé des affaires en attendant d'en avoir besoin. Ensuite, j'ai commencé les travaux, il y a de nombreuses années, quand l'idée a germé pour la première fois dans ma tête, avant de savoir que je voulais t'y emmener.

– On pourrait aller voir cette mine ? ai-je demandé vivement.

– Il n'y a rien à voir.

– Forcément plus qu'ici.

Tu as secoué la tête.

– Tout a été foré, enlevé, tout est mort.

À ces mots, je me suis recroquevillée.

– Je ne plaisante pas, Gem. Il ne reste qu'un trou dans le paysage, qui a avalé tout le reste. C'est hideux.

Tu as ouvert la porte donnant sur l'extérieur.

– Tu viens ?

J'ai secoué la tête. Tes paroles avaient fait battre mon cœur plus vite. Si je pouvais récupérer tes clefs, je retrouverais la coquille vide dont tu parlais et, si c'était une mine, je tomberais forcément sur des gens, sur quelque chose. Pour la énième fois, j'ai fouillé la cuisine de fond en comble. Plus le temps passait et plus j'étais persuadée que tu avais les clefs sur toi.

Je suis allée dans la pièce à tout faire consulter quelques livres, mais aucun ne comportait de carte, rien pour m'indiquer où je me trouvais. J'ai jeté un coup d'œil aux photographies de paysages et d'Aborigènes qui, d'après ce que tu avais dit, peuplaient jadis le désert dans *Histoire du Grand Désert de Sable*. J'ai caressé leur visage en regrettant qu'ils soient partis.

Grâce au livre suivant, un guide de la flore australienne, j'ai eu une inspiration. J'allais peut-être pouvoir me localiser en reconnaissant la végétation du coin. En feuilletant le livre, certaines plantes m'ont semblé familières, comme celles appartenant à la famille de l'herbe porc-épic. Une légende disait : « *L'herbe porc-épic domine la végétation de plus de 20 % du territoire australien. On la trouve dans tous les États, sauf en Tasmanie.* »

« Génial, me suis-je dit, je pourrais être n'importe où, sauf en Tasmanie. »

J'ai ouvert le placard où étaient entreposés une guitare sans corde et un ballon de foot dégonflé sur l'étagère du bas. Je les ai poussés de côté, quand un truc noir et plein de pattes a détalé sous mes yeux, disparaissant dans un recoin sombre. À la vue du fil d'araignée qui pendait, je ne me suis pas aventurée plus loin.

Sur l'étagère du milieu traînait une machine à coudre sale plus vieille que moi. J'ai tourné la roue sur le côté en regardant l'aiguille monter et descendre lentement. J'aurais tant aimé qu'elle couse par magie une carte m'indiquant comment rentrer en Angleterre. J'ai appuyé le doigt sur l'aiguille, elle était rouillée, mais le bout était encore très pointu, surprenant compte tenu de l'aspect vétuste de la machine. J'ai fait bouger l'aiguille jusqu'à ce qu'elle casse, puis je l'ai fait courir le long de ma ligne de vie. Je l'ai arrêtée au milieu de ma paume en me lançant un défi. Étais-je ou non capable de l'enfoncer ? Quelle douleur cela engendrait-il ? Quel mal pouvait vraiment faire ce bout de ferraille ?

En entendant la porte de la cuisine claquer, puis tes pas traverser la maison, j'ai glissé l'aiguille dans la poche de mon short, refermé prestement le placard, je suis retournée à la bibliothèque, j'ai pris *Les Aventures de Huckleberry Finn* et j'ai attendu. Tu es entré.

Tu avais cessé depuis peu de me demander ce que je faisais de mon temps et tu n'as pas fait exception ce jour-là. Tu m'as d'abord regardée, puis tu t'es mis à faire les cent pas, à tourner en rond comme un lion en cage. Soudain, tu as jeté les mains en l'air comme pour implorer je ne sais quel dieu.

– Je ne peux rien faire avec des mains comme ça, tu as dit d'un ton bourru. Tu ne veux pas qu'on aille se promener?

J'ai acquiescé en pensant à la mine, et j'ai emporté l'aiguille.

Tu balançais au rythme de tes pas le vieux panier de supermarché en plastique rouge marqué «Propriété de Coles» en lettres délavées, que tu avais pris soin de prendre avec toi. Tu as dit bonjour à la chamelle en traversant son enclos et, arrivé au pied des rochers, tu t'es arrêté pour examiner la végétation qui poussait en lisière, t'intéressant à un petit buisson qui ressemblait à de l'herbe porc-épic. J'ai repensé au guide de la flore australienne que j'avais feuilleté en me demandant si les feuilles vertes tirant sur le gris que je voyais étaient en mesure de me fournir un quelconque indice. Je t'ai demandé ce que c'était.

– C'est de l'arroche. Ça pousse partout.

– Dommage, ai-je dit en caressant les feuilles en forme de diamant. Je pensais que c'était une plante rare.

– Elle est spéciale, tu as répondu en me lançant un regard en biais. Tu pourrais écrire des romans dessus. Bien utilisée, elle est délicieuse en cuisine, en plus elle soigne les gonflements, les maux de dents, elle aide à la digestion...

Tu as ramassé quelques branches ornées de minces feuilles friables que tu as glissées dans ton panier.

– C'est une des rares plantes qui, non seulement peut supporter tout le sel de la terre, mais s'en trouve très bien, ce qui la rend particulièrement utile.

– Utile pour quoi? ai-je demandé en passant un doigt sur une feuille.

– Ça! tu as répondu en me montrant tes mains bandées. Et je me disais qu'on pourrait en faire pour le dîner.

J'ai essayé d'arracher la feuille, mais elle s'est effritée dans ma main.

– Ça n'a pas l'air bon du tout. Ça a l'air mort.

– Tu entends ça, arroche? tu as dit en t'adressant à la plante. Tu es plus morte qu'un pavé. Dépêche-toi de te sortir de là! tu as dit en riant.

Tu t'es redressé pour me faire face.

– Dans cette région, les choses font semblant d'être mortes, Gem, c'est une tactique de survie, alors que, en dessous, elles bouillonnent de vie. La plupart des plantes du désert se développent sous la surface de la terre.

Tu m'as pris la feuille des mains et tu t'es touché la langue avec.

– Leur comportement ressemble un peu au nôtre en ville, ou à la ville elle-même, morte en apparence, mais frémissante à l'intérieur. Tiens, regarde ça, tu as dit en me montrant une racine qui poussait au creux d'une crevasse dans un rocher. Ça ne ressemble pas à grand-chose, hein?

– Aussi morte que le reste.

– Alors qu'elle est simplement en sommeil, prête à renaître, tu as expliqué en tâtant la racine. À la prochaine pluie, elle se développera et fleurira. Puis, quelques semaines plus tard, elle donnera des fruits, un genre de raisin du désert. Incroyable, non, qu'une plante reste muette si longtemps... ?

Au lieu de pénétrer à l'intérieur des Différents, tu as continué d'en faire le tour. Après avoir ramassé d'autres feuilles, tu t'es assis par terre contre le tronc gris d'un arbre massif, tendant la main derrière toi pour le toucher.

– Lui s'appelle chêne du désert, tu as murmuré. Le plus imposant de tous et le plus poignant aussi.

Arroche, raisin et chêne du désert, ces noms simples renfermaient forcément des indices. Je les ai répétés à l'infini afin de les imprimer dans ma tête. J'ai ramassé une feuille tombée au sol, rendue craquante par le soleil, que j'ai glissée dans mon short avec l'aiguille. Je me suis assise en face de toi et, lorsque j'ai plié les genoux, j'ai senti l'aiguille me rentrer imperceptiblement dans la cuisse. J'ai mis la main dans ma poche pour tâter son bout rouillé et, profitant de ce que tu caressais le tronc d'arbre, je l'ai triturée. En observant les mouvements de ta glotte, j'ai constaté qu'elle se levait telle une cible quand tu avalais. Tu as tendu la main pour attraper quelques feuilles bruissantes.

– Certains disent qu'il a l'esprit du dingo, tu as poursuivi. Ou bien qu'il est un ancêtre à la longue chevelure blanche ou que, quand le vent s'y prête, il sort ses racines de terre pour aller se balader. Mais, pour se reproduire, il faut d'abord qu'il meure.

Tu as froissé les feuilles dans ta main avant de les faire rouler sous ta paume, à l'instar du présentateur d'une émission de télé sur les végétaux.

– Tu vois, les cosses qui renferment les graines ne s'ouvriront que sous la violence d'un feu. Après le feu, les graines s'éparpillent par la grâce de minuscules ailes, permettant à la variété de poursuivre son extension.

Tu as laissé tomber les feuilles par terre pour tapoter le tronc. Tu souriais, content que je t'écoute, que je m'intéresse.

– J'en ai vu brûler comme des torches, tu as repris doucement, détruisant tout dans la confusion, mais donnant la vie aussi.

Tu t'es laissé retomber contre le tronc, dont l'écorce sombre a marqué ton cou et tes cheveux. Un petit scarabée a atterri sur ton épaule.

L'aiguille était tellement microscopique que j'avais du mal à la palper, j'ai serré le poing de sorte que je sente la tige métallique. J'ai regardé tes yeux magnifiques et maléfiques en sachant pertinemment ce que je voulais faire. Je me suis penchée en avant pour mesurer l'espace qui nous séparait. Un mètre ? Deux ? Tu as pris mon geste pour un regain d'intérêt et tu es reparti de plus belle, souriant comme un gosse.

– Alors que la plupart des plantes meurent dans le feu, tu as poursuivi, les chênes survivent en quelque sorte. Ils tirent profit des flammes, ou du moins leurs descendants.

– Et les autres plantes ? ai-je demandé, cherchant à gagner du temps pour réfléchir.

– Le feu détruit tout pour la survie des chênes. C'est malin, très proche de l'humain, en fait, attendre que tout le monde dégage pour s'installer.

Tu as fermé les yeux, les paupières bien serrées, les

bras enroulés derrière toi autour du tronc. J'ai ouvert la main et regardé l'aiguille scintiller au soleil. Tu avais le visage baigné de lumière, ça te donnait un air paresseux. J'ai choisi ce moment pour me pencher vers toi. Mon genou a craqué et je me suis figée à l'arrêt, comme un animal, mais tu n'as pas bougé.

– Peut-être qu'à la fin du monde, il ne restera plus que les chênes du désert et nous, en train de nous disputer le territoire, tu as murmuré.

Je n'étais plus qu'à quelques centimètres de toi, tu sentais forcément ma présence, tu as pourtant gardé les yeux clos. Tu pensais peut-être que j'avais changé d'avis à ton sujet, qu'au moment où tu ouvrirais les yeux, je serais à côté de toi, impatiente de faire se toucher nos visages. Tu t'es même passé la langue sur les lèvres, humectant les gerçures qui les creusaient, prêt.

J'ai fait pivoter l'aiguille entre le pouce et l'index, le bout pointé vers ta paupière, la main tremblante. Je me suis approchée, retenant ma respiration, m'efforçant d'affermir ma main. J'ai visé et appuyé le bout de l'aiguille sur la peau délicate de ta paupière.

Tu t'es raidi instantanément.

– Un geste et j'appuie, ai-je dit. Ça s'enfoncera directement dans votre cerveau en passant par l'œil.

– C'est quoi ? tu as demandé en fronçant les sourcils. L'aiguille de la machine à coudre, c'est ça ?

J'ai vu tes lèvres bouger et tu t'es mis à rire.

– Dois-je en conclure que tu m'as épinglé ?

J'ai enfoncé l'aiguille davantage, pas trop, mais assez pour que tu comprennes ma détermination, pour que tu cesses de rire.

– Je veux vos clefs de voiture. Si vous me les donnez maintenant, j'arrête d'appuyer, ai-je dit.

– Évidemment, tu veux t'enfuir. J'ai cru qu'on avait dépassé ce stade, tu as soupiré. Laisse-moi t'accompagner.

– Non.

Tu as ouvert prudemment l'autre œil, cherché et trouvé les miens.

– Tu mourras dans le désert, Gem. Laisse-moi t'accompagner.

– Pourquoi je vous emmènerais ? Je veux vous échapper.

Tu as continué de me regarder. Je me suis demandé si tu allais essayer de m'intimider, de me menacer de représailles si je ne t'obéissais pas. J'ai maintenu la pression sur ta paupière.

– Dites-moi où se trouve la mine.

– Crois-moi, ça ne peut pas se passer comme ça, tu as murmuré.

– Si. Dites-moi où elle est, où sont les gens ?

De l'autre main, j'ai palpé ta chemise, vérifié tes poches de poitrine, j'ai continué avec le short ; tu n'as opposé aucune résistance. Tu appréciais sans doute de sentir ma main sur toi, à moins que tu n'aies pas eu la force de discuter ce jour-là. Tout au fond de la poche gauche, j'ai trouvé une unique clef de voiture, que j'ai serrée fermement. Mais que faire ensuite ? Fallait-il t'obliger à m'accompagner à la voiture en gardant l'aiguille appuyée sur ton œil ? Te l'enfoncer pour de bon ? Prendre mes jambes à mon cou ?

Pour finir, c'est toi qui as trouvé la solution. Dans un nouvel éclat de rire, tu m'as attrapé le bras et, avant que j'aie le temps de dire ouf, tu as écarté l'aiguille. Cette fois, tu me regardais des deux yeux, ta main bien serrée autour de mon poignet.

– Ne sois pas lamentable, tu as dit d'une voix claire qui ne tremblait pas. Si tu en es vraiment à ce point, Gem, vas-y. Vois jusqu'où tu peux aller.

J'étais partie avant que tu finisses ta phrase, la clef bien serrée dans ma main, persuadée que tu me rattraperais en deux secondes, que tu me jetterais à terre de tes bras puissants. Je ne me suis pas retournée. Dans ma course folle, j'ai marché sur un buisson d'arroche dont les feuilles pointues m'ont écorché les jambes. Une branche s'est même prise dans mon short sans que je m'en rende vraiment compte. J'ai sauté par-dessus une termitière. Je voyais ta voiture garée au loin devant ton atelier, l'avant pointé vers le désert. J'espérais seulement que tu aies laissé des affaires dans le coffre, de l'eau, de la nourriture, de l'essence. Je me suis précipitée dans l'enclos de la chamelle par la brèche dans le grillage, elle s'est levée pour venir vers moi, mais je suis passée devant sans m'arrêter.

– Au revoir, ma jolie, ai-je dit hors d'haleine. Pardon, mais je ne peux pas t'emmener.

Elle m'a suivie sur quelques mètres de sa démarche chaloupée, une enjambée quand il m'en fallait trois. J'aurais voulu lui rendre sa liberté, mais je n'avais pas le temps.

Arrivée à la voiture, j'ai enfoncé la clef dans la serrure. Elle a refusé de tourner, trop dure, à moins que je n'aie pas eu la bonne. Je l'ai tordue dans tous les sens au risque de la casser quand, soudain, j'ai réalisé que la voiture n'était pas fermée à clef. J'ai ouvert la portière qui a grincé bruyamment sur ses gonds en mal de lubrification.

J'ai regardé derrière moi, erreur. Tu avais quitté les Différents et avançais vers moi, les bras ballants, balançant le panier rouge, sans te presser. Tu devais me croire incapable de conduire, persuadé sans doute que je ne pouvais pas m'enfuir. Mais je savais que je pouvais. Je me suis glissée sur le siège conducteur, j'ai claqué la portière et mis la clef dans le contact. J'avais les pieds beaucoup trop loin des pédales, le levier pour avancer le siège était coincé par le sable et ne pouvait remédier au problème. Je me suis avancée le plus au bord possible, le volant était brûlant, y laisser les mains était presque impossible. Pas le moindre souffle d'air dans la voiture envahie de chaleur. J'ai essayé de me rappeler les instructions de papa : tourner la clef de contact, enfoncer la pédale d'embrayage et mettre au point mort. Au point mort ou en première ? Je me suis retournée pour voir ce que tu faisais ; tu avais accéléré le pas et criais quelque chose que je n'ai pas compris, tu avais traversé l'enclos de la chamelle.

J'ai tourné la clef, la voiture a fait un gigantesque bond en avant. Sur le moment, avec cette embardée, j'ai cru que j'avais réussi, que je partais ! Quand soudain, mon pied a glissé, la voiture s'est arrêtée, j'avais calé, le volant s'est enfoncé dans ma poitrine.

– Allez ! Allez ! ai-je hurlé en tapant dessus.

Tu n'étais plus qu'à dix mètres, sans doute moins.

– Allez, bouge !

Toi aussi tu criais. J'ai appuyé sur les pédales en me balançant d'avant en arrière, comme pour inciter la voiture à se mettre en route. Quelque chose de mouillé m'a dégouliné le long des joues, de la sueur, des larmes ou du sang pour ce que je savais. Tu tendais les bras vers moi en un geste suppliant.

– Pourquoi Gemma? tu disais. Pourquoi tu fais ça?

Je savais pourquoi, parce que c'était ma seule chance de quitter cet endroit et que j'ignorais quand il s'en présenterait une autre. Je suis repassée au point mort et j'ai tourné la clef de contact; je me demande encore comment j'ai pu me rappeler tout ça. À croire qu'une Gemma différente, plus mature, plus logique avait pris les rênes. J'ai appuyé sur l'accélérateur sans exagérer et la voiture n'a pas calé, elle s'est contentée de ronronner, de patienter. L'autre jour, j'avais remarqué que tu avais levé le pied de l'embrayage en douceur. Je me suis appliquée à faire pareil, appuyant davantage sur l'accélérateur de l'autre pied. Le moteur a rugi, j'ai saisi le volant des deux mains, en équilibre au bord du siège. Tu arrivais.

Comprenant soudain que j'allais peut-être m'en sortir, tu t'es mis à courir, le visage tordu par un cri de colère, tu as jeté le panier en plastique rouge sur la voiture, il a atterri sur le toit avec un tintement métallique. Des débris de plantes ont dévalé le long du pare-brise. La voiture, elle, a continué de rugir, comme un chien tirant sur sa laisse, prête à filer. J'ai relâché l'embrayage en me forçant à la modération, à te copier en somme. Peine perdue, j'ai démarré dans un hurlement de moteur, laissant une marque de pneu dont mes copains auraient été fiers. J'ai poussé un cri retentissant, je m'étonne d'ailleurs que les équipes parties à ma recherche n'aient rien entendu.

Toi, en revanche, tu as entendu. J'ai vu ton visage derrière la vitre, une main appuyée dessus et l'autre accrochée à la portière, tu avais le regard dur. J'ai enfoncé le champignon, la voiture a fait un bond en avant, les roues patinant dans le sable. Tu as plongé sur la portière, cherchant à tâtons le rétroviseur extérieur, tu t'y es accroché.

– Gemma, ne fais pas ça. Tu ne peux pas, tu criais d'un ton ferme, sans appel.

J'ai tourné violemment le volant, mais tu n'as pas lâché prise, tu as même tiré sur la poignée, entrouvrant la portière. J'ai abaissé le loquet d'une claque sèche. De rage, tu as abattu ton poing sur la vitre. J'ai accéléré encore, t'obligeant à courir à côté de la voiture, toujours suspendu au rétro, tu tirais même dessus, à croire que tu pensais pouvoir arrêter la voiture de ta seule force. Cette fois, j'ai écrasé le champignon. Ce fut le coup de grâce. Tu es tombé en arrière dans la poussière avec un cri, le rétro est resté pendu par des fils, ballottant contre la carrosserie. Je t'ai entendu hurler d'une voix rauque, désespérée.

Et bientôt, je n'ai plus vu devant moi que l'immensité. J'ai tourné en direction des collines que je voyais à l'horizon, la voiture a dérapé, le moteur a hurlé, peiné pour entraîner la voiture.

– Je t'en supplie, ne t'ensable pas, ai-je murmuré.

J'ai fait tourner le moteur plus vite pour compenser ses efforts. Dans le rétro, je t'ai vu, toujours criant, les bras tendus vers moi. Tu t'es mis soudain à courir après la voiture, frappant l'air de tes poings comme un dément.

– Non ! tu as hurlé. Tu vas le regretter, Gemma !

Tu as arraché ton chapeau, que tu as jeté vers la voiture, puis je t'ai vu te baisser pour ramasser des cailloux, des bouts de bois, tout ce qui te tombait sous la main, que tu as balancés aussi vers l'auto. J'en ai senti certains s'écraser sur le coffre. Tu poussais des cris d'animal sauvage, les cris de quelqu'un qui a perdu tout contrôle. J'ai serré les dents et continué d'accélérer, mais un caillou a rebondi sur une roue, me faisant faire une embardée. D'un rapide coup d'œil dans le rétro, j'ai vu que, accroupi, tu visais uniquement les pneus, tu devais sans doute vouloir les faire éclater. J'ai continué malgré tout à m'éloigner, évitant tes tirs d'un coup de volant.

Pas question que tu m'arrêtes.

La voiture bringuebalait, heurtant des pierres, des buissons d'herbe porc-épic. Je parvenais malgré tout à la guider en ligne droite, vers les ombres dans le lointain que j'imaginais être la mine. J'aurais dû changer de vitesse, mais je n'étais pas sûre de moi, il me fallait attendre d'être suffisamment loin de chez toi avant d'entreprendre quoi que ce soit. La voiture gémissait sous l'effort, tu l'entendais forcément, et les grincements désespérés de l'embrayage devaient te déchirer le cœur.

Plus je roulais et plus le trio de bâtiments diminuait, même ta silhouette a fini par disparaître du rétro. Je me suis mise alors à crier, mais sans savoir ce que je disais. J'avais réussi! J'étais dans la nature, seule, sans toi, sans personne, j'étais libre. J'ai hurlé en rythme avec l'auto, filant à travers le paysage, je roulais dans du rien vers tous les possibles.

De temps à autre, les roues moulinaient du sable, ralentissant ma course. Dans ce cas, je sollicitais le moteur pour continuer d'avancer, comme je t'avais vu faire. Chaque fois, la voiture était assez puissante pour que je puisse me dégager. Sentant soudain une odeur de brûlé, j'ai changé de vitesse; personne au monde n'avait jamais appris à conduire aussi vite.

J'ai jeté un œil à la jauge d'essence, le réservoir était à moitié plein, l'aiguille au milieu, à moitié vide aussi. Quant à la température, les nouvelles n'étaient guère plus fameuses, l'aiguille tressautait, toujours plus loin vers le rouge. J'en ai conclu que le moteur chauffait. La seule chose dont j'étais certaine, c'est que je te bousillais définitivement ta voiture.

Je me suis efforcée de ne pas tenir compte des informations données par le tableau de bord et j'ai continué de rouler en regardant droit devant moi, concentrée sur les ombres qui miroitaient à l'horizon. Le paysage s'étirait devant moi à l'infini, pas de traces de véhicule, pas de lignes téléphoniques, rien qui indique qu'aucun humain y ait jamais mis les pieds, à part moi.

J'ai fini par arriver aux ombres, seulement elles n'étaient pas la mine que j'espérais ni même des collines fertiles, ce n'étaient que des dunes de sable sculptées par le vent, consolidées par des bouts de végétation. Je l'avais deviné longtemps avant d'en atteindre le pied, mais j'ai continué malgré tout à rouler dans leur direction. J'ignore pourquoi, j'avais dû trouver ce choix préférable à rouler dans l'absence totale de relief qui me cernait. Et puis, j'ai pensé que, de l'autre côté, quelque chose m'attendait. Plus j'approchais et plus je me rendais compte que, vu la hauteur, je ne pourrais pas les escalader. La voiture commençait déjà à patiner, à se plaindre, menaçant de s'ensabler à tout moment. Il ne me restait plus qu'à les contourner. J'ai voulu m'éponger le front avec le bras, mais le résultat fut pire. Malgré la vitre grande ouverte, chaque parcelle de mon corps était brûlante, moite, le dos de mon T-shirt était trempé, à croire que j'avais sauté dans une piscine.

J'ai penché la tête à la portière, mobilisant tous mes efforts pour faire avancer la voiture. Le sol est devenu plus meuble, j'ai mis la gomme, les roues ont patiné, me projetant du sable au visage. Le moteur peinait franchement cette fois, le sable s'accumulait autour des roues. J'ai tourné le volant dans l'autre sens, espérant trouver plus d'adhérence, erreur. Les roues sont entrées en contact avec le sable fraîchement retourné en bordure des traces que j'avais laissées et se sont arrêtées net. J'ai fait pivoter le volant dans l'autre sens à nouveau. Pas mieux. J'avais beau accélérer, la voiture refusait de bouger, elle s'enfonçait dans le sable. J'ai continué de solliciter le moteur jusqu'à ce qu'il sente à nouveau le brûlé. Puis je suis sortie pousser la voiture, mais elle pesait une tonne. Je m'étais ensablée.

Devant mes yeux, le paysage a commencé à se déformer, j'avais l'impression de le regarder à travers un rideau d'eau. L'herbe porc-épic avait des contorsions d'algue. J'ai fermé les yeux, mais tout continuait de tourner. Je me suis appuyée à la carrosserie brûlante et laissée glisser le long de la portière. J'avais les tempes qui battaient, la langue épaisse et sèche. Je me suis recroquevillée contre le pneu. La peau de mes bras tirait au contact du caoutchouc chaud, le soleil me brûlait, m'écrasait. Des gouttes de transpiration dégoulinaient le long de mes joues sur le pneu. J'ai passé la main sous la voiture, envisageant de m'y faufiler. Je rêvais d'être un petit insecte capable de creuser un tunnel dans le sable chaud vers un recoin frais. J'avais besoin d'eau.

C'est là que j'ai vomi contre le pneu, pas grand-chose, en fait. J'aurais voulu vomir plus, mais je n'y suis pas parvenue. J'ai été prise d'un tournis géant.

Quand j'ai rouvert les yeux, le soleil s'était déplacé, ma vision était moins trouble. Je me suis concentrée sur les trois arbres à proximité. J'entendais le bruissement des feuilles sèches frottant les unes contre les autres et le bourdonnement des mouches qui tournaient autour des troncs.

Je me suis traînée jusqu'au coffre mais, avant de l'ouvrir, j'ai joint les mains et prié. Je n'ai jamais vraiment cru en Dieu mais, sur le moment, je Lui ai tout promis, en particulier d'être la meilleure adoratrice du monde, pour peu que le coffre ait renfermé de l'eau et de la nourriture, plus quelque chose qui m'aiderait à me désensabler.

– Je Vous en supplie, ai-je murmuré.

J'ai trouvé la fermeture et ouvert le hayon. Il y avait de l'eau, une bouteille en plastique de deux litres couchée sur le flanc en plein milieu. Je me suis jetée dessus, j'ai retiré le bouchon avec des doigts tremblants et bu directement au goulot, de longues rasades d'une eau pourtant chaude. Dans ma précipitation, je me suis aspergé le visage et le cou. J'étais une éponge insatiable, j'ai dû me forcer à m'arrêter. J'aurais bien bu encore, alors que j'avais déjà descendu la moitié de la bouteille.

Le coffre ne contenait pas grand-chose d'autre : une serviette-éponge, un bidon d'essence d'après l'odeur, un de tes grands chapeaux en peau de bête, des outils pour réparer la voiture, mais pas de nourriture. Rien d'utile non plus pour désensabler la voiture. Finalement, Dieu n'existait pas.

Je suis remontée dans la voiture pour essayer de la faire démarrer, mais chaque tour de roue l'enfonçait davantage dans le sable. De frustration, j'ai abattu les poings sur le volant. J'ai pensé ensuite que je ferais mieux de regarder du côté des arbres, voir si je ne trouvais pas des bouts de bois à glisser sous les pneus. Si les roues avaient prise sur quelque chose, la voiture consentirait peut-être à avancer. Mais les arbres étaient hauts, leurs branches hors d'atteinte. J'ai voulu arracher un bout d'écorce, elle s'est détachée par microscopiques fragments.

Au même moment, j'ai vu le sang, du moins c'est ce que j'ai cru, des gouttes de sang coagulées, rouge rubis, qui perlaient sur le tronc de l'arbre à proximité. J'ai jeté un rapide coup d'œil autour de moi, mais rien ni personne dans les parages. On aurait dit que l'arbre saignait, j'ai gratté l'écorce du bout de l'ongle et le sang est venu par petits bouts friables qui m'ont taché les doigts. Je les ai reniflés, ça sentait l'eucalyptus, ce n'était que de la sève.

J'ai entrepris alors d'escalader la dune. À chaque pas, je m'enfonçais dans le sable, mes muscles me faisaient mal. À mon approche, des petites bestioles se précipitaient dans les buissons d'herbe porc-épic. Je me suis arrêtée au sommet de la dune, une main en visière pour embrasser le paysage. Pas de mine, rien de rien, si ce n'était du sable, toujours du sable, d'autres rochers, d'autres arbres et, dans le lointain, d'autres ombres de dunes. Aussi loin que mon regard portait, j'étais seule. J'ai serré mes bras contre ma poitrine et soufflé dessus pour rafraîchir ma peau brûlante. Si je mourais sur cette dune, personne n'en saurait jamais rien, pas même toi. Je suis retournée à la voiture dormir un peu, il faisait trop chaud pour réfléchir.

À mon réveil, la lune était levée. Allongée sur le siège arrière, j'ai regardé sa face jaune et joufflue, semblable aux grosses boules de fromage que papa recevait chaque année à Noël par son travail. J'y ai cherché le visage de l'homme, le creux des deux yeux, le sourire nonchalant en dessous, les cratères qui figuraient les poils de barbe. La lune était amicale, mais décidément trop lointaine, baignant dans le lac profond et clair du ciel. Si un astronaute l'avait foulée au même moment, je suis sûre que je l'aurais vu. Peut-être m'aurait-il vue aussi s'il avait regardé vers la terre, il aurait bien été le seul.

Malgré la serviette de toilette que j'avais étalée sur moi, j'étais gelée. Je me suis frotté les bras, ma peau était rose et pelait par endroits à cause du soleil. Il faisait trop froid pour continuer à dormir, alors je me suis faufilée à l'avant par l'espace entre les deux sièges et je me suis glissée derrière le volant. J'ai récupéré la serviette de toilette à l'arrière et je m'en suis couvert les jambes.

J'ai tourné la clef de contact de sorte que je puisse allumer les phares. Le sable s'étirait devant moi, gris, fantomatique, illuminé, telle une colonne de lumière ouvrant la voie. Une vision qui aurait pu s'offrir à un mort, le tunnel conduisant au paradis. J'ai aperçu du mouvement en lisière du faisceau, un petit rongeur aux longues oreilles s'attaquait aux racines d'un arbre. Il a fixé la lumière, aveuglé un instant, puis il s'est éloigné dans l'obscurité en bondissant.

J'ai tourné la clef complètement jusqu'à ce que le moteur tousse, puis rugisse sous mes coups d'accélérateur. Le bruit assourdissant a déchiré la nuit silencieuse, quelqu'un devait forcément l'entendre, à part moi. J'ai relâché l'embrayage, ordonnant presque à la voiture d'avancer. Ce qu'elle a fait, du moins un peu. L'espace de quelques secondes, les roues ont bataillé avec le sable, manquant accrocher avant de retomber dans les sillons qu'elles avaient creusés.

– Espèce de truc stupide! ai-je crié en donnant des coups de pied dans les pédales.

Le son de ma voix m'a fait sursauter. J'ai posé la tête sur le volant et fredonné un hymne appris au lycée, mais personne ne l'a repris en chœur. Le silence autour de moi était tapi comme un loup prêt à bondir. Je me suis demandé qui pouvait bien peupler l'obscurité. Soudain, je me suis mise à trembler et ma vision s'est troublée. J'ai mis du temps avant de comprendre que je pleurais.

J'ai rassemblé tout ce que j'ai pu ramasser de végétaux sans m'égratigner les mains et je l'ai glissé sous les roues, mais toujours impossible de faire bouger la voiture. Les roues n'ont fait que broyer les plantes en les enfonçant profondément dans le sable, sans jamais accrocher. J'ai fait une autre tentative avec des cailloux, mais le résultat fut pire, les roues se sont enfoncées davantage. S'il y avait eu quelqu'un pour pousser la voiture pendant que j'accélérais, j'y serais arrivée, mais toute seule, c'était sans espoir. Je suis descendue de voiture et j'ai balancé des coups de pied dans les pneus, sachant que c'était peine perdue.

Quand je me suis mise en route, le jour se levait déjà. J'ai pris la bouteille d'eau et me suis flanqué ton chapeau sur la tête. Il me tombait sur les yeux, il était trop grand. Je me doutais que j'aurais chaud en marchant de jour, mais je n'avais pas le choix. Pas question de rester dans la voiture, personne ne m'aurait retrouvée. Et de toute façon, il était tôt, il faisait encore frais.

Je me suis traînée péniblement dans l'immensité sablonneuse, laissant les dunes à ma droite. J'ai très vite eu mal aux cuisses. Au début, je m'efforçais de marcher vite, afin de parcourir le maximum de distance avant l'arrivée de la chaleur, qui est venue évidemment. Je m'en suis aperçue au moment où respirer est devenu impossible, où j'avais l'impression d'avoir des semelles de plomb. J'ai baissé la tête et me suis concentrée sur mes pieds, un pied devant l'autre. Je commençais à puer, l'odeur fétide de transpiration de la veille se mêlait à celle dans laquelle je baignais. J'ai bu de l'eau, mais jamais à satiété, je me suis obligée à me modérer.

Je marchais depuis un certain temps quand je me suis rendu compte que je ne voyais pas un seul arbre à l'horizon ; la seule chose qui dépassait du sable couleur rouille, c'étaient les touffes d'herbe porc-épic. Je me suis arrêtée et je me suis retournée pour embrasser l'immensité du paysage. Rien que du sable à perte de vue. Comment y retrouver quoi que ce soit ? Je me suis assise sur le sol chaud et j'ai commencé à me balancer, recroquevillée en boule. Les larmes sont venues très vite et je m'en suis voulu de pleurer, de gâcher toute cette eau en larmes. Des grains de sable se sont collés à mes joues, irritant ma peau. J'entendais le vent au loin former des tourbillons de sable. Il en pénétrait dans ma bouche, il s'en collait à mes dents, à ma langue. La nature me flagellait, me rongeait comme elle avait rongé les rochers. J'allais mourir, quelle bêtise d'avoir espéré arriver quelque part.

Néanmoins, quelque chose m'empêchait de renoncer, pas encore, pas tout de suite. Je me suis remise debout et je suis repartie en m'efforçant de penser à l'Angleterre. J'imaginais Anna marchant à mes côtés, m'incitant à continuer. Mais, chaque fois que je tournais la tête vers elle, elle disparaissait. En revanche, sa voix restait présente, elle s'enroulait autour de moi telle une brise légère.

J'ai bu ce qui restait d'eau, j'ai léché le goulot, rainure par rainure, puis j'ai balancé la bouteille derrière moi. Un pied devant l'autre. Je ne m'en suis pas trop mal tirée pendant un certain temps, mais le soleil qui montait au zénith me tapait directement sur le crâne. J'ai commencé à vaciller, je suis tombée. Je me suis relevée et j'ai continué à avancer, traînant des pieds dans le sable. J'ai tendu les mains devant moi pour attraper l'air, pour me tirer en avant. Mais la terre me réclamait, elle piaffait d'impatience à l'idée de m'attraper. Je ne pouvais pas tenir le coup éternellement. J'ai trébuché, incapable de me relever cette fois, et j'ai rampé à quatre pattes.

J'ai déchiré mon T-shirt en lambeaux et je m'en suis débarrassée, j'avais besoin de faire quelque chose pour avoir plus frais, quitte à ce que ce soit n'importe quoi. Puis j'ai retiré mes chaussures, mon short. Ramper en sous-vêtements était plus agréable. J'ai même réussi à me relever et à faire quelques pas, avant de m'effondrer. Allongée sur le dos, le visage offert au soleil, j'ai essayé de respirer. Tout était d'une brillance, d'un blanc, inouïs. Je me suis retournée, j'avais besoin de bouger. J'ai glissé les doigts sous l'élastique de ma culotte et je l'ai descendue. Quelques mètres plus loin, j'ai dégrafé mon soutien-gorge.

J'ai continué de ramper, le sable me griffait la peau, mais c'était supportable. J'avais moins chaud. Après de multiples efforts, je me suis relevée. Je tenais à peine debout. Tout mon corps vacillait, ma tête décrivait des cercles, une mouche est entrée dans ma narine en quête d'humidité. Je l'ai sentie remonter vers les sinus, d'autres sont venues. Elles pullulaient sur mon corps comme si j'étais déjà une charogne. J'en avais dans les oreilles, la bouche, entre les cuisses. Les chasser m'aurait demandé trop d'énergie. J'ai avancé d'un pas, tout s'est mis à tourner. Le ciel est devenu rouge et le sable bleu. J'ai fermé les yeux, fait un autre pas. Je me suis concentrée sur ce que je ressentais en foulant le sable de mes pieds nus. Il était chaud, mais ne me blessait pas. J'ai marché telle quelle, nue, privée de la vue et couverte de mouches, cherchant mon chemin à tâtons. Je ne savais plus dans quelle direction j'allais. Je ne savais plus grand-chose, en fait, à part que j'avançais.

Quelques instants plus tard, je me suis effondrée. Et, cette fois, je n'ai pas pu me relever en dépit de mes efforts. J'ai roulé à plat ventre, le visage enfoui dans le sable. J'aurais voulu être un animal, m'enterrer au fin fond de la terre. J'ai creusé dans cet espoir, celui de m'ensevelir, d'atteindre une surface plus fraîche, mais toute ma force s'était écoulée hors de moi, s'était asséchée, le sol l'avait absorbée. Je suis restée étendue, à moitié engloutie sous le sable, j'ai fermé les yeux pour me protéger du soleil et j'ai coulé.

Mes orteils sont partis en premier, puis ce fut au tour des jambes, du torse et finalement de la tête, coulés au plus profond de la terre. Dans ma chute, je suis passée au travers de grains de sable, de terre, de cailloux, de tunnels creusés par des animaux, de racines d'arbres, de microscopiques insectes foreurs et j'ai continué ainsi jusqu'à ce que je débouche de l'autre côté de la terre.

Je me suis retrouvée allongée dans mon lit à la maison. J'avais les yeux hermétiquement clos, mais j'entendais des gens parler. Ma télé était allumée, j'ai reconnu la voix d'un présentateur de journal télévisé.

– Le temps à Londres aujourd'hui sera extraordinaire, disait-il. Une nouvelle vague de chaleur va frapper la ville.

Ma couette était tirée jusqu'au cou, je ne pouvais pas la repousser. On aurait dit qu'elle était cousue à l'oreiller, m'étouffant sous une chape de chaleur. Une petite flaque de transpiration s'était formée au creux de mes reins et j'avais les cheveux collés par la sueur.

J'ai senti une odeur. Du café ! Maman était à la maison. J'ai tendu l'oreille pour écouter ce qu'elle faisait. Elle remuait des trucs à la cuisine en fredonnant un air idiot. J'ai voulu la rejoindre, mais impossible de sortir les jambes de la couette, je tapais inutilement des pieds contre le bord, j'étais piégée. J'avais toujours les yeux fermés, comme collés. Je me suis mise à crier :

– Maman ! Viens !

Mais elle n'est pas venue, elle a chantonné plus fort. Mais je savais qu'elle m'entendait, la cuisine était contiguë à ma chambre et les murs pas très épais. Je l'ai appelée de nouveau.

– Maman! Au secours!

Elle a cessé son remue-ménage quelques instants, comme si elle m'écoutait. Mais voilà qu'elle mettait la radio, une station qui passait de la musique classique, m'ignorant complètement. Je me suis agitée dans tous les sens pour essayer de me redresser, de sortir du lit, mais je n'avais de prise sur rien. Ma table de nuit n'était pas à sa place habituelle, d'ailleurs il n'y avait rien à côté de mon lit. J'ai continué d'appeler maman à l'aide, mais elle a mis le son plus fort et j'ai compris tout à coup pourquoi elle ne venait pas. Elle m'avait cousu les paupières, elle avait cousu mon lit, elle voulait m'emprisonner.

J'ai senti alors des bras passer au travers du matelas, me prendre de chaque côté, se nouer sur mon ventre, des bras puissants, tannés, balafrés jusqu'aux coudes. Ces bras m'ont tirée, libérée des draps cousus, fait traverser le rembourrage du matelas, le plancher de ma chambre, les fondations en béton de la maison, m'ont tirée jusqu'à la terre douce et sombre en dessous, contre laquelle ils m'ont bercée.

À mon réveil, il faisait frais, presque trop. Deux ventilateurs brassaient l'air de part et d'autre du lit, j'avais des linges mouillés sur tout le corps et un gant sur le front, qui me dégoulinait sur les joues. Je me suis tournée légèrement, j'ai ressenti aussitôt des élancements partout, le linge sur mon bras est tombé et j'ai pu constater l'état effroyable de mes brûlures. J'avais la peau rouge vif, couverte de taches et de cloques. Sans linge dessus, mon bras est redevenu instantanément brûlant. Tu l'as ramassé et remis en place, prenant soin de l'essorer délicatement sur la peau.

– Merci, ai-je murmuré d'une voix ténue, tant j'avais la gorge gonflée.

Tu n'imagines pas à quel point ce merci m'a été douloureux.

Tu as acquiescé et je t'ai vu poser la tête sur le bord du lit à quelques centimètres de mon bras.

Je me suis rendormie.

Quand je me suis réveillée la deuxième fois, tu portais une tasse à mes lèvres.

– Bois, tu as dit d'un ton pressant. Tu dois boire, ton corps en a besoin.

Je me suis écartée, prise d'une quinte de toux. La douleur a fusé dans mes membres. À chacun de mes mouvements, j'avais l'impression que ma peau se déchirait, que des plaies s'ouvraient. J'étais allongée nue sous un drap fin, du moins c'est ce qu'il m'a semblé. Ma peau était trop endolorie pour que je puisse être catégorique. En revanche, j'ai senti que je n'avais plus les linges mouillés sur le corps. J'ai essayé de remuer les jambes, mais j'avais les pieds attachés au lit en hauteur par un chiffon. J'ai tiré dessus.

– Vous aviez dit que vous ne le feriez plus, ai-je murmuré.

Tu m'as rafraîchi le front en pressant un gant mouillé.

– Tu as de graves brûlures, tu as dit. J'ai été obligé de te surélever les jambes pour éviter qu'elles gonflent. Et je sais ce que j'ai dit.

Tu t'es approché pour soulever le drap et constater l'état de mes jambes.

– Je peux les détacher si tu veux. Tu cicatrises bien.

J'ai hoché la tête. Tu as pris doucement mon pied droit dans ta main, tu as dénoué le lien, puis reposé mon pied sur le lit et tu as procédé de même avec le pied gauche, puis tu as rabattu le drap sur mes jambes.

– Tu veux des linges mouillés? tu as demandé. Tu as mal?

J'ai hoché la tête une fois de plus. Tu es sorti de la pièce à pas feutrés, la plante de tes pieds nus adhérant aux lattes du parquet. Les yeux rivés au plafond, j'ai sollicité différentes parties de mon corps pour vérifier où j'avais le plus mal tout en essayant de retrouver le fil des événements. Je m'étais échappée, j'avais coulé au fond du sable. Mais ensuite?

Tu étais venu, j'avais senti tes bras me soulever, tu m'avais bercée en me murmurant je ne sais quoi. Ton souffle avait effleuré mon cou, ta main était sur mon front. Tu m'avais ramassée avec une telle délicatesse, comme une feuille que tu aurais refusé de froisser. Tu m'avais transportée quelque part, recroquevillée dans tes bras, quelque part où tu m'avais arrosée d'eau. Et après, plus rien. Le noir complet.

Tu es revenu avec des linges qui trempaient dans une bassine.

– Tu veux le faire ou je m'en charge? tu as demandé.

Tu as essoré un linge et tu t'apprêtais à soulever le drap.

– Je le ferai, t'ai-je interrompu en t'arrachant le drap des mains.

Je l'ai soulevé à mon tour, constatant que j'avais la peau d'un rouge luisant et que, par endroits, je pelais considérablement. J'ai tâté une cloque sur ma poitrine dont le pourtour semblait humide. Puis j'ai étendu le linge essoré par tes soins sur les zones les plus atteintes, le soulagement a été immédiat. On aurait dit que, dès que le linge entrait en contact avec ma peau, celle-ci expirait, pour inspirer tout de suite après, aspirant l'eau. Atteindre le bas de mon corps sans te dévoiler ma nudité n'était pas sans difficulté, même si maintenant mon anatomie ne devait plus avoir de secret pour toi, de toute façon. J'ai frissonné au souvenir de ce voyage dans tes bras. Comment t'y étais-tu pris pour me toucher alors que j'étais nue? Aurais-je assez de courage pour te le demander?

Au bout de quelques instants, j'ai cessé de me passer le linge sur le corps et je me suis rallongée sur l'oreiller.

– Ça fait combien de temps que je suis ici? ai-je demandé. Dans cet état?

– Un jour ou deux. Il en faudra encore quelques-uns avant de guérir complètement. C'est une chance que je t'aie trouvée à ce moment-là.

– Comment vous avez fait?

– J'ai suivi tes traces. Facile, tu as répondu en enfonçant les coudes au bord du lit, trop près à mon goût.

Seulement bouger me faisait trop mal. Tu as pris la tasse remplie d'eau et tu me l'as tendue.

– J'ai pris la chamelle.

– Comment ça?

– Je l'ai montée, tu as dit avec un petit sourire. Elle galope vite.

J'ai passé la langue sur un petit truc sec que j'avais aux commissures des lèvres et je t'ai laissé m'abreuver.

– Tu te sentiras bientôt mieux, tu as dit doucement. Avec un peu de chance, tu n'auras même pas de cicatrice.

L'eau m'a picoté le fond de la gorge, j'en ai bu encore un peu. Pour une fois, elle n'était pas marron ni pleine de sable, c'était du champagne excellent dont les dernières gouttes m'ont aspergé le cou. Soudain, j'ai repensé à la voiture ensablée.

– On est revenus comment ?

– Au début, je t'ai portée et, ensuite, je t'ai installée sur la chamelle. On a marché de nuit.

Tu m'as montré la tasse.

– Tu en veux encore ?

J'ai secoué la tête.

– Et la voiture ?

– Je ne l'ai pas vue. Tu revenais vers moi quand je t'ai retrouvée.

– Vers vous… ?

Tu as acquiescé.

– J'en ai déduit que la voiture était coincée quelque part ou qu'elle était morte, puisque tu revenais à la maison.

– La maison ?

– Oui, tu as renchéri avec une ébauche de sourire. Tu me revenais.

Effectivement, je me suis rapidement sentie mieux. Le lendemain, tu m'as apporté des noix et quelques baies au goût amer. Les noix, elles, étaient sucrées et friables, les unes comme les autres ne ressemblaient à rien de ce que je connaissais, mais je les ai mangées quand même. Après quoi, j'ai passé la main sous le matelas à la recherche de mon couteau ; il y était toujours. J'ai compté les encoches dans le bois. Vingt-cinq jours. Mais combien avaient passé depuis la dernière ? J'en ai fait quatre autres.

Le jour suivant, après avoir creusé la trentième, je me suis inquiétée de mes règles : pourquoi ne les avais-je toujours pas ? Je m'étais peut-être asséchée comme le paysage qui m'entourait, mon corps réclamant toute l'humidité disponible.

Je me suis levée et habillée. Au contact du tissu, ma peau brûlée a tiraillé. J'ai serré les dents et suis sortie à cloche-pied sur la galerie. Même le contact du bois sur la plante de mes pieds était douloureux, même celui du T-shirt sur ma peau, j'ai marché en le tenant écarté.

– Tu aurais dû rester nue, tu as dit en me voyant. Tu aurais eu moins mal.

J'ai lâché mon T-shirt.

– Ça va très bien.

– Tiens, tu as dit en me tendant ton verre.

J'ai regardé le fond de liquide.

– Je vais m'en chercher, ai-je répondu en allant à la cuisine.

Une fois mon verre servi, je suis sortie par la porte de la cuisine, de l'autre côté de la maison par rapport à l'endroit où tu te trouvais. Je me suis adossée au mur en m'appliquant à rester à l'ombre. De là, je voyais la chamelle. Elle se reposait dans un coin de l'enclos, la tête baissée, son licou pendant mollement sur ses oreilles. Elle avait l'air d'une incroyable docilité, à croire que tu avais aspiré toute son impétuosité. J'ai mis ma main en visière pour scruter l'horizon à la recherche des grandes ombres des dunes, ces collines que j'avais prises pour la mine. Comme elles semblaient loin.

Je me suis laissée glisser sur la caisse devant la porte, prenant soudain conscience de la réalité.

J'avais jusque-là toujours gardé une lueur d'espoir, l'espoir que je parviendrais à m'échapper. Mais j'ai brusquement compris quelque chose : cette vue qui s'étirait à l'infini devant moi, c'était ma vie et elle s'arrêtait là. À moins que tu me reconduises dans une ville, c'est tout ce qui s'offrirait désormais à mes yeux. Plus de parents, plus d'amis, plus de lycée, plus de Londres. Rien que toi et le désert.

J'ai fait rouler le gobelet sur mon front et léché une goutte qui coulait sur la paroi, laissant ma langue se repaître de la fraîcheur. Peut-être t'aurais-je un jour à l'usure. Peut-être me ramènerais-tu. On avait bien vu le cas de filles enlevées libérées des années plus tard, d'autres secourues. Mais dans combien de temps ?

J'ai senti du mouvement sur ma gauche.

Tu te tenais penché sous la fenêtre de ma chambre, près du coin de la maison, les bras souples mais tendus vers quelque chose, et tu n'arrêtais pas de sauter, en arrière, de côté. Je me suis approchée. Tu essayais d'attraper un serpent, le torse étiré au maximum, prêt à t'écarter à la moindre menace. Le serpent avait la tête dressée, il te défiait, on aurait dit une parade amoureuse.

Mais tu as été rapide comme l'éclair, tu lui as sauté dessus et, troublé, le serpent s'est laissé prendre. D'un geste preste, tu lui as tourné la tête, il s'est tortillé dans de vains efforts pour te montrer sa grande gueule rose, mais ta poigne était solide. Tu l'as ramassé et tenu devant toi. J'ai vu tes lèvres bouger, tu lui parlais à quelques centimètres à peine des crochets. Puis tu es parti avec lui.

Tu es passé devant moi sans t'arrêter pour aller

directement à la deuxième dépendance dans laquelle tu es entré à reculons. Le serpent essayait de s'enrouler autour de ton poignet quand tu as disparu à l'intérieur.

J'ai somnolé sur le canapé du salon, ne me réveillant qu'avec le changement de lumière, lorsqu'elle est passée du blanc éblouissant à l'or éteint. J'ai observé un rayon de soleil traverser les lattes foncées du plancher en les parant de reflets cuivrés. Après quoi, j'ai fait le tour de la maison, tu n'étais nulle part. J'ai changé de vêtements, j'avais trouvé dans un placard de l'entrée un T-shirt taille XXL roulé en boule avec sur le devant l'inscription : «Sauvez la planète, pas vous.» Il était assez grand pour ne pas frotter contre les brûlures. Puis je suis retournée à la caisse devant la porte de la cuisine et j'ai attendu.

Une colonne de fourmis est passée sur mes chevilles et, très haut dans le ciel, un oiseau a poussé un cri strident. À la chaleur, ma peau tiraillait. J'ai relevé mon T-shirt sur ma nuque pour la protéger et j'ai étendu les jambes. Peu après, je suis allée me balader du côté de la dépendance où tu étais entré. En approchant, j'ai remarqué que tu avais laissé la porte entrouverte, le cadenas pendait, défait. J'ai scruté l'intérieur, mais je n'ai réussi à distinguer que des ombres dans l'obscurité. Aucun bruit ne me parvenait. J'ai poussé la porte pour faire entrer le soleil. La pièce était remplie de cartons soigneusement empilés, partagés au milieu par une allée.

– Ty ? ai-je appelé.

Pas de réponse. J'ai tendu l'oreille et cru entendre un léger bruissement quelque part, derrière les cartons.

– Ty? C'est vous?

Je suis entrée. J'ai apprécié la fraîcheur de la pièce sur ma peau. Je me suis avancée encore un peu pour lire ce qui était écrit sur les cartons : «aliments (en boîte), aliments (séchés), outis, cables électrics…» le tout au crayon, en lettres filiformes, ton écriture, forcément. Tu avais une orthographe déplorable. Je me suis retournée vers la maison, tout était figé dans une immobilité parfaite, on aurait plutôt dit un décor de théâtre qu'un lieu habité. J'ai laissé traîner mon doigt sur les cartons, ramassant de la poussière au passage. «Médicamants, couvertures, gants…» Je les ai suivis jusqu'au bout de l'allée. C'était instructif de voir ces provisions, ce que tu avais jugé nécessaire à notre survie. «Cordes, outis, fournitures pour jardein, couture, hygiaine féminine», tu avais pensé à tout. Plus j'avançais et plus les bruissements s'amplifiaient. Des bruissements feutrés, hésitants, qui évoquaient plus un animal que toi.

– Il y a quelqu'un? ai-je à nouveau demandé. Ty?

L'allée débouchait sur un espace plus vaste auquel j'ai accédé en me faufilant entre les cartons. Les bruissements se sont amplifiés encore, j'avais l'impression d'en être cernée. Je me suis retournée. Du sol au plafond et de chaque côté s'alignaient des piles de coffres, certains en verre, d'autres en grillage. J'ai saisi des mouvements furtifs à l'intérieur. Des animaux? Quels animaux? Je me suis penchée pour voir.

Des yeux microscopiques me fixaient, un serpent noir enroulé sur lui-même a levé paresseusement la tête et une araignée de la taille de ma main a détalé à l'autre bout de sa cage. J'ai reculé vers les cartons, respiré profondément et examiné les cages depuis cette distance, m'assurant que les portes étaient bien fermées. Un scorpion a levé la queue avec un bruit menaçant. J'ai soudain eu les jambes en coton. Il n'y avait pas moins de vingt cages. La plupart étaient occupées par des serpents, des araignées et de rares scorpions. D'autres semblaient vides. Que faisaient toutes ces bestioles dans cette pièce? Pourquoi ne m'en avais-tu jamais parlé? Mon regard s'est arrêté sur un serpent de couleur foncée aux reflets argentés et il m'a semblé reconnaître celui que tu avais capturé le matin même. Il me regardait, la queue agitée de tremblements colériques, la langue pointant hors de sa gueule, telle une dague.

Je me suis obligée à respirer. Les portes des cages étaient closes, tout était fermé, les bestioles ne risquaient pas de s'approcher de moi. Je continuais néanmoins de les entendre grattouiller, agiter leur queue, onduler, mon cœur a flanché. Je me suis calmée et je suis repartie dans l'autre sens, en me tenant aux cartons, «fournitures pour jardein, couvertures, alcole...»

À «alcole», je me suis arrêtée. Étirée sur la pointe des pieds, j'ai regardé le haut du carton, le Scotch s'était décollé et ne tenait plus grand-chose. J'ai jeté un coup d'œil à la porte, prête à bondir à l'extérieur au cas où il prendrait l'idée à une des bestioles de venir dans le coin. J'ai tiré le carton vers moi et j'ai entendu un tintement de bouteilles. J'ai écarté les bords et, après une profonde inspiration, j'ai plongé une main tremblante à l'intérieur, inquiète de ce que le carton pouvait contenir en dehors des bouteilles, persuadée que de petites pattes allaient me grimper sur les doigts. J'ai attrapé la première bouteille qui venait en éternuant à cause de la poussière.

Un litre de rhum. De quoi faire des dégâts, de quoi assommer l'un de nous deux, au propre comme au figuré. Je suis sortie de la pièce, la bouteille sous le bras, soulagée d'être dehors. J'ai repoussé la porte en la laissant entrebâillée comme je l'avais trouvée, le cadenas défait. À mi-chemin de la maison, je me suis arrêtée pour voir où était la chamelle, elle n'était pas dans son enclos, ni au pied des Différents. Peut-être était-elle passée de l'autre côté. Le soleil commençait à descendre, recouvrant toute chose des lueurs roses du couchant. Il ne tarderait pas à faire nuit.

Je suis allée directement dans ma chambre et j'ai caché la bouteille sous mon oreiller. Puis je me suis assise, l'oreille aux aguets. Hormis les craquements du bois qui se déformait avec le recul de la chaleur, pas un son. J'ai refait le tour de toutes les pièces pour vérifier si tu y étais, puis je suis sortie sur la galerie. Le soleil a disparu à l'horizon et, en un rien de temps (c'était toujours si rapide), il a fait nuit. J'ai regardé, les yeux à demi fermés, la lumière se dissiper, le sable changer de couleur, passer du violet au gris et du gris au noir. Je distinguais encore la plupart des choses qui entouraient la maison, les dépendances, la remorque, les Différents. Il ne manquait que ta silhouette et celle de la chamelle.

Je ne savais pas allumer le groupe électrogène, alors je suis allée chercher une lanterne dans la véranda. J'ai dévissé la partie renflée en verre comme je t'avais vu faire et j'ai reniflé la mèche en coton. Elle sentait la paraffine, tu avais dû remplir le réservoir récemment, je l'ai allumée et j'ai revissé le verre.

Lumière! Je n'étais pas peu fière d'avoir réussi. J'ai tourné la molette sur le côté pour augmenter la flamme et je suis allée au salon.

Assise sur le canapé, j'ai tripoté un trou dans le tissu d'où s'échappait le rembourrage. J'avais le corps tendu, à l'affût du moindre bruit. Je me suis vaguement demandé si tout jusqu'ici n'avait pas conduit à cet instant ultime, si tu n'allais pas finalement assouvir ton fantasme absolu et me tuer. Tu attendais peut-être qu'il fasse complètement noir pour passer à l'action. J'ai tendu l'oreille, guettant tes pas sur la galerie, ta toux dans l'obscurité. Si on avait été dans un film d'horreur, le téléphone aurait sonné et quelqu'un m'aurait annoncé que tu m'observais, tapi à l'extérieur.

Mais je m'inquiétais par ailleurs pour une raison radicalement différente. Je me demandais s'il ne t'était pas arrivé quelque chose.

– Arrête tes âneries! me suis-je dit tout fort.

J'ai attendu ce qui m'a paru une éternité avant de retourner dans ma chambre à la lueur de la lanterne. J'ai fermé la porte et poussé la commode derrière. J'ai laissé les rideaux ouverts afin d'épier d'éventuelles ombres, mais la lune n'était pas encore levée et tout était plongé dans une obscurité plus dense que d'ordinaire. Assise sur le lit, un oreiller glissé dans le dos, la bouteille de rhum dans les bras, j'ai observé les visages fantomatiques, déchiquetés, tordus, que la lanterne dessinait sur le mur. J'ai pris la bouteille par le goulot et essayé de calculer l'angle selon lequel la lancer si besoin était. Je l'ai posée sur mon front pour imaginer la violence du coup, sentir son poids. J'ai passé ensuite un certain temps à dévisser, puis à revisser le bouchon, à sentir le rhum et j'en ai finalement bu une gorgée.

Je l'ai trouvé amer, âpre, mais après toutes ces soirées au parc avec mes copains, j'étais habituée aux alcools forts. À l'époque, j'arrivais à me persuader qu'un alcool était bon, histoire de pouvoir continuer à boire.

J'ai repris une gorgée qui m'a brûlé le gosier avec la force d'un coup de soleil, interne cette fois. À la troisième, j'ai tordu le nez comme les acteurs dans les films. Comme toutes les nuits, le désert était immobile, silencieux, d'un silence de mort. C'est dingue ce que le silence absolu a d'effrayant, à quel point il peut prendre la tête pour peu qu'on lui en laisse le loisir. À Londres, j'étais habituée aux bruits de la nuit, aux klaxons, aux cris, à la rumeur d'une grande ville. La nuit, Londres jacasse comme une pie. À l'inverse du désert qui rampait autour de moi, tel un serpent, furtif, silencieux, mortel et trop tranquille pour jamais pouvoir fermer les yeux.

Les dents serrées autour du goulot, j'ai continué à boire jusqu'à ce que la pièce se mette à tourner, que je cesse de me demander si ma dernière heure était arrivée et si je reverrais un jour autre chose que cet endroit. Au bout du compte, j'ai cessé de guetter les ombres derrière la fenêtre, de m'en faire pour l'obscurité et le silence.

Je me suis rappelé pourquoi mes copains aimaient tant se saouler, pour oublier, pour la merveilleuse ignorance de l'avenir.

C'est un bruit de grattement qui m'a réveillée. J'ai ouvert les yeux, la commode bougeait, quelqu'un poussait derrière la porte, essayait d'entrer. J'ai tenté de me redresser, j'avais la moitié du corps hors du lit, la bouteille encore à la main. Je n'avais pas fini le rhum mais, à en juger par l'humidité dans laquelle je baignais et l'odeur d'alcool qui flottait dans l'air, la plupart du contenu s'était répandu sur les draps. J'ai avancé à tâtons le long du lit, le goulot de la bouteille bien serré dans la main, prête à la lancer.

La commode a fait un écart et j'ai vu ton bras balafré passer par la porte. J'ai baissé la bouteille juste quand tu te glissais dans la pièce par l'interstice. J'ai reculé en me faisant toute petite, trop faible, trop saoule encore, pour agir autrement. La lumière grise de l'aube pointait, il était tôt. Tu m'as jeté un coup d'œil, tu as remarqué la bouteille, froncé le nez à cause de l'odeur. Je me suis détournée pour ne pas voir ton visage chiffonné.

– Je suis allé chercher quelque chose, tu as dit. Ça m'a pris plus de temps que prévu.

Tu as voulu me soulever, mais je t'ai donné des coups de bouteille sur la poitrine en te hurlant de me laisser tranquille. Tu es resté au pied du lit à me regarder. Au bout de quelques instants, tu m'as pris la bouteille des mains et tu as rabattu le drap sur moi.

– Je vais préparer le petit déjeuner, tu as dit.

Je me suis rendormie.

– C'est sur la galerie, tu as indiqué.

J'ai secoué la tête, la douleur me vrillait les tempes. Marcher aussi loin ce matin-là me semblait aussi peu probable que m'évader, mais j'étais consciente qu'il fallait que je mange.

– Allez, laisse-moi te porter.

J'ai secoué à nouveau la tête, mais tes bras étaient

déjà autour de moi, tu me soulevais. J'ai fermé les yeux, j'avais la tête qui tournait, mal au cœur. Tu m'as portée comme tu portais les plantes que tu ramassais, délicatement, les bras écartés de façon à ce que j'y sois bien. Je me suis sentie aussi légère que les plantes.

Au moment où tu m'as déposée sur le canapé de la galerie, j'ai remarqué que tu avais les yeux rouges et fatigués, soulignés de grands cernes sombres. Mais l'aube qui se levait faisait briller ta peau, comme tout d'ailleurs ce fameux matin. La lumière filtrait à travers le paysage et faisait étinceler le sable comme du sucre pétillant.

Pas moi, en revanche. J'avais plutôt l'impression de m'effacer, comme si le monde m'avait déjà oubliée. En regardant le sable miroiter, je me suis demandé si ma disparition faisait l'actualité. Intéressait-elle encore quelqu'un ? Je savais que les journaux laissaient tomber ce genre d'histoire lorsqu'aucun élément nouveau ne survenait. Or, pas le moindre changement en ce qui me concernait, si ce n'était le sens du vent.

Ça faisait un mois que j'étais dans cette maison. Me recherchait-on encore ? Mes parents s'y consacraient-ils vraiment, de toute façon ? Ils ont toujours été très perspicaces. « Bon sens des affaires » sont les quatre mots préférés de papa. Alors peut-être se posait-il cette question : me rechercher relevait-il encore du bon sens des affaires ? Étais-je un investissement judicieux ? Sur le moment, je n'aurais pas placé un centime sur moi.

Tu m'as apporté une assiette de petits fruits jaunes en me montrant comment aspirer la pulpe en enfonçant les ongles dedans. J'ai essayé. Au début, j'ai trouvé le fruit acide mais, plus je mastiquais, plus c'était sucré. J'avais des pépins plein les gencives et les dents. Tu en as mangé un aussi.

– Alors, tu as fait connaissance avec les lascars dans la remise ?

Au souvenir de tous ces yeux fixés sur moi, ces écailles, ces pattes, j'ai frissonné.

– Pourquoi vous les avez ? ai-je demandé.

– Pour notre survie, tu as répondu en reprenant un fruit.

Je t'ai donné l'assiette, j'étais trop barbouillée pour en manger davantage, bien que j'en aie eu envie. Tu as sucé l'intérieur du fruit, puis tu as retiré les pépins coincés dans tes dents.

– Grâce à eux, je vais pouvoir fabriquer de l'anti-venin.

J'ai secoué la tête.

– Tout ce qu'on obtient d'un serpent, c'est du venin, pas de l'antivenin.

Tu as souri.

– Tu es aussi intelligente que tu en as l'air, grosse maligne. Je n'en ai jamais douté, tu as dit en me lançant un regard presque fier. N'empêche, tu as raison, tu as ajouté en recrachant les pépins par terre. Ils sont tous venimeux. On obtient l'antivenin grâce à un individu immunisé. Voilà encore pourquoi on avait besoin de la chamelle. Bientôt, je recueillerai le poison de mes pensionnaires et je l'injecterai à la chamelle, puis je lui prélèverai ses anticorps, son immunité. Je filtrerai le tout pour fabriquer de l'anti-venin, du moins c'est mon projet. Ça prendra du temps et je ne sais toujours pas si je réussirai, mais j'essaierai quand même. De cette façon, on en aura toujours sous la main.

Je me suis rembrunie.

– La chamelle ne va pas être malade ?

– Non, elle est immunisée, comme la plupart des animaux de la région. Nous, humains, sommes les plus faibles.

Tu as retiré la peau d'un fruit et grignoté la pulpe.

– Mais ce qu'il faudrait d'abord faire, c'est commencer à se désensibiliser. En s'injectant une toute petite dose de poison dans le système, on augmente sa propre immunité.

– Vous ne m'injecterez rien du tout.

Tu as haussé les épaules.

– Tu peux le faire toi-même, ce n'est pas difficile. Il suffit de te pincer la peau et d'introduire un peu de venin. Je le fais sans arrêt.

– Et si je refuse.

– Dans ce cas, tu cours un risque.

– Lequel ?

– Le risque de mourir, d'être paralysée. Le poison, ce n'est pas très drôle, tu as dit en me regardant avec un petit sourire. Mais tu le sais sans doute déjà, avec tout le rhum que tu as bu hier soir. La bouteille devait nous durer un an.

J'ai évité ton regard, c'était la première fois que tu parlais du rhum. Tendue, je me suis préparée à subir ta colère pour avoir fouillé dans tes provisions. Mais tu as chassé l'incident d'un haussement d'épaules.

– N'importe quel environnement comporte ses risques, tu as murmuré. Ils se ressemblent tous finalement, poison, blessures, maladies, la seule différence, c'est ce qui les provoque. En ville, ce sont les gens, alors qu'ici c'est la terre. Je sais ce que je préfère.

J'ai de nouveau eu la tête qui tournait. Je n'arrêtais pas de repenser aux bestioles qui attendaient dans leur cage de me tuer ou de me sauver à l'aide de leur venin.

– Ça fait combien de temps que vous les avez?

Tu as reposé ton fruit et tu t'es essuyé les mains sur les genoux.

– J'en capture depuis qu'on est arrivés. Je les ai presque tous, il en reste certains qui me donnent du fil à retordre. Il m'en manque encore deux.

– Ils sont tous venimeux?

Tu as acquiescé.

– Bien sûr, sinon je ne les aurais pas. Tous ne sont pas mortels, mais il vaut mieux ne pas se faire mordre.

– Pourquoi ça ne vous est jamais arrivé?

– J'ai été mordu, mais rien de grave. J'ai appris à les connaître, je sais comment ils fonctionnent. Les animaux sont moins dangereux quand on les comprend.

Tu as poussé l'assiette de fruits vers moi.

– Allez, mange, tu as dit en souriant. Sinon on pourrait croire que tu as la gueule de bois.

Après ça, tu as été vraiment gentil avec moi, renouvelant inlassablement les linges mouillés, t'occupant de moi comme jamais maman n'en aurait rêvé, préparant ce que tu imaginais comme mes plats préférés, du moins tu essayais (je reconnais qu'il ne devait pas être facile de faire de la glace quand le premier congélateur était à des centaines de kilomètres).

Par ailleurs, tu m'observais sans arrêt, comme pour me jauger, comme si tu voulais deviner ce que j'étais susceptible d'accepter, ce que tu pouvais faire ou dire sans trop me contrarier. J'ai très vite apprécié, commencé à tester tes limites et tu m'as laissée faire.

Le lendemain, j'ai nourri les poules et tu m'as accompagnée, prétextant la source à vérifier. À l'entrée de l'enclos de la chamelle, j'ai ralenti pour que tu puisses me rattraper, puis marcher à mon allure. Tu m'as jeté un coup d'œil de côté pour vérifier si je n'y voyais pas d'inconvénient.

– Vous devez me haïr, ai-je dit.

– Comment ça ?

– Vous devez me haïr horriblement pour vous moquer que je meure, sinon vous me laisseriez partir.

Tu t'es tourné vers moi avec une telle brusquerie que tu as trébuché sur une pierre.

– Je ressens exactement le contraire.

– Alors pourquoi ne pas me laisser partir ? Vous savez que c'est ce que je veux.

Tu n'as rien dit l'espace de quelques pas.

– Je t'ai laissée partir, tu as dit doucement. Tu as failli mourir.

– C'est la faute de votre voiture merdique et je ne sais pas me repérer dans le bush. Alors que vous, si. Si vous ne me détestiez pas, vous me reconduiriez dans une ville, vous me laisseriez partir.

– Ne recommence pas avec ça, s'il te plaît.

– N'empêche, c'est vrai, non ? Si vous le vouliez, vous pourriez me laisser partir mais vous ne voulez pas. Conclusion, vous me détestez.

J'ai aplati un buisson sous ma chaussure. Tu t'es baissé pour le redresser.

– Les choses ne sont pas aussi simples.

– Elles pourraient l'être.

Je me suis arrêtée. Tu as fini de redresser la plante, tu l'as contournée et tu t'es approché de moi d'une démarche empruntée.

– Donne-toi un peu de temps, Gemma. Quelques mois pour apprendre à apprécier tout ça, ensuite…

– Ensuite quoi ? Ensuite, vous me laisserez partir ? Je ne vous crois pas.

– Crois-moi, s'il te plaît, pour une fois, tu as dit en tendant les bras vers moi comme pour me supplier.

– Que ferez-vous alors ? ai-je demandé, les mains sur les hanches, dans l'espoir de paraître plus grande que je n'étais, alors que le haut de ma tête t'arrivait à l'épaule.

Tu as soupiré.

– OK, tu as murmuré. Accorde-moi six mois, six mois à peine. C'est le temps qu'il te faut. Ensuite, après ces six mois, si tu continues de détester la vie ici, alors je te ramènerai, je te le jure. Je t'emmènerai même dans une ville.

– Je ne vous crois toujours pas.

– Donne-moi une chance.

J'ai continué de te regarder. Au bout de quelques secondes, tu as baissé les yeux et enfoncé les mains dans tes poches.

– Je ne plaisante pas, tu as dit d'une voix légèrement brisée. C'est quoi, six mois pour toi, maintenant ? Qu'est-ce que tu as à perdre ? tu as demandé en donnant des coups de pied dans le sable.

Le son morne de ta chaussure frappant le sol était le seul bruit audible. J'ai essuyé la transpiration qui me coulait sur le front, hésitant toujours à te faire confiance. Qui croirait un ravisseur de toute façon ? Qu'avais-tu fait jusqu'ici qui m'incite à te croire ?

– Même si vous êtes sérieux, même si vous me ramenez dans une ville, qui me dit que vous ne recommencerez pas avec une autre fille ? t'ai-je défié.

Tu t'es passé la main dans les cheveux.

– Il n'y aura pas d'autre fille. Sans toi, je vivrai seul ici.

– Vous êtes répugnant.

Tu as sursauté. Je me suis avancée vers toi.

– Vous essayez de me flatter pour que je me plie à votre volonté, c'est une manie. Il y a toujours une autre fille. Qu'est-ce qu'on dit des chiens déjà ? Une fois qu'ils ont pris goût à tuer…

– Je ne suis pas un tueur.

– Mais vous êtes un chien.

Tu m'as regardée avec de grands yeux. Tu avais tout alors du chien espérant qu'on lui jette un os, espérant quelque chose que je ne pourrais jamais te donner.

– Je t'aime, tu as dit simplement, sans ciller, attendant que je me pénètre de ta déclaration.

Mais ta déclaration a rebondi sur moi, j'ai refusé de m'y attarder.

– Vous êtes un salaud, ai-je dit en repartant.

– Cette terre veut que tu sois ici, tu as dit dans mon dos, élevant la voix à mesure que je m'éloignais. Je te veux ici. Ça ne te fait donc rien ?

Je me suis retournée, incrédule.

– Vous ne pensez quand même pas que je me soucie de vous après ce que vous avez fait ? Vous n'êtes pas atteint à ce point ?

– La terre et moi, on a besoin de toi.

– Tout ce dont vous avez besoin, c'est d'aide.

Tu m'as dévisagée, bouche bée, et j'ai vu tes yeux se remplir de larmes. J'ai secoué la tête, refusant de me laisser prendre.

– Ça ne tient pas la route, j'ai dit doucement, plus pour moi que pour toi.

Tu as voulu me contredire mais j'ai continué à parler sans te prêter attention, je n'avais plus peur :

– Ça vous trouble, n'est-ce pas ? Dans cet environnement, je ne pourrai jamais vous échapper, à moins que vous me raccompagniez dans une ville.

– Ce n'est pas ce que je veux.

– Moi si.

Tu as fait un bond en arrière comme si je t'avais agressé physiquement avec ces deux mots et tu t'es empressé d'éviter mon regard, visiblement gêné de ta réaction.

– Vous n'êtes plus aussi costaud, on dirait, ai-je murmuré.

Je t'ai tourné le dos et je me suis dirigée rapidement vers les Différents, je commençais à trembler. J'étais encore fragile, réduite en presque autant de miettes que toi. Je ne voulais pas te voir, d'ailleurs tu ne m'as pas suivie, tu es resté où tu étais, tête baissée. J'ai traversé les rochers en trébuchant, me félicitant d'être seule. Je savais plus ou moins comment te prendre quand tu étais dur, à quoi m'attendre. Mais dans cet état, je l'ignorais.

Ce fameux soir, tu as été silencieux, pensif. Tu as fait tremper des linges pour mes brûlures dans un mélange de plantes qui leur a donné une odeur d'hôpital. Après dîner, tu as regardé l'obscurité au-dehors, debout devant l'évier, le corps tendu, comme un chasseur à l'affût. La lanterne dessinait des ombres sur ta peau. J'ai débarrassé la table et je te rapportais les assiettes quand tu t'es retourné et tu m'as attrapée par le poignet, j'ai failli tout faire tomber.

– Je ne plaisantais pas tout à l'heure. Je le pensais vraiment, tu as dit. Accorde six mois à cet endroit, s'il te plaît. Tu peux attendre six mois?

Je me suis dégagée et j'ai reculé, laissant les assiettes sur le plan de travail. Une ride profonde barrait ton front, creusant un sillon au-dessus de tes yeux brillants.

– Dis, tu peux?

J'ai retrouvé l'intensité qui t'était si particulière, ton sérieux. J'aurais pu te croire si tu avais été quelqu'un d'autre, je n'aurais pas hésité un instant. J'ai bougé la tête, pas vraiment un assentiment mais pas un refus non plus.

– Trois mois, ai-je dit.

– Quatre, tu as ajouté, le visage crispé. Mais je t'en supplie, n'essaie pas de t'enfuir. Pas toute seule, pas avant que je t'emmène. Tu ne connais pas encore le bush.

Tu as pris les assiettes et fini de dérouler le bandage qui entourait ta main droite avant d'ouvrir le robinet.

– Pour survivre sur cette terre, il faut l'aimer et ça demande du temps. Pour le moment, tu as besoin de moi.

– Je sais.

Tu m'as dévisagée, aussi surpris que je l'étais par ce que je venais de dire. Mais j'avais effectivement besoin de toi, n'est-ce pas? J'avais essayé de m'échapper par mes propres moyens et j'avais échoué.

Tu t'es tourné vers la fenêtre avec un soupir.

– Dans quatre mois, si tu veux toujours t'en aller, je te conduirai à l'entrée d'une ville, mais ne m'oblige pas à t'accompagner.

– Aucune chance, ai-je dit, les sourcils froncés.

Comme si je pouvais t'obliger à faire quelque chose contre ta volonté.

Tu as commencé la vaisselle, les épaules basses, les mains plongées dans l'eau. J'ai vu ton pouls battre dans ton cou, petite parcelle de vie sous ta peau tannée, semée de taches de rousseur jusqu'aux clavicules.

– Je ne vous livrerai pas à la police, si c'est ce dont vous avez peur, ai-je dit sans réfléchir. Vous n'aurez qu'à me relâcher et disparaître dans le désert. Je dirai que je ne me rappelle pas, que j'ai eu une insolation, que je suis amnésique ou n'importe quoi. Je ne saurai même plus votre nom.

Ton regard m'a effleurée, mais j'ai vu qu'il était plein de tristesse, que tu étais à deux doigts de pleurer.

Cette nuit-là, le vent a soufflé. Couchée dans mon lit, je l'entendais soulever les grains de sable et les projeter contre les murs en bois, contre les fenêtres, les projeter vers moi, tel un déluge de feu. Ou de pluie. Si je fermais les yeux, je pouvais presque imaginer le bruit de la pluie anglaise, tombant à verse comme en hiver, détrempant les jardins et les champs, faisant monter le niveau de la Tamise et des caniveaux autour de la maison. J'avais oublié le bruit réconfortant de la pluie qui frappe le carreau, le sentiment de sécurité qu'il procure.

Tu étais parti te coucher avant moi. Tu avais été terriblement silencieux, sans doute avais-tu perdu tes illusions à mon sujet. L'aventure de tes rêves ne s'était pas déroulée comme tu l'avais imaginé. Commençais-tu à avoir des regrets? À penser que tu t'étais trompé de fille? Tu venais peut-être de te rendre compte que j'étais quelqu'un d'ordinaire et non d'extraordinaire, que je t'avais déçu comme je décevais à peu près tout le monde. Je me suis retournée et j'ai frappé mon oreiller, énervée de n'être toujours pas endormie, de ruminer ces pensées.

Soudain, je t'ai entendu crier. Un cri qui a déchiré le silence et m'a fait bondir dans mon lit, le cri d'un animal aux abois, qui venait du plus profond de ton être. Je n'avais rien entendu d'aussi fort depuis des jours.

J'ai d'abord pensé que quelqu'un s'était introduit dans la maison pour me sauver et qu'il se débarrassait de toi en premier, te plantant un couteau dans le dos. Mais c'était une idée idiote, personne ne vole au secours de quiconque de cette façon, à part dans les films. Et pas dans le désert en tout cas. Ici, les sauveteurs arriveraient par avion et nous noieraient d'abord sous le bruit et la lumière. On entendrait quelqu'un venir à des kilomètres.

J'ai guetté malgré tout les sons au-dehors, des pas sur la galerie. Mais aucun chahut attestant de la présence d'un inconnu. Il n'y avait que moi, que toi, tes cris.

Parfois, tu hurlais quelque chose, mais impossible de comprendre ce que tu disais et, de temps à autre, on aurait dit que tu pleurais. Je me suis levée, armée de mon couteau, et je me suis dirigée lentement vers la porte sur la pointe des pieds, sans un bruit. J'ai profité de ce que tu criais à nouveau pour actionner la poignée, masquant ainsi le grincement de la porte. Je suis sortie dans le couloir, aucune silhouette à l'horizon, personne. Tes cris retentissaient plus fort encore, leur son rauque résonnait dans toute la maison. Ta porte était entrouverte, je me suis penchée pour écouter.

Durant quelques secondes, voire une minute, ce fut le silence, j'en ai eu les oreilles qui tintaient. Puis je t'ai entendu sangloter, des sanglots qui sont devenus très vite incontrôlables, désespérés, comme souvent ceux des enfants. J'ai jeté un coup d'œil à la pièce plongée dans l'obscurité par l'entrebâillement de la porte. Quelque chose était secoué de tremblements sur ton lit, toi. Aucun autre mouvement nulle part. J'ai ouvert la porte en grand.

– Ty ?

Tu as continué de sangloter. Je me suis approchée. Un rai de lumière venu de la fenêtre éclairait ton visage baigné de larmes. Tu avais les yeux fermés, serrés. Je me suis avancée.

– Ty ? Vous êtes réveillé ?

Tu pétrissais de tes poings le pull-over qui te servait d'oreiller. Ton drap avait glissé, ton dos était visible, se détachant sur le matelas nu. Étiré de tout ton long, tu semblais trop grand pour ce lit. Tu avais un dos droit, d'une longueur inouïe, semblable au tronc d'un arbre. Mais, cette fois, il tremblait comme une feuille.

J'ai laissé la porte grande ouverte derrière moi et inspecté la chambre. La fenêtre était fermée et rien n'indiquait que quelqu'un soit entré. Tu avais crié dans ton sommeil.

Le visage enfoui dans ton pull-over, tu pleurais moins fort. Je suis restée devant ton lit à te regarder sangloter comme j'avais sangloté en arrivant dans cette maison, sans bruit, désespérément, comme si tu ne devais plus jamais t'arrêter. C'est bizarre, mais j'ai presque eu envie de pleurer moi aussi. J'ai secoué la tête. Tu étais un type dur et dangereux, tu jouais peut-être la comédie.

Tu as remonté soudain les genoux contre la poitrine et tu t'es mis à te balancer. Tes cris ont recommencé, me perçant les oreilles. Je me suis approchée, je devais les faire cesser. Sans réfléchir à ce que je faisais, je me suis penchée et je t'ai secoué par l'épaule. Tu avais la peau moite, brûlante.

Tu as ouvert les yeux d'un coup, mais tu ne m'as pas vue d'emblée, tu voyais quelqu'un d'autre. Tu m'as écartée et tu as reculé le long du matelas jusqu'à ce que tu te cognes au mur. Tu avais les yeux fous, qui allaient et venaient d'un côté et de l'autre comme cherchant à se fixer. Tu t'es mis à murmurer :

– Ne m'emmenez pas, tu disais. Je vous en supplie, laissez-moi.

Je me suis efforcée de croiser ton regard et de faire en sorte qu'il ne quitte pas le mien.

– C'est Gemma, ai-je dit. Je ne vous emmène nulle part. Calmez-vous.

– Gemma ?

À t'entendre, on aurait dit que mon nom ne t'évoquait pas grand-chose. Tu as tiré ton drap sur toi.

– Ty, vous rêvez, ai-je dit.

Mais tu n'écoutais pas. Tu as rampé vers moi et tu t'es accroché à mon T-shirt. J'ai reculé.

– Ty, arrêtez ! ai-je dit en te tapant sur les mains, en

te repoussant, mais tu étais l'image même du désespoir.

– Ne m'emmenez pas, tu disais d'une voix d'enfant pleine de sanglots. C'est là que maman était,
mes arbres, mes étoiles. Je ne veux pas partir.

Tu as jeté tes bras autour de ma taille et tu l'as serrée, pleurant contre mon ventre. Tu avais les yeux
grands ouverts, mais tu ne me voyais toujours pas. Tu
me triturais le dos, tirais sur mon T-shirt. Je t'ai touché les cheveux et tes sanglots se sont un peu calmés.

– C'est Gemma, ai-je dit. Réveillez-vous.

J'ai senti tes larmes sur mon ventre, tes mains
accrochées fermement à ma taille pour m'empêcher
de partir. Je t'ai laissé ainsi jusqu'à ce que tu cesses
complètement de pleurer.

– Je ne sais pas où je suis, tu as murmuré.

– Vous êtes ici, dans le désert. Il n'y a personne
d'autre.

Tu t'es essuyé les yeux sur mon T-shirt, puis tu les
as levés sur moi. Cette fois tu m'as reconnue. Tout
ton visage s'est détendu.

– Gemma, tu as dit.

J'ai hoché la tête.

– Merci.

– Vous rêviez. Je vous ai réveillé.

– Merci.

Tu as fini par me lâcher et tu t'es assis en tailleur,
le regard rivé au sol, jouant avec tes pouces, sans
doute gêné.

– À quoi vous rêviez ? ai-je demandé.

Tu as secoué la tête pour éluder la question. Mais je
suis restée, j'ai attendu. Le bois autour de nous craquait

et le vent secouait le toit de tôle. Tu as jeté un coup d'œil vers la fenêtre comme pour vérifier qu'elle n'avait pas bougé.

– Le foyer pour enfants, tu as dit doucement. Le voyage en fourgon, le départ du bush.

Tu as regardé le ciel noir au-dehors, les étoiles. Je me suis dit que je pouvais peut-être deviner la ligne droite de l'horizon qui séparait la masse sombre de la terre du ciel grisâtre. Tu t'es passé la main sur le visage en soupirant.

– Tu me prends sûrement pour un malade.

Je t'ai dévisagé, recroquevillé sur toi-même.

– On fait tous des rêves.

Tes grands yeux brillaient dans l'obscurité comme ceux d'un animal nocturne, un animal en mal d'adoption.

– Tu rêves de quoi? tu as murmuré.

– De chez moi.

– De Londres?

Tu as soupesé le nom quelques instants en quête du sens qu'il avait pour toi.

– Comment tu peux rêver de Londres? tu as dit avec un nouveau regard vers la fenêtre. Comment se fait-il que tu aimes tant cet endroit?

– Je suppose qu'on aime ce à quoi on est habitué.

– Non, tu as dit en secouant la tête. On devrait aimer les endroits qui ont besoin d'être aimés, pour mieux les sauver.

Tu n'as plus rien dit pendant un long moment, tu réfléchissais, le regard perdu au-dehors. J'ai regagné doucement la porte.

– Pardon, tu as murmuré.

Quand je me suis levée, ta chambre était vide. Je suis allée nourrir les poules. À mon retour, la chamelle s'est approchée de moi d'un pas lourd. Je lui ai gratté les oreilles, tiré sur les poils doux à l'intérieur comme tu m'avais montré qu'elle aimait. Elle a posé son mufle sur mon bras.

– Il va te garder, tu sais, lui ai-je chuchoté. Quand je serai partie dans quelques mois, il ne te libérera pas.

Je lui ai caressé la joue, aussi douce que celle d'un ours en peluche. Elle mastiquait en décrivant des cercles, ses lèvres élastiques frottant contre ma main.

– Comment se fait-il que tu sois si gentille ? Tu devrais être sauvage, pire que lui, ai-je dit.

J'ai touché ses longs cils ravissants du bout du doigt, la faisant ciller.

Je me suis éloignée, mais elle m'a suivie, à quelques mètres à peine. J'ai marché en rond avec, dans mon sillage, le doux bruit de ses sabots. Je me suis arrêtée et tournée vers elle, désireuse d'essayer quelque chose.

– Assise ! ai-je dit en levant le bras comme je t'avais vu faire.

Elle a râlé pour la forme, puis elle a plongé en avant, ramenant ses pattes sous elle. En touchant le sol, elle a soulevé un nuage de poussière.

– C'est bien, ma jolie.

Je me suis agenouillée près d'elle, de sorte qu'on avait la même taille, son mufle énorme et ses dents gâtées à hauteur d'yeux. Elle dégageait une odeur tenace de renfermé. Elle a tourné la tête vers les dépendances, fermant les yeux pour se protéger du soleil. J'ai changé de position pour poser le bras autour de sa vaste encolure musclée et elle a appuyé son cou contre ma hanche. Dans cette position, j'aurais pu me glisser sur son dos, enfourcher sa bosse et la monter. On aurait pu s'enfuir au galop vers le soleil.

J'ai posé la joue contre sa fourrure et j'ai fermé les yeux aussi. Des boules de feu ont dansé derrière mes paupières. Sur le moment, à cet instant précis, cela suffisait à mon bonheur.

Tu as passé la journée dans ton atelier. J'ai attendu le milieu de l'après-midi pour avoir le courage de te rendre visite. Tu t'étais montré sous un jour si différent la nuit précédente, presque vulnérable. J'étais curieuse de savoir comment tu allais te comporter avec moi le lendemain.

La porte de l'atelier était entrebâillée, je l'ai poussée.

La lumière entrait à flots dans la pièce où régnait une chaleur suffocante, j'ai mis quelques secondes à m'habituer à tant de clarté. Les rideaux qui pendaient autrefois à la fenêtre avaient été arrachés et gisaient en boule au sol. Le soleil inondait l'atelier, j'ai vu que les murs quelconques avaient été recouverts de points de couleurs vives et de tourbillons zébrés de bandes rouges, noires et marron. Des feuilles, du sable, des branches avaient été appliqués sur la peinture, de sorte que les murs avaient une texture. Si je reculais pour avoir une vision d'ensemble, je devinais des motifs. La vague de points jaunes qui traversait le sol de bout en bout figurait sans doute du sable, et les cercles bleus sur le mur d'en face des points d'eau. La pièce avait un air de nature qui m'a rappelé une histoire que maman m'avait lue, il y a longtemps, une histoire de chambre d'enfant qui se transforme en jungle.

Trônant au milieu de la pièce, debout sur un tabouret en bois, le corps renversé en arrière, tu peignais le plafond, vêtu d'un mince short déchiré qui te remontait sur les cuisses. Ta peau avait la même teinte que le mur derrière toi, terre de sienne. Après avoir tracé des milliers de petits points orange au-dessus de ta tête, tu as comblé l'espace qui les séparait par des sortes de volutes blanches à l'aide d'un autre pinceau, repêché derrière ton oreille. Tu ne t'es arrêté qu'une fois à court de peinture.

Tu t'es retourné et j'ai vu que tu avais le torse luisant de sueur, maculé de peinture marron. J'ai cherché sur ton visage les vestiges de l'angoisse que tu avais ressentie la veille, mais tu avais l'air détendu et heureux. Tu es descendu du tabouret pour me rejoindre.

– Tu aimes ma peinture?

– Qu'est-ce qu'elle représente?

– Tout ce qui nous entoure, le bush, tu as répondu avec un sourire. Je n'ai pas encore terminé. Le moindre bout de mur fera partie de l'ensemble, et moi aussi.

– Pourquoi?

– Je veux immortaliser cette beauté, établir le contact. Je veux que tu voies les choses telles qu'elles sont avant… avant que tu t'en ailles, tu as dit avec des yeux brillants.

Je me suis retournée pour embrasser les couleurs, les tourbillons, les différentes matières qui m'entouraient, m'attardant sur une poignée de points blancs phosphorescents qui se détachaient sur un fond noir dans un coin du plafond. On aurait dit des étoiles, minuscules billes de lumière miroitantes. Était-ce ce que tu avais voulu représenter? Tu t'es approché encore et j'ai remarqué que tu avais les épaules et la moitié supérieure du torse piquetées de grains de sable. J'ai avancé la main pour toucher, ta peau était comme la terre du bush, rugueuse et chaude.

– Ça ne vous démange pas?

– Ce n'est que la première couche. Quand ce sera sec, je tracerai les motifs.

– Quels motifs?

Ma perplexité t'a fait sourire. Tu m'as pris la main et tu l'as tenue contre ta poitrine.

– Les motifs du bush, tu as expliqué en indiquant la pièce d'un signe de tête. Attends le coucher du soleil, tu verras toute la pièce prendre vie.

– Comment ça?

– Tu verras.

Sous ma paume, j'ai senti les battements sourds de ton cœur, je me suis empressée de retirer ma main, toi aussi. Tu l'as passée alors dans tes cheveux, provoquant un déluge de sable que tu as fait exprès d'amplifier en secouant la tête.

– Tempête de sable, tu as dit en faisant danser tes mèches dorées, voler le sable.

Je t'ai suivi jusqu'à la porte, un peu étourdie par ce que je venais de voir. Tu m'as repris la main, mais pour la poser sur ton dos cette fois. Sous ta peau chaude et humide, tes vertèbres s'étiraient comment autant de racines.

– Je peux me peindre le devant du corps, mais j'ai besoin de quelque chose pour atteindre le dos.

J'ai retiré précipitamment ma main.

– Je ne veux pas vous peindre.

– Tu n'auras pas à le faire, tu as répondu en me faisant face. Près du bassin des Différents, tu verras de longues feuilles. Tu m'en rapporterais une ? Et pendant que tu y es, prends-moi de la mousse.

Tu es rentré dans la pièce, me laissant sur le seuil tester mon équilibre en faisant basculer d'avant en arrière la caisse en bois qui servait de marche.

– Reviens au coucher du soleil, tu as crié derrière moi. Je serai prêt.

Tu as fermé la porte et je suis partie mollement en direction des Différents, me berçant de l'illusion que je n'accédais pas vraiment à ta demande. Je m'arrêtais fréquemment pour regarder quelque chose, faisant semblant de trouver dans la petite fleur mauve que je remarquais dans le sable la raison de ma promenade. En revanche, pour traverser l'herbe haute, j'ai accéléré le pas, tapant par terre avec un bâton, comme je t'avais vu faire, pour éloigner les serpents.

Arrivée au bassin, je me suis penchée pour passer sous la branche de l'eucalyptus, puis je me suis frayé un chemin le long de l'eau. J'ai trempé la main dedans, appréciant la soudaine fraîcheur sur ma peau. Je suis parvenue devant le rocher qui surplombait le bassin et dans la crevasse duquel j'allais trouver de la mousse. J'entendais des bestioles bruire autour de moi, mais je ne me suis pas éloignée. J'étais étrangement calme, appréciant l'indolence qui se dégageait de l'endroit l'après-midi. Le rocher était frais et abrité du soleil, je me suis assise un instant, mes mollets nus contre la pierre. Au bout d'un moment, je me suis mise en quête de mousse, enfonçant les doigts dans la crevasse sombre d'où j'ai ramené une touffe. Puis j'ai attendu qu'une araignée minuscule finisse de traverser ma main.

En faisant le tour du bassin dans l'autre sens, j'ai aperçu les feuilles dont tu m'avais parlé, de longues feuilles juteuses, qui semblaient incongrues dans cet environnement cerné de végétation aride. J'ai arraché une feuille à sa tige, provoquant une montée de sève blanche, que je me suis empressée de stopper.

Sur le chemin du retour, je me suis arrêtée aux cages des poules. Salaud était à l'autre bout de la sienne mais, dès qu'il m'a entendue lui parler, il s'est approché en se pavanant. Puis il a passé le bec par le grillage et arraché un bout de la feuille que je venais de ramasser.

– Ty ne va pas être content, l'ai-je grondé.

Mais Salaud n'en avait rien à faire, il a gonflé fièrement ses plumes et recraché le bout de feuille. J'ai fait une pause à côté de sa cage, bercée par les murmures désapprobateurs des poules. Bientôt, les grenouilles ont entamé leurs chamailleries à grand renfort de coassements rauques, qui sont allés en s'amplifiant jusqu'à un crescendo frénétique.

Puis le soleil a amorcé sa descente. C'était l'heure. Je suis retournée à l'atelier sans me presser.

J'ai poussé la porte, les lueurs orangées du couchant rasaient les murs que tu venais de peindre. La lumière s'accrochait aux grains de sable, les faisant miroiter. Tout autour de moi n'était que couleur et éclat, presque trop pour être apprécié. Tu avais travaillé vite à transformer l'espace. Tu te tenais au centre de la pièce et ton corps, peint comme le reste, reflétait également la lumière. Seul ton dos était vierge. Il flottait dans l'air une odeur forte d'herbe, semblable à celle de tes cigarettes, une odeur lourde et enivrante.

Tu es venu vers moi prendre la feuille. Tu étais entièrement nu, mais je ne l'ai pas remarqué tout de suite car tu avais le corps recouvert de peinture, de sable, de fleurs et de feuilles. Peinture et matières qui t'habillaient comme des vêtements. Ton visage affichait une teinte rouge clair avec, disséminés partout, des points, des volutes, orange et jaunes, et tu avais les lèvres marron foncé. Tes jambes étaient enduites d'une substance grise qui rappelait le granit. Ton pénis était peint en noir dans une zone où dominaient les verts, les mauves et des applications de tiges grises. Je me suis écartée instantanément, les yeux rivés sur tes pieds peints en ocre-brun et ornés de tourbillons blancs qui dessinaient des veines. J'ai reculé jusqu'à la porte, hésitant à rester. Tu avais l'air d'un fou dans cet accoutrement, mais tu étais magnifique aussi.

– C'est ce que je voulais te montrer, tu as expliqué. La beauté de ce paysage dont tu fais partie, il faut que tu le saches.

Au milieu de tout cet orange, tes yeux brillaient d'un bleu inouï, presque déplacé tant ils rappelaient la mer.

Tu t'es agenouillé à côté d'un bol dans lequel tu as écrasé des pétales rouges auxquels tu as ajouté de l'eau pour obtenir la consistance voulue. Puis tu as trempé la touffe de mousse dans le bol et tu l'as appliquée sur ton dos, partout où ta main pouvait aller. De la peinture a dégouliné sur le sol en longues rigoles sanguinolentes.

J'ai jeté un regard autour de moi : pas de corde pour m'attacher, pas d'arme. La porte était ouverte, je pouvais m'enfuir à tout moment, mais je n'en avais curieusement pas envie.

– La lumière décline vite, tu as dit.

Tu t'es saisi de la feuille dont tu as trempé la tige épaisse dans une substance noire friable, t'assurant qu'elle en était bien recouverte. Puis tu as tenté de dessiner des motifs sur ton dos et, ne parvenant pas à gagner l'emplacement voulu, tu as soupiré.

– Tu me peindrais les motifs du dos avec ça ? tu as demandé en me tendant la feuille.

– Je ne veux pas, ai-je répondu en repoussant ta main.

– Mais la lumière baisse. Je voudrais avoir terminé avant le coucher du soleil pour que tu voies l'ensemble, tu as insisté d'un ton ferme, impatient.

Tu m'as pris la main et tu l'as tenue délicatement dans la tienne, chaude et sèche, maculant mes doigts de peinture, le rouge et le noir dessinant un bleu sur mon articulation.

– S'il te plaît, tu as demandé doucement. Fais ça pour moi. Je te ramènerai, je te l'ai promis.

Tes yeux brillaient à la lumière, tu m'as serré la main plus fort. Je me suis dégagée et j'ai pris la feuille. Agenouillée derrière toi, j'ai trempé l'extrémité dans la pâte noire.

– Qu'est-ce que je dessine ?

– N'importe quoi, ce que t'inspire cet endroit.

Ma main tremblait un peu et une petite goutte de peinture est tombée sur mon genou. Le bout de la tige était acéré, je l'ai appliqué sur ta peau, enfoncé légèrement pour dessiner un point, tu as sursauté. Un rayon de soleil est venu frapper directement ton dos, ma vue s'est troublée.

– Je ne vois rien.

– Fais-le au jugé.

J'ai trempé à nouveau la tige dans le bol et tracé une ligne droite entre tes omoplates, t'égratignant légèrement pour faire tenir la pâte noire. Après quoi, j'ai peint une touffe d'herbe porc-épic, puis un bonhomme avec un cercle irrégulier pour la tête. Je lui ai ajouté des yeux que j'ai coloriés et des flammes en guise de cheveux. Et je lui ai fait un petit cœur noir au milieu du corps. Tu m'as touché le genou.

– Tu as terminé ?

– Presque.

Puis j'ai dessiné un oiseau qui survolait ton omoplate et pour finir, un soleil à la base de ta nuque dont les rayons éclairaient le tout. Tu t'es retourné pour me faire face, nos genoux se sont touchés, ton visage à moins de cinquante centimètres du mien.

– Tu n'en veux pas ? tu as demandé en trempant le doigt dans une flaque d'argile rouge avec laquelle tu as tracé une ligne sur mon front. Je pourrais te peindre, tu as ajouté en étalant l'argile sur ma joue. En ocre rouge, ça intensifie tout, tu as murmuré.

Tu m'as repris la feuille des mains vers laquelle tu as voulu m'attirer en me prenant par la nuque, mais je me suis dégagée aussitôt.

– Non, ai-je dit.

Tu as haussé les épaules, le regard triste. Puis tu m'as pris la main à nouveau pour me relever, je n'ai pas opposé de résistance et tu m'as guidée jusqu'au centre de la pièce.

– Maintenant, on attend, tu as dit.

– Quoi ?

– Le soleil.

Tu m'as fait m'allonger sur un lit de sable et de feuilles, en plein milieu de la débauche de peinture et de couleur. Le soleil qui entrait à flots par la fenêtre brillait intensément, j'avais du mal à garder les yeux ouverts. Et l'odeur de feuille, d'herbe, de terre, cette odeur fraîche était plus prégnante encore à cet endroit.

– Regarde de ce côté-ci, tu as dit en tournant la tête vers le mur du fond.

Je t'ai imité. Avec le soleil derrière moi, je me rendais compte que les rayons en accrochant les tourbillons et les points plus clairs, les rendaient tridimensionnels. Tu as puisé dans un petit tas de feuilles sèches à proximité et tu en as écrasé dans ta paume, puis tu as récupéré ton papier à cigarette sous une pierre, prélevé une petite cendre sur un autre tas, que tu as mélangée aux feuilles et tu as réparti le tout sur le papier. Une fois la cigarette roulée, tu l'as collée d'un coup de langue. Quand tu l'as allumée, j'ai senti de nouveau cette odeur de feuilles du désert en train de brûler, lourde, aux arômes d'herbes, l'odeur qui imprégnait l'atelier ce jour-là. Tu as tiré longuement dessus, puis tu me l'as passée.

On aurait dit un petit arbre en feu qui se consumait entre mes doigts. Je l'ai fait rouler, observant l'extrémité incandescente. Cette fois, j'ai tiré dessus, je me demande pourquoi. J'étais sans doute plus détendue que d'habitude, l'espoir que tu me libères était plus grand. Ces feuilles, au contraire du tabac, ne brûlaient pas la gorge et n'étaient pas non plus aussi fortes que l'herbe. Un goût subtil et végétal m'a bientôt envahi la bouche et je me suis surprise à expirer calmement, les épaules détendues.

Tu t'es allongé sur les coudes. À mesure que le soleil se couchait, les couleurs prenaient des reflets chatoyants. Une vague de rouge a submergé la pièce, faisant miroiter les zones sombres du tableau. Les rais de lumière qui ont soudain frappé le sol ont illuminé les millions de points et de pétales de fleur qui le jonchaient. Les rouges, les oranges et les roses autour de nous se sont enflammés, à tel point que j'ai eu l'impression de me trouver au milieu d'un brasier ou plutôt du coucher de soleil lui-même.

– Tu ne trouves pas qu'on se croirait au centre de la terre, dans la matière en fusion ? tu as chuchoté.

J'ai senti la chaleur dans mon dos, mon T-shirt me collait à la peau. J'ai cligné des paupières pour chasser la masse informe des couleurs. Des lignes noires et des formes ont dansé devant mes yeux, semblables à des flammèches. Puis le soleil a plongé encore et c'est ton corps peint qu'il a atteint cette fois, le parant de mille reflets dorés. J'ai senti la caresse du soleil à mon tour sur ma peau qui a pris un éclat soyeux entre le rose et l'orangé. La pièce tout entière baignait dans la lumière.

Tu m'as regardée, tes yeux bleus flottant dans une mer d'or. Et j'ai remarqué les petites empreintes d'animaux qui traversaient ta joue, enjambaient ta cicatrice et grimpaient à l'assaut de tes cheveux. Tu m'as effleuré le bras d'une main légère, couverte de sable, tu m'as caressé du bout des doigts à l'endroit où le soleil frappait ma peau, là où elle était si chaude.

– La lumière vient de toi. Tu brilles de l'intérieur, tu as dit.

J'ai tourné la tête pour tenter d'embrasser la pièce d'un seul coup d'œil. J'avais la tête qui tournait un peu. Était-ce à cause de toutes ces couleurs, de la lumière ou bien de ta cigarette ? Je ne sais pas. Ton œuvre était si différente des tableaux que j'avais vus avec maman, tellement plus réelle d'une certaine façon. Et oui, je le reconnais, elle était belle, d'une beauté sauvage. J'ai senti tes doigts dessiner des motifs, des cercles, des points, sur mon bras. Désormais, leur contact ne me faisait plus peur.

En un clin d'œil, le soleil a soudain plongé derrière la fenêtre et les couleurs se sont évanouies. Tu m'as repassé la cigarette. Les ombres ont commencé à envahir les murs. On est restés où on était jusqu'à ce que les couleurs aient totalement disparu. Je t'ai tendu la cigarette. Dans la pièce gagnée par l'obscurité, il était difficile de discerner les objets au sol. Je me suis levée et je suis allée vers la porte en trébuchant.

– Attends, je vais t'aider, tu as dit en me prenant par le bras.

Tu marchais avec assurance, guidé par tes yeux de chat. Sur le seuil, j'ai senti la fraîcheur du soir me pincer la peau. J'ai serré mes bras autour de ma poitrine, tu es rentré dans la pièce récupérer tes vêtements. Tu m'as tendu le pull en laine troué que tu portais ce matin-là.

– Mets-le. Tu auras plus chaud.

En l'enfilant, j'ai été envahie par ton odeur : transpiration, eucalyptus et terre. Sur la peau nue de mes bras, la laine grattait. Quand je me suis retournée, j'ai constaté que tu avais remis ton short. Tu m'as repris le bras et, ta main tenant fermement mon coude, tu m'as montré la voie.

Les étoiles étaient déjà visibles dans le ciel gris pâle. La lune dessinait un sourire en biais. Je t'ai laissé me guider, en silence, le seul son audible était le martèlement de mes chaussures et celui de tes pieds nus sur le sable. Loin, très loin, un animal a poussé un hurlement à vous glacer les sangs, semblable à celui d'un fantôme.

– Un dingo, tu as chuchoté.

Des milliers de pensées agitaient mon esprit, des milliers d'émotions me traversaient. Je sentais ta main autour de mon coude me guider sans faillir. Une infime partie de moi s'en est réjouie. J'ai secoué la tête, perplexe, refusant de l'admettre. Mais c'était vrai, n'est-ce pas ? J'étais en train de t'accepter et je me suis demandé où ça nous mènerait si je m'y abandonnais, si je répondais à la pression de ta main.

– Tu as faim ? tu as demandé.

J'ai secoué la tête et me suis arrêtée pour contempler le ciel. C'était agréable de sonder la noirceur céleste, après tant de couleurs, c'était même reposant.

– J'ai envie de rester dehors un instant.

– Seule ?

– Oui.

– Je vais te chercher une couverture.

Tu es parti en direction de la maison, j'ai regardé ton dos disparaître dans l'obscurité. Je me suis frotté les bras, surprise par le froid. En m'aventurant un peu plus loin, j'ai découvert une petite parcelle de sable sans herbes ni cailloux et je m'y suis assise. Le sable était encore chaud, j'y ai enfoui les mains et senti la chaleur emmagasinée par les grains se propager à mon corps. J'y ai enfoncé les poignets. Un deuxième hurlement a résonné au loin et, cette fois, celui d'un autre esprit plaintif de la nuit lui a répondu. J'ai levé les yeux vers les étoiles qui continuaient d'apparaître, peuplant le ciel comme si c'était l'heure de pointe. Ce qui devait être le cas chez les étoiles. Elles me semblaient aussi nombreuses que les grains de sable autour de moi. J'ai enfoui les mains plus profondément encore, juste quand les grillons entamaient leur chœur boiteux derrière moi.

J'ai su que tu revenais aux vibrations de tes pas. Tu avais une couverture grise autour des épaules et une autre sur le bras. Tu n'avais pas retiré le sable sur ton corps, quant à la peinture, autour de ta bouche, tes yeux et sur tes bras, elle s'était délayée.

Tu m'as enveloppée dans la couverture, puis tu m'as tendu une tasse.

– Qu'est-ce que c'est?

– De l'eau et des herbes, ça te tiendra chaud.

– Je n'ai pas froid.

– Attends un peu.

Une odeur de thé portée par la vapeur m'est montée jusqu'au nez. Impossible de boire tout de suite car c'était trop chaud, mais tenir la tasse entre mes mains me procurait déjà une sensation de bien-être. Je me suis penchée pour inhaler le parfum de bush qui s'en dégageait et je l'ai gardé en moi pour contempler les étoiles. Tu as levé les yeux toi aussi, scrutant le ciel comme si tu lisais une carte, hochant la tête de temps à autre pour une raison inconnue.

– Tu as tout ce qu'il te faut? tu as demandé.

Tu as amorcé un mouvement, celui de rentrer à la maison, mais tu as hésité. Tu t'es attardé un instant, attendant que je dise quelque chose, dans l'espoir que je dise quelque chose. Tu t'es mis à jouer nerveusement avec tes doigts. J'ai capitulé.

– Qu'est-ce que vous voyez là-haut ? ai-je demandé en lançant les mains vers le ciel.

Tu m'a souri avec reconnaissance.

– Je vois ce que tu veux.

– Vous connaissez les formations ?

– Les constellations ? tu as corrigé en haussant les épaules. Je connais les miennes.

– Comment ça ?

Tu t'es accroupi à côté de moi sans attendre.

– Je connais mes images, des visages, la disposition du terrain, n'importe quoi. Si tu regardes les étoiles un certain temps, elles finissent par te raconter ce que tu veux savoir, comment aller quelque part, le temps, l'heure, des histoires…

Tu n'as plus fait mine de partir, de rentrer à la maison, tu t'es assis à côté de moi et tu as enfoui tes mains dans le sable. Voyant que j'y avais enfoui mes chaussures aussi, tu as souri et fait de même. Je me suis rappelé alors toutes les fois où Anna et moi avions dormi ensemble, blotties sous la même couette. Ça me paraissait à des années-lumière.

On est restés sans rien dire, cernés par les papillons de nuit. J'ai tendu la main pour en attraper un, je l'ai senti voleter à l'intérieur de mon poing fermé. Quand je l'ai libéré, il est resté sur ma paume, assommé. Il était de la couleur de ma peau, cuivré. Le clair de lune éclairait le dessin délicat de ses ailes, une sorte de tourbillon pâle. Il avait de toutes petites antennes velues. Il s'est mis à bouger les pattes et ça m'a chatouillée. Comment quelque chose d'aussi fragile pouvait-il survivre ? J'ai secoué la main, le papillon s'est affalé dans le sable. Je l'ai poussé et il s'est envolé de guingois, prêt à nous tournicoter de nouveau autour.

– Ce papillon est précoce, tu as dit. D'habitude, on ne les voit pas avant plusieurs semaines. Tu as eu de la chance.

Tu as souri et des petites rides se sont formées autour de tes yeux. Je me suis détournée, j'avais trop envie de soutenir ton regard, mais j'étais consciente que je ne devais pas. Parmi les étoiles, certaines clignotaient et d'autres non. J'ai entendu le cri aigu des chauves-souris dont les ailes battaient sans bruit tandis qu'elles traversaient le ciel de velours. Sur le moment, j'ai eu l'impression qu'on était les deux seuls survivants sur terre. Et ce n'est pas pour dire une banalité, c'était vrai. Les seuls bruits qui nous parvenaient étaient le chant des grillons, le cri des chauves-souris, le souffle lointain du vent frappant le sable et plus loin encore le hurlement d'un dingo. Pas de Klaxon, pas de train, pas de signal sonore pour passage piétons, pas de tondeuse à gazon, pas d'avion, pas de sirène, pas d'alarme, rien d'humain. Si, à cet instant précis, tu m'avais raconté que tu m'avais sauvée d'une catastrophe nucléaire, je t'aurais peut-être cru.

Tu t'es allongé dans le sable, la tête tournée vers les étoiles. À te voir aussi silencieux et immobile, je me suis demandé si tu dormais ou même si tu étais mort. Je t'ai poussé du bout du doigt.

– Quoi ? tu as demandé avec une ébauche de sourire. Je réfléchissais aux étoiles.

– Et alors ?

– Je suis frappé que tout soit à la fois éternel et éphémère.

– Qu'est-ce que vous voulez dire ?

Tu as répondu, les yeux tournés vers le ciel nocturne :

– L'étoile qui se trouve à ma droite par exemple scintille comme une folle, mais pour combien de temps ? Une heure, deux heures ou les prochains millions d'années ? Et nous, combien de temps on va rester assis dans le sable ? Un moment ou bien le reste de notre vie ? Inutile de te dire ce que je préférerais…

J'ai ignoré ta remarque et me suis concentrée sur les étoiles.

– Je vous signale que c'est moi qui suis venue m'asseoir ici, vous m'avez suivie.

Tu t'es redressé sur les coudes.

– Tu veux que je m'en aille ?

Ton visage était à quelques centimètres du mien, j'aurais pu me pencher vers toi ou toi vers moi, on aurait pu s'embrasser. Tu m'as regardée et j'ai senti ton souffle chaud au parfum d'herbe se poser sur ma peau. Tu as entrouvert les lèvres, sèches aux commissures, elles avaient besoin d'être hydratées. J'ai avancé la main pour retirer un fragment de peinture resté collé à ta barbe naissante. Tu as retenu mes doigts prisonniers contre ta joue. Je me suis figée, sentant à la fois la chaleur de ta main et le picotement des poils de barbe contre ma peau. À quoi je pensais ? J'ai tourné les yeux vers les étoiles. Tu m'as laissée reprendre ma main.

– J'ai envie de rester assise ici, ai-je dit d'une voix tremblante. Vous pouvez faire ce que vous voulez.

– J'ai envie de rester.

J'ai continué de sonder le ciel, je ne me faisais pas assez confiance pour te rendre ton regard. Je me suis attardée sur une poignée d'étoiles étincelantes qui plongeaient vers l'horizon. On aurait dit une petite ville de lumières clignotantes à laquelle on aurait accédé par une autoroute faite elle aussi d'étoiles scintillantes. Tu as surpris mon regard.

– Les Sœurs, tu as dit. C'est comme ça que les Aborigènes les appellent.

– Pourquoi ?

Tu t'es assis, surpris de constater que j'avais envie de parler.

– Ces étoiles étaient autrefois de belles femmes, les premières à fouler le bush. À mesure qu'elles parcouraient le pays, les arbres, les fleurs poussaient dans leur sillage, les rochers sortaient de terre. Une rivière s'est remplie sous leurs pas mais, alors qu'elles s'y baignaient, un esprit mâle qui les observait décida de les prendre pour femmes. Il partit alors à leur poursuite et elles s'enfuirent vers le ciel, le seul endroit qui leur semblait sûr. Elles se changèrent en étoiles, mais il continua de les pourchasser, transformé à son tour en étoile et toujours après elles.

Tu as pointé du doigt une étoile particulièrement brillante.

– Il est là.

Puis tu as tracé une ligne reliant l'étoile en question aux Sœurs.

– Tu le vois ? tu as demandé. Il continue de les suivre, de les traquer éternellement, mais il ne les rattrape jamais.

J'ai soudain frissonné.

– Les Sœurs ne peuvent donc jamais lui échapper ?

– Exact, tu as répondu en refermant les pans de la couverture sur mes épaules. Mais elles ne se font jamais attraper non plus. Il reste toujours derrière elles à les regarder, à les désirer. Il les traque tout autour du monde. Tu pourrais l'avoir vu à Londres si tu avais regardé.

– On ne voit pas les étoiles à Londres, ai-je dit.

Tu t'es laissé retomber sur le sable.

– Peut-être pas, mais il est quand même là. Derrière les nuages, derrière les lumières, il guette.

On s'est attardés, moi buvant le thé que tu m'avais apporté et toi me racontant des histoires d'étoiles. Tu avais raison à propos du thé, j'avais l'impression qu'il se répandait dans tout mon corps pour me réchauffer. Tu m'as demandé si j'avais envie d'un feu de bois, mais j'ai secoué la tête, je ne voulais pas que quelque chose vienne parasiter le spectacle lumineux au-dessus de nos têtes. Tu m'as décrit les images que tu voyais dans le ciel. Le doigt pointé vers une petite poignée d'étoiles, tu as prétendu qu'il s'agissait des Différents, puis plus loin des dépendances et de la maison. Et enfin tu as décrété que nous étions deux étoiles aux nuances bleutées. J'ai forcé l'obscurité pour essayer de distinguer ce que tu me décrivais, mais je n'ai vu que des étoiles.

– Est-ce que tu vois Londres là-haut? tu as demandé.

– Comment ça?

– Est-ce que tu vois la ville? Sa silhouette? Les ponts? Tu les retrouves dans les étoiles?

J'ai scruté le ciel, les étoiles étaient nombreuses et il en apparaissait de nouvelles à chaque seconde, trop pour distinguer clairement quoi que ce soit. J'ai suivi une rangée d'étoiles pour tenter d'y trouver la forme de Big Ben comme tu avais trouvé celle des Différents. Tu t'es retourné et tu m'as regardée.

– C'est drôle, tu ne trouves pas, de regarder le ciel et d'y voir une ville et de regarder Londres et d'y voir un paysage, tu as dit doucement.

Je me suis tournée vers toi en fronçant les sourcils.

– Comment ça, un paysage?

– Tout est en dessous, tu as expliqué en te frottant le menton, pensif. La terre, la vie, sont sous le béton, prêtes à crever le trottoir pour prendre le contrôle de la ville à tout moment. La vie sous les morts.

– Londres ne se limite pas à du béton, ai-je dit.

– Peut-être, tu as concédé, tes yeux brillant dans le noir. Mais sans les humains, la nature reprendrait ses droits. Il faudrait à peine quelques centaines d'années pour qu'elle triomphe à nouveau. On est éphémères.

– Mais il n'empêche qu'on est là. On ne peut ignorer les humains, les bâtiments, l'art, tout ce qui fait une ville. On ne peut pas le retirer, sinon il ne resterait plus...

Au souvenir de ce que j'avais laissé derrière moi, je me suis interrompue. J'ai repensé au trajet du bus à impériale que je prenais pour aller au lycée, et qui passait devant les musées et les grilles du parc. Je me suis rappelé les deux vieilles dames assises en face de moi, qui discutaient de leur feuilleton préféré. À l'idée de ce qui devait se passer actuellement à Londres, j'ai serré mes genoux fort contre ma poitrine. Les cours avaient dû repende, Anna et Ben devaient être rentrés de vacances, l'été était terminé, les feuilles des arbres devaient virer au brun et joncher la cour, le chauffage n'était sans doute pas encore allumé dans les couloirs et le hall immense devait être glacé, en début de matinée. Est-ce que je manquais à quelqu'un? Est-ce qu'on rassemblait des messages à mon intention? Ou tout le monde avait-il déjà abandonné? J'ai écrasé ma bouche contre mes genoux, mais les larmes coulaient déjà sur mes joues. J'ai baissé la tête pour que tu ne les remarques pas, tu t'es relevé malgré tout et tu t'es rapproché de moi.

Tu as posé ta main sur mon dos secoué de tremblements, elle était chaude et solide.

– Tu as raison, tu as murmuré, ton souffle sur ma nuque. Peut-être y a-t-il parfois de bonnes choses dans une ville, de belles choses.

Et tu m'as attirée vers toi, avec tant de délicatesse, me prenant par les épaules pour me guider. Je me suis retrouvée contre toi dans un mouvement qui m'a paru se dérouler au ralenti. Tu as refermé la chaleur de tes bras autour de moi, tiré les pans de la couverture, m'enveloppant d'une obscurité douillette. J'ai repensé au papillon que j'avais attrapé, en sécurité et pourtant piégé dans l'obscurité de ma main.

– Je te demande pardon, tu as dit. Je ne voulais pas te faire de la peine.

Toi aussi, tu tremblais. Tu m'as serrée plus fort encore contre ton corps frissonnant, contre le sable, la terre, la peinture dont il était recouvert. Je me suis laissé engloutir par tes bras avec, pour une fois, le désir d'être payée de retour. Ton parfum de terre m'a submergée. Tu m'as essuyé les joues, chassant la peinture humide vers mes cheveux. Je suis restée blottie dans la chaleur de ton corps, sous les couvertures, semblable à un invertébré dans sa coquille. Tes bras autour de moi étaient solides comme des rocs. J'ai senti tes lèvres caresser mes cheveux, ton souffle chaud sur mes oreilles. Je me suis raidie, mais sans m'écarter, pesant les mots que je m'apprêtais à te dire.

– Si on était à Londres avant tout ça, me connaissant comme vous me connaissez maintenant, vous me voleriez quand même ?

Tu es resté silencieux un long moment, ton corps tendu à mes côtés.

– Oui, tu as murmuré en repoussant mes cheveux derrière mes oreilles. Je ne pourrai jamais renoncer à toi.

Tu as ramené les couvertures autour de moi, tes mains chaudes et sèches sur mes épaules, ma peau. Quelques instants plus tard, tu t'es rallongé sur le sable, m'entraînant avec toi. Je n'avais plus l'énergie de m'opposer à toi et puis ton corps était brûlant. Tu t'es calé dans le sable et je suis restée avec toi, ma joue contre ta poitrine. Je t'ai senti te détendre, t'alanguir. Je me suis calée dans le sable à mon tour, il était encore chaud, même à cette heure tardive. Une main autour de mes épaules, l'autre dans mes cheveux, tu m'as chuchoté des histoires relatant la création du désert, chantées par les esprits du bush. Tu m'as expliqué que tout était intimement lié, que le monde qui m'entourait tenait en équilibre sur une aile de papillon. J'ai fermé les yeux et me suis laissé bercer par ta voix, dont le rythme coulait comme une rivière. J'ai senti à nouveau tes lèvres effleurer mon front, elles étaient douces et non sèches. Et tes bras m'ont attirée plus fort contre toi, plus profondément dans la terre.

Et on s'est endormis comme ça.

C'est la fraîcheur d'une lumière rosée qui m'a

réveillée, l'aube. Avant même d'ouvrir les yeux, j'ai su que tu étais parti à l'absence de ta chaleur. Elle m'a manqué. J'ai étiré le bras vers l'endroit où tu avais dormi, il était encore tiède. Tu n'étais peut-être pas levé depuis longtemps, le sable avait gardé ta température. La forme de ton corps y était découpée, j'ai suivi du bout des doigts les creux laissés par ta tête, tes larges épaules, ton dos, tes jambes. Le sable y était dur et compact. Des traces de peinture étaient visibles sur les grains.

Je me suis emmitouflée dans les couvertures, repoussant la fraîcheur du matin. Mais la lumière était déjà trop vive, derrière mes paupières fermées brillait un feu orange. Je me suis redressée, j'avais du sable partout. Le vent avait dû souffler pendant la nuit, mais bizarrement, je ne m'en étais pas aperçue. Je me suis secouée pour me débarrasser du sable. Ce faisant, j'ai distingué une rangée de cailloux menant à une étendue plus meuble, quelques mètres plus loin, je l'ai suivie.

Des mots étaient tracés dans le sable : « Parti capturer un serpent. À tout à l'heure. Ty x »

Je me suis agenouillée et j'ai effacé le x du bout des doigts, puis je l'ai réécrit. Tu ne semblais pas le type à laisser des x, des baisers, dans le sable. À cette pensée, mon estomac s'est serré mais pas de peur cette fois.

Je me suis relevée. J'étais engourdie, il fallait que je bouge. J'ai tourné la tête vers la maison en bois, mais je n'avais pas envie d'y aller. Pas maintenant. Ce dont j'avais follement envie, c'étaient de tes bras puissants autour de moi. Je désirais ta chaleur. Je me suis frictionnée. Les gens sont peut-être comme les insectes, attirés par la chaleur, avides d'infrarouges.

J'ai laissé mon regard errer à travers le paysage en quête de la chaleur d'un humain, d'un humain en particulier.

Je me suis frotté les yeux, incrédule; je faisais l'idiote. Mais je n'y comprenais rien. D'un côté, je voulais être avec toi et, de l'autre, je ne le voulais pas. Ça ne tenait pas debout. Sans même réfléchir, je suis partie en direction des Différents.

À l'enclos de la chamelle, je me suis arrêtée. Elle se reposait, l'air endormi. Je l'ai grattée entre les yeux et j'ai senti ses cils frotter contre mon poignet quand elle a fermé les paupières. Je me suis assise à côté d'elle et, fourrageant dans son pelage poussiéreux et chaud, j'ai regardé le soleil se lever dans un ciel gris-rose. La matinée était magnifique, immobile. De très loin, j'ai entendu les cris stridents d'une volée d'oiseaux qui arrivaient aux Différents pour leur bain du matin. J'ai retiré mes chaussures et enfoncé les doigts de pieds dans le sable. Je me suis efforcée de ne pas bouger, de me détendre en pensant à la chamelle, à la belle journée, mais j'avais envie de te retrouver.

J'ai marché pieds nus, sur la pointe des pieds pour éviter les plantes piquantes, en m'amusant à ne les poser que sur les cailloux pour faire le tour des Différents. Bientôt, j'ai aperçu des empreintes dans le sable, tes empreintes. J'ai mis le pied dans la première, elle l'a complètement englobé.

J'ai laissé glisser ma main sur les rochers, sur les arbres, en les contournant lentement. À mesure que j'avançais, la paroi des rochers devenait plus rugueuse. J'ai caressé les vagues laissées par d'anciens cours d'eau. Un oiseau noir a croassé du haut d'un arbre à mon approche, un cri d'alarme discordant dans l'immobilité du lieu. L'oiseau prévenait peut-être ses copains de l'arrivée d'un humain maladroit qui traversait son territoire en trébuchant.

J'ai continué de marcher et j'ai aperçu un rocher à la forme découpée qui dépassait de la base des Différents et m'empêchait de voir de l'autre côté. En revanche, je pouvais en faire le tour en posant le pied sur de grandes pierres polies qui formaient une sorte de sentier. Une main posée sur la paroi du rocher pour garder l'équilibre, j'ai sauté d'une pierre sur l'autre. La brusque fraîcheur sous mes pieds était agréable. De toutes petites fleurs blanches semblables à des marguerites sauvages poussaient entre les pierres.

J'avais presque terminé le tour de la partie découpée du rocher quand j'ai entendu du mouvement de l'autre côté, un grognement, un autre. Puis le silence. Ce ne pouvait être que toi. Je me suis arrêtée, accrochée fermement au rocher, la respiration soudain haletante. Fallait-il que je continue de faire le tour et me montrer ? Ou bien que j'attende en écoutant ? J'ai tendu l'oreille à l'affût du moindre de tes bruits. J'ai surpris un bruissement parmi des feuilles, un juron étouffé, puis à nouveau le silence. Bien agrippée au rocher, je me suis haussée de quelques centimètres pour voir de l'autre côté.

– Gemma ?

Ta voix m'a tellement surprise que j'ai failli tomber, mais je me suis rattrapée et j'ai avancé à découvert. Tu étais debout face à moi, les bras tendus. L'espace d'une seconde, j'ai cru que tu m'avais attendue dans cette position, pour me serrer contre toi, m'envelopper comme tu l'avais fait la nuit précédente.

Le soleil frappait ta poitrine, faisant miroiter ta peau. Je rêvais de courir vers toi, mais quelque chose dans tes yeux m'a retenue.

– Où sont tes chaussures ? tu as chuchoté.

J'ai froncé les sourcils, perplexe. Puis ça m'est revenu.

– Le serpent.

Tu as acquiescé.

– J'allais l'avoir, mais je t'ai entendue arriver. Je ne m'attendais pas à ce que tu me suives, tu as dit avec un regard doux, intrigué.

Tu as souri.

– Pas de problème, tu as chuchoté à nouveau. Ce serpent n'est pas agressif, il n'aura pas envie de te mordre. Mais tu ne dois pas bouger. Reste où tu es, ne viens pas sur le sable. D'accord ?

– Tu es sûr ? ai-je demandé d'une voix dont j'ai dissimulé le soudain tremblement en toussant. Je ferais peut-être mieux de rentrer à la maison ?

– Non, il vaut mieux que tu restes immobile. Il est quelque part, pas très loin. Je ne veux pas qu'il soit distrait par tes mouvements. Assieds-toi sur ce rocher, ne bouge pas et regarde. Je vais continuer à le chercher, tu as dit en repoussant une mèche de cheveux qui te tombait sur les yeux. Ne t'inquiète pas, Gem, j'en ai attrapé des centaines comme lui.

J'ai fait ce que tu m'as dit, je me suis agenouillée prudemment sur le rocher. Tu as marché lentement en te déplaçant comme un crabe, avançant d'abord un pied pour tâter soigneusement le sable avant de basculer le reste du corps.

– Qu'est-ce que tu fais ?

– C'est un serpent qui se cache, il s'enfouit dans

le sable pour qu'on ne le voie pas. Il est craintif et intelligent. Sa proie vient à lui, il n'a pas besoin de chasser.

Tu te rapprochais de moi quand le bout d'une queue noire a jailli d'un tas de feuilles sèches au pied du rocher où je me trouvais. J'ai reculé.

— Il est là, ai-je chuchoté.

— Ne bouge pas.

Mon corps s'est tendu vers une seule volonté, retourner en courant à la maison. J'ai regardé d'où émergeait la queue du serpent. Le tas de feuilles était au centre d'un monticule de sable meuble, sous lequel il se dissimulait. Tu as fait un pas dans ma direction à demi accroupi, tel un ninja, les yeux fixés sur le petit tas de sable devant moi.

— Tout va bien. Il me regarde, il sait que je suis la menace, tu as dit.

Tu as progressé vers lui jusqu'à en être à moins d'un mètre. Le serpent a levé la tête, se débarrassant de son camouflage. J'ai failli m'étouffer, il était à peu près long comme mon bras, de la même couleur que le sable avec des anneaux jaunes sur tout le corps. Il s'est balancé sur place en te regardant. Tu t'es figé, sans le quitter des yeux, chacun des deux attendant de voir ce que l'autre allait faire.

— Fais attention, ai-je chuchoté.

À ces mots, tu as levé les yeux vers moi. Le serpent a surpris ton regard et il en a profité pour s'enfuir. Malheureusement, sa seule issue passait par le rocher sur lequel j'étais assise. Je l'ai vu onduler rapidement vers moi, sa face plate, la protubérance triangulaire de sa tête, sa langue pointant hors de sa gueule en un mouvement incessant. Profitant de ce qu'il s'intéressait à moi, tu as saisi ta chance pour avancer vers lui. Mais il a senti les vibrations de tes pas et il s'est retourné, dardant sa langue pour localiser l'ennemi. Une fois repéré, il s'est dressé, prêt à attaquer. Tu t'es arrêté, les bras tendus, à quelques centimètres à peine. Il te suffisait d'un seul geste. Le serpent a hésité, aux aguets. Tu allais bondir sur lui quand il nous a surpris tous les deux en faisant volte-face, avant de repartir vers moi en traversant le sable dans une débauche d'ondulations. Tu t'es jeté sur lui, l'attrapant par la queue, mais il t'a glissé entre les mains avec facilité et il a fini de traverser la bande de sable en balançant son corps de droite et de gauche.

– Il essaie de s'échapper, tu as crié alors que le serpent se rapprochait. Ne bouge pas. Reste exactement où tu es. Il a peur.

Mais je n'ai pas pu m'empêcher. Le serpent n'était qu'à quelques centimètres, sa tête oscillant légèrement, sa langue rose dardant hors de sa gueule. J'ai reculé et bondi vers le haut du rocher, en essayant de me hisser en haut. J'avais une prise pour mon pied droit.

Mais le serpent a pris la même direction, j'ai senti son corps lourd et gras passer sur mon pied gauche. J'ai tourné la tête et hurlé, et j'ai perdu l'équilibre. Mon pied a dérapé sur la paroi, j'ai essayé de me retenir, de l'empêcher de glisser plus bas. Le serpent a zigzagué à vive allure en direction d'une crevasse au pied du rocher, pas assez vite malheureusement. Une seconde plus tard, mon pied s'écrasait brutalement sur sa queue. Il s'est tourné alors vers moi et j'ai vu ses énormes crochets triangulaires, sa gueule largement ouverte, qui me mettaient en garde. Je me suis arc-bouté en arrière pour tenter de lui échapper, mais il n'a pas apprécié que je bouge et il a planté ses crochets dans ma jambe.

Puis il a disparu dans la crevasse du rocher.

Tu m'as rejointe en un clin d'œil.

– Il t'a mordue? tu as demandé en me prenant la jambe. J'ai vu qu'il attaquait.

Tu m'as tenu la jambe délicatement et tu l'as palpée de haut en bas jusqu'à ce que tu trouves ce que tu cherchais. Deux petites égratignures au-dessus de la cheville, le genre que j'aurais pu me faire en me frottant contre une épine. Tu as passé le pouce dessus et sur le pourtour. Puis tu m'as regardée.

– J'ai besoin de ton T-shirt, tu as dit.

– Quoi? Pourquoi?

– C'est ton T-shirt ou mon short, tu choisis. Il faut que j'empêche le venin de remonter le long de ta jambe.

J'ai surpris une lueur grave dans tes yeux bleus.

– Prends mon T-shirt.

– Ne t'inquiète pas, tu as murmuré. Je sais ce qu'il faut faire. J'ai de l'antivenin.

Tu as tenté un sourire, mais il manquait de sincérité. Je ne pouvais te quitter des yeux, toujours sous le choc sans doute. Tu es venu prestement t'asseoir derrière moi de façon à ce que je puisse m'appuyer contre toi.

– Allez, ton T-shirt, tu as dit en tirant sur le bas.

J'ai croisé les bras et l'ai fait passer au-dessus ma tête. Tu t'en es saisi aussitôt. J'ai caché mon soutien-gorge sous mes bras, mais pas une fois tu n'as tourné les yeux vers ma poitrine, trouvant au contraire un long bout de bois que tu as appliqué contre ma cheville.

– Tiens-le comme ça, tu as dit.

J'ai appuyé le bout de bois contre ma jambe pendant que tu déchirais mon T-shirt par le milieu. Puis tu m'en as entouré rapidement la jambe en serrant fort, de sorte que le bout de bois ne puisse pas bouger.

– Je ne sens rien, ai-je dit. Tu es sûr qu'il m'a mordue?

– Oui, tu as répondu en fronçant les sourcils. Si ça se trouve, il n'a pas craché son venin. Il ne reste qu'à l'espérer. Mais si une bestiole s'était acharnée sur moi de cette façon…

De nouveau ce sourire forcé quand tu n'as pas pu finir ta phrase. Tu m'as pris la tête entre tes mains, l'air soudain grave et tu m'as caressé la joue du bout du pouce.

– À partir de maintenant, tu dois me dire tout ce que tu ressens: mal à la tête, mal au cœur, engourdissement, impression bizarre, n'importe quoi. C'est important.

Des gouttes de sueur perlaient à ton front, j'ai tendu la main pour les essuyer.

– D'accord. Mais, pour l'instant, je vais bien.

– Parfait, tu as dit en me prenant la main. Mais tu dois rester calme et immobile, ne bouge pas trop. Qu'il y ait ou non du venin dans ta jambe, il faut te détendre.

J'ai acquiescé. Je n'aimais pas la gravité dans ta voix. J'ai jeté un coup d'œil à ma jambe bandée. Il me semblait que ma cheville commençait à s'engourdir. J'ai fermé les yeux et me suis efforcée de ne pas céder à la panique.

– Garde la jambe aussi droite et immobile que

possible, tu as dit avant de glisser délicatement un bras sous mes genoux et l'autre sous mes épaules.

Tu t'es relevé lentement pour me soulever. Tu m'as tenue légèrement écartée de toi, aussi à plat que possible, aussi stable que possible. Je voyais tes muscles se tordre sous l'effort.

– Je te ramène à la maison, tu as dit.

Tu as marché vite, évitant soigneusement les cailloux et les touffes d'herbe porc-épic en chemin. Tu as fait la grimace en posant le pied sur un tas de brindilles.

– Je ne laisserai rien t'arriver, tu as chuchoté.

Tu es passé rapidement devant la chamelle, ta respiration est devenue laborieuse, tes muscles tremblaient sous l'effort que nécessitait de me porter ainsi. J'ai fermé les yeux pour me protéger du soleil, j'ai trouvé la lumière douloureuse. J'ai tourné la tête vers toi, posé le front contre ton torse.

– Qu'est-ce qui ne va pas ? tu as murmuré.

J'ai entendu les mots résonner dans ta poitrine.

– Je commence à avoir mal à la tête.

Tu as laissé échapper une brève expiration avant de te remettre en route.

– Je vais arranger ça. Je te le promets. Mais ne panique pas.

Je n'ai rien dit alors qu'une douleur sourde envahissait ma cheville et gagnait toute ma jambe, une douleur sur laquelle je me suis concentrée.

Tu as passé le seuil à reculons et tu m'as transportée sans attendre à la cuisine où tu m'as allongée délicatement sur la table. Tu as disparu quelques instants et je t'ai entendu ouvrir le placard de l'entrée avec fracas. La lumière qui entrait à flots par la porte m'éblouissait, j'ai tourné la tête vers les meubles de cuisine. Tu es revenu avec des serviettes, tu en as pris une que tu as roulée en boule sous ma tête.

– Comment tu te sens?

– Un peu bizarre.

– Bizarre comment?

– Juste bizarre. Comme si j'avais attrapé la grippe.

Tu as dégluti.

– Quoi d'autre? Tu as mal à la cheville? Elle est engourdie?

J'ai hoché la tête.

– Un peu.

Tu as tâté mon pouls, posé le dos de la main sur mon front et palpé la zone autour de ma cheville. Puis tu as déplié une autre serviette que tu as étalée sur ma poitrine.

– Je devrais aller te chercher un T-shirt, non? tu as demandé, les sourcils froncés.

– Quoi?

Tu as indiqué mon soutien-gorge en rougissant légèrement.

– Je ne voudrais pas que tu sois mal à l'aise, tu as dit en haussant un sourcil avec un nouveau sourire forcé. Et il faut aussi que je me concentre.

Tu es parti me chercher un T-shirt. Par la porte ouverte, j'ai entendu le cri strident d'un oiseau de proie qui décrivait des cercles très haut dans le ciel, mais c'est tout. Je me suis tâté le haut de la jambe. La morsure de ce serpent était-elle vraiment dangereuse? Je n'arrivais pas à savoir si le ton badin sur lequel tu me parlais signifiait que tu ne craignais rien ou que tu essayais au contraire de masquer ta peur.

Tu es revenu rapidement, tu m'as tendu le T-shirt et

aidée pour que je l'enfile sans trop bouger la jambe. Tu es reparti chercher une boîte métallique, dans laquelle tu as pris une bande Velpo que tu as enroulée autour de ma jambe par-dessus le T-shirt déchiré. J'étais bandée du pied à la hanche, tu as même retourné mon short pour atteindre le haut de la cuisse. Ma peau a frémi au contact de tes doigts. Tu as tiré sur la bande pour t'assurer qu'elle était bien serrée.

– Je n'arrive pas à croire que j'ai été aussi bête, tu as marmonné.

– Comment ça?

– Je t'ai laissée te faire mordre par un serpent, non?

Tu as posé la boîte métallique par terre et tu as fouillé dedans sans ménagement, faisant tomber pansements, bandes et gants en latex sur le sol.

– J'aurais dû capturer ce serpent bien avant. Au moins j'aurais pu essayer de te désensibiliser à son venin. Mais comme je ne me fais jamais mordre, j'espérais que… je pensais qu'on aurait le temps pour tout ça…

Tes mots se sont éteints sur tes lèvres car tu avais trouvé ce que tu cherchais. Quand tu as ouvert la main, j'ai vu une clef dans ta paume qui tremblait. Tu étais pâle en te relevant, comme la nuit où tu avais fait le cauchemar. J'ai avancé la main, soudain prise du désir de te toucher le visage.

– J'ai volé de l'antivenin dans un labo de recherche, tu as expliqué. Ça va aller.

Tu es allé au tiroir fermé à clef près de l'évier et tu l'as ouvert. Tu as fouillé dedans, ton dos masquant le contenu. Tu as sorti plusieurs flacons en verre ainsi qu'une poche en plastique remplie d'un liquide clair, que tu as posés sur le plan de travail. Tu as sorti ensuite une lanière en caoutchouc et quelque chose qui ressemblait à une aiguille, puis tu es revenu vers moi en laissant le tiroir ouvert. Tu m'a pris le bras et tu l'as tapoté à la recherche de la veine. J'ai tourné les yeux vers les flacons en verre, c'étaient ceux que j'avais vus disposés devant toi sur la table de la cuisine.

– Tu sais ce que tu fais ? ai-je murmuré.

– Bien sûr, tu as répondu en te massant le front. Ça va aller. Ce serpent n'est pas aussi dangereux qu'il y paraît de toute façon…

– Il est dangereux comment ?

– Je peux m'en sortir.

Tu as serré la lanière en caoutchouc autour de mon bras, au-dessus de la veine.

– Regarde ailleurs, tu as recommandé.

J'ai tourné les yeux vers le tiroir ouvert. J'ai entendu un craquement quand tu as ouvert quelque chose, senti l'aiguille piquer mon bras, puis une secousse quand tu as fixé la poche en plastique et enfin le relâchement de la lanière quand tu l'as défaite. Le liquide a envahi mes veines.

– Qu'est-ce que c'est ? ai-je demandé, les yeux toujours tournés vers le tiroir.

– Une solution saline, qui vient aussi du labo de recherche. Je l'ai mélangée à l'antivenin de la vipère de la mort. Il va passer dans tes veines directement, tu devrais commencer à te sentir mieux.

Je me suis tournée vers toi, réalisant ce que tu venais de dire.

– Vipère de la mort ?

– Le surnom de l'acantophis est plus méchant que son venin.

J'ai regardé la poche en plastique dont le contenu

était en train de se vider dans mon corps, le tube fiché dans mon bras.

– Comment tu as appris à faire tout ça ?

Tu t'es détourné.

– Je me suis entraîné sur moi.

Tu as tapoté la poche pour vérifier que le liquide s'écoulait à la bonne vitesse.

– Et maintenant ?

– Maintenant, on attend.

– Combien de temps ?

– Environ vingt minutes, que la poche se vide.

– Et ensuite ?

– Ensuite on verra.

Tu as tiré une chaise de sous la table en la faisant racler sur le sol et tu t'es assis à côté de moi. Tu as passé un doigt sur l'aiguille enfoncée dans mon bras.

– J'irai mieux après ça ? ai-je demandé en montrant la poche.

– Plus ou moins.

J'ai vu la sueur à nouveau perler à ton front et le sang battre rapidement à tes tempes.

– Tu es inquiet, n'est-ce pas ? ai-je chuchoté.

Tu as secoué la tête.

– Non, tu as répondu d'une voix haletante, un sourire figé aux lèvres. Ça va aller. J'ai un autre flacon d'antivenin si nécessaire. Mais tu n'en auras pas besoin. Détends-toi et attends.

Mais tu n'arrivais pas à me fixer, tu avais même un petit tic au coin des yeux, que tu as essayé de faire cesser en appuyant dessus. Tu as expiré lentement, à dessein.

– Qu'est-ce qui va m'arriver ? ai-je chuchoté. Qu'est-ce que tu me caches ?

J'ai senti ma respiration s'accélérer, ma gorge se serrer.

– Rien, tu t'es empressé de répondre. Ne panique pas, c'est la dernière chose à faire. Quand on panique, le sang circule plus vite et le venin remonte d'autant plus vite, tu as expliqué en me massant les muscles du cou. Détends-toi, tu as murmuré.

Mais je n'arrivais pas à me calmer, pas complètement. Je n'arrêtais pas de me dire que j'allais mourir dans le bush, sur une table de cuisine, au milieu de milliards de grains de sable. Ma respiration s'est encore accélérée, tu as posé la main sur ma bouche pour me faire taire.

– Ne t'inquiète pas, tout va bien, tu m'as répété inlassablement en me caressant les cheveux. Il ne t'arrivera rien.

J'ai fermé les yeux et derrière mes paupières, j'ai vu du noir. C'était peut-être tout ce que j'allais voir d'ici peu. L'engourdissement qui gagnait ma jambe allait prendre possession de mon corps, puis de mon esprit et ce serait la fin. Mon cœur cesserait de battre, remplacé par un engourdissement éternel. Je reposerais sous le sable, avec des grains au-dessous, au-dessus et autour de moi. Je me suis agrippée à la table, égratignant le bois tendre de mes ongles.

– Calme-toi, tu as murmuré.

J'avais déjà réfléchi à la mort des milliers de fois. Mais je l'avais imaginée violente, douloureuse et infligée par toi, pas une mort par engourdissement, une mort clinique.

– Tu ne mourras pas, tu as murmuré. Il faut juste attendre de voir ce qui va se passer. Je suis là et je sais comment faire pour t'aider. Ne panique pas, tu as dit en me caressant le visage. Gem, je ne laisserai jamais rien t'arriver.

Tu as repoussé les mèches de cheveux que la transpiration collait à mon front.

– Tu es brûlante, tu as murmuré. Trop brûlante.

La moitié du liquide de la poche était passée dans mon corps, mais je continuais de sentir une douleur sourde dans le bas de la jambe. Était-ce à cause de la morsure du serpent ou parce que le bandage était trop serré ? Tu as repris mon pouls.

– Tu as envie de vomir ? tu as demandé.

– Pas vraiment.

– Tu as mal au ventre ?

– Non.

Tu as réfléchi, deux doigts posés sur la bouche, puis tu as examiné ma jambe avec attention.

– Tu as toujours mal ?

– Oui.

Il me semblait que la douleur enserrait maintenant mon genou et qu'elle remontait lentement dans ma cuisse. J'ai tendu la main pour toucher l'endroit où j'avais mal.

– C'est ici, ai-je dit.

Tu as fermé les yeux une seconde, ton tic est revenu. Tu as appuyé la main à l'endroit que je venais de te montrer et tu as fait courir tes doigts jusqu'à ma cheville.

– Le venin circule vite, tu as chuchoté, sans doute pour toi. Ta jambe est toute gonflée.

Tu as jeté un coup d'œil à la poche de liquide et tu l'as penchée pour voir ce qui restait de solution.

– Je mets le deuxième flacon.

Je t'ai observé tandis que tu aspirais l'antivenin à l'aide d'une aiguille, puis l'injectais dans la poche avant de remuer le tout.

– Ça va te donner un coup de fouet, tu as dit avec un sourire qui ressemblait d'avantage à une grimace.

– C'est le dernier, n'est-ce pas ? ai-je demandé.

Tu as acquiescé, le visage tendu.

– Ça devrait suffire.

Tu as amorcé le geste de m'éponger le front, mais je t'ai pris la main. Il faut croire que je n'avais pas envie d'être seule, ni que tu le sois non plus. Tu as ouvert de grands yeux en sentant ma main dans la tienne, de grands yeux qui m'ont dévoré le visage, les joues, la bouche, se sont attardés sur mon cou, comme si j'étais le plus beau spectacle que tu aies jamais vu. Sur le moment, ce que j'ai suscité en toi m'a transportée.

– Tu as la tête qui tourne ?

– Un peu. J'ai l'impression de flotter.

Je t'ai serré la main plus fort dans l'espoir que tu me transmettes de ta force. Tu as soutenu mon regard, tes yeux étaient pleins de questions et de réflexions suscitées par ces questions.

– L'antivenin devrait faire son effet, je ne comprends pas pourquoi ce n'est pas le cas.

– Ça prend peut-être du temps.

– Peut-être.

J'ai senti la tension dans ta main. Tu as jeté un coup d'œil à la poche, puis tu t'es levé rapidement et tu es allé te poster à côté de la porte ouverte. Le froid a envahi aussitôt mes doigts. J'ai cligné des yeux, les contours des placards de cuisine étaient flous, d'ailleurs tout l'était plus ou moins. Je flottais dans une sorte de brouillard autour duquel tu faisais les cent pas.

– Qu'est-ce qui se passe ? ai-je demandé.

Tu as écrasé le flacon dans ta main avec un soupir.

– La seule explication que je vois est que l'antivenin ne fait pas son effet. J'ai peur de l'avoir entreposé dans un endroit trop chaud.

– Ce qui signifie ?

Tu es revenu vers moi en trébuchant sur le tabouret. Tu as posé une main moite sur mon épaule.

– Ce qui signifie qu'on a un choix.

– Quel choix ?

– Soit on reste ici et on gère le problème, j'ai d'autres produits naturels qui pourraient te soulager, soit...

– Soit quoi ?

Tu t'es essuyé le front du plat de la main.

– Soit on rentre.

– On rentre où ? Qu'est-ce que tu veux dire ?

Tu as repris ta respiration de façon saccadée.

– Il y a une mine pas très loin d'ici, dont je t'ai parlé une fois, tu as expliqué lentement, les yeux fixés sur les placards de cuisine, refusant de penser à ce que tu disais. Ils ont une infirmerie, on pourrait stopper la progression du venin. Je pourrais te ramener là-bas avant que...

– Pourquoi tu ferais ça ? je t'ai interrompu. Je croyais que tu ne voulais pas me laisser partir.

– C'est vrai, tu as dit d'une voix brisée.

Je t'ai regardé me regarder et j'ai vu mon visage se refléter en double dans tes yeux.

– Tu avais dit quatre mois ? me suis-je étonnée.

Tu as dû ravaler tes émotions avant de pouvoir parler.

– C'est toi qui décides. Je ferai ce que tu voudras maintenant.

– Tu avais dit que la ville la plus proche était à des centaines de kilomètres ?

– La ville, oui.

– Et alors… ?

– L'endroit où je veux t'emmener, c'est la mine, ce n'est guère qu'un grand trou avec une poignée d'hommes. Mais il y a une infirmerie et une piste d'atterrissage. On peut nous aider.

– C'est loin ?

– Assez, tu as répondu avec un sourire triste. Mais je connais un raccourci.

Puis tu t'es à nouveau détourné, me cachant ton visage torturé.

– Tu me ramènerais vraiment ? ai-je murmuré.

Une douleur soudaine m'a traversé le ventre et j'ai laissé échapper un gémissement.

Tu as hoché la tête.

– Je prépare la chamelle, tu as dit en me caressant les joues.

J'ai posé les mains à plat sur la surface douce et fraîche de la table en attendant que tu reviennes. La poche de liquide vide et dégonflée reposait, détachée de mon bras. Dire qu'un peu plus tôt je marchais sur le sable, impatiente de te retrouver et que, maintenant, je fixais le plafond de la cuisine, le corps envahi de venin. J'avais envie de fermer les yeux et j'ai bien failli le faire. Il aurait été tellement simple de sombrer dans le brouillard qui menaçait de m'engloutir. Je me suis concentrée sur la douleur qui tordait mon ventre en t'écoutant appeler la chamelle. J'ignorais comment tu allais me sortir de là ni si tu le ferais vraiment. La pièce s'est mise à tourner et j'ai senti la nausée monter, je me suis tournée de côté pour cracher. J'ai posé la main sur ma poitrine, mon cœur battait à tout rompre, un peu plus et il allait briser mes côtes. Je me suis efforcée de respirer plus lentement et, pour ce faire, j'ai essayé de localiser mon cœur. À gauche ou à droite? On avait appris le cœur en classe. Je me suis tâtée un peu partout, mais il me semblait que ma poitrine n'était qu'un cœur, que mon corps tout entier battait de plus en plus vite. J'avais tout bonnement l'impression que j'allais exploser.

J'ai tourné les yeux vers les placards dans le but de reporter mon attention sur autre chose que la mort. Je me suis attardée sur le tiroir ouvert d'où s'échappaient les papiers que tu avais remués au cours de tes recherches. J'ai cligné des yeux pour mieux voir et j'ai aperçu, dépassant des papiers, la photo du bébé et de la jeune fille que j'avais vue auparavant.

– Gem?

Au son de ta voix, je suis revenue à la réalité en sursautant. Tu passais la porte, les bras chargés de matériaux que tu as laissés tomber par terre avec fracas, un fracas qui a résonné dans toute la pièce. Tu es venu vers moi et, surprenant mon regard, tu es allé chercher la photo dans le tiroir. J'en ai eu un bref aperçu avant que tu ne la glisses dans la poche arrière de ton short, les longs cheveux de ta mère et toi, si petit.

Avant de refermer le tiroir, tu as hésité, puis tu y as pris autre chose.

– Je l'ai faite pour toi, tu as dit d'un ton bourru en me fourrant l'objet dans les mains.

Un bout de quelque chose grossièrement taillé, multicolore et froid, une bague faite dans une seule et même pierre, une bague magnifique. Elle faisait miroiter des reflets vert émeraude et rouge sang sur ma peau et, pris dans la matière, de petits éclats dorés accrochaient la lumière. Je ne pouvais en détacher mes yeux.

– Pourquoi ? ai-je demandé.

Tu n'as pas répondu à ma question. Tu t'es contenté d'effleurer la bague en me regardant de façon pénétrante, les yeux pleins de questions inexprimées. Tu m'as retourné la main pour vérifier mon pouls de tes deux doigts posés sur ma veine. Tu avais les mains moites de transpiration et, de mon côté, j'étais deux fois plus brûlante que quelques instants auparavant.

– Maintenant, écoute-moi bien, tu as dit d'un ton plus ferme, contrôlant à nouveau ta voix. J'ai un plan.

Je me suis concentrée sur toi, mais les contours de ton visage devenaient flous. Tu as ramassé quelque chose par terre et j'ai cillé en me rendant compte de ce que c'était. Une longue scie métallique dont les dents acérées étaient rouillées.

– Qu'est-ce que tu vas faire avec ça ? ai-je demandé en tâtant ma jambe bandée.

– Ne t'inquiète pas, tu m'as rassurée en surprenant mon geste. Ta jambe ne risque rien. En revanche les pieds de celle-ci, oui, tu as ajouté en hochant la tête pour désigner la table, un petit sourire aux lèvres.

Tu as pris d'autres bandes dans la boîte métallique

et tu les as déroulées. Puis tu en as posé une en travers de mon ventre et tu as reculé comme pour me mesurer.

– Et maintenant? ai-je demandé.

– Je vais t'attacher à la table et ensuite à la chamelle. Et après, on marchera jusqu'à la voiture et je la ferai démarrer.

Les raisons de s'opposer à ce projet ne manquaient pas, j'ai choisi la voiture.

– Tu ne la retrouveras jamais.

– Si.

Je me suis rappelé la dernière image que j'avais d'elle, coincée sous des tonnes de sable.

– Tu ne pourras pas la faire démarrer, elle est ensablée.

Tu as haussé les épaules.

– Je m'en doutais.

– Je ne veux pas mourir en plein désert, ai-je murmuré.

Mais je ne pense pas que tu m'aies entendue, tu t'agitais dans la pièce, remplissant une caisse de flacons de verre, de bouteilles d'eau, de nourriture. Puis d'un seul et même mouvement rapide, tu m'as soulevée et reposée doucement sur le sol.

– Juste le temps de lui couper les pieds, tu as dit avec un sourire d'excuse.

Une bouffée d'air est passée entre les lattes du plancher, faisant virevolter la poussière qui m'a chatouillé les narines. Armé de la scie, tu as entrepris de couper le premier pied. J'ai senti le sol vibrer tandis que la scie tourbillonnait. Le premier pied est tombé, tu t'es attaqué aussitôt au second. Tu travaillais vite, mais j'aurais voulu que ce soit plus vite encore.

En moins de quelques minutes, la table sans pieds

reposait à côté de moi. Tu m'a soulevée et tu m'as m'allongée dessus, puis tu m'y as attachée à l'aide de la bande prise dans la boîte.

– C'est trop chaud, trop serré, me suis-je plainte.

Tu m'as tamponné le visage avec une serviette, que tu as étalée ensuite sur moi. Puis tu es allé me chercher un verre d'eau que tu m'as obligée à boire.

– Tu n'as pas fini d'avoir chaud, tu as dit.

J'ai crié quand tu m'as transportée à l'extérieur sur ma civière improvisée. Chaque fois que tu faisais un pas, je rebondissais et mon ventre se contractait. J'ai fermé les yeux pour me protéger du soleil, tiré la serviette sur mon visage. Dessous, ma respiration était lourde et chaude, j'avais les joues en feu.

Tout mon corps s'est arc-bouté quand tu m'as déposée sur le sable. La chamelle a plongé en avant pour s'agenouiller à mes côtés, je l'ai entendue mastiquer et j'ai senti la chaleur qu'elle dégageait. J'ai tendu la main pour lui caresser le ventre. Tu attachais quelque chose de l'autre côté, sans doute la caisse que tu venais de remplir. Tu as jeté une corde par-dessus sa bosse et en travers de mon corps, puis tu l'as passée autour de la table, de façon à fixer la civière au flanc de la chamelle. Tu as tiré vigoureusement sur cette corde de sorte que je me retrouve allongée le long de la chamelle. J'ai été assaillie par l'odeur de vieille poussière de son pelage et j'ai entendu distinctement les gargouillis qui montaient de son ventre. J'ai appuyé le bras contre son flanc et un petit insecte a sauté d'entre ses poils sur ma peau.

Tu as ordonné à la chamelle de se lever, provoquant en elle une longue plainte, qui est partie des profondeurs de son corps et m'a noyée sous son grondement. De très loin, je t'ai entendu lui prodiguer des encouragements, la presser de s'exécuter. Elle a basculé en arrière pour déplier ses pattes avant et je n'ai pu retenir un cri, la main agrippée à son pelage. Mais quand elle a fait de même avec les pattes arrière, la douleur a été plus vive encore. Par miracle, la civière est restée à l'horizontale, tandis que je gisais sur le dos, ficelée solidement à la chamelle, telle une grosse sacoche.

– Tiens bon, Gem, tu as dit en posant ta main sur mon épaule. Tu risques d'avoir un peu mal.

La chamelle a fait quelques pas hésitants et j'ai fait appel à tout mon courage, me tenant solidement à la table. Mon corps a glissé d'avant en arrière et une douleur aiguë m'a transpercée de part en part. Et on est partis. Une fois lancée, la chamelle a oublié le poids qu'elle supportait et elle a trotté sans difficulté. J'ai repoussé la serviette et vu que tu marchais à vive allure à côté de nous, une longe dans une main et un long bâton dans l'autre. Tu courais presque en fait pour compenser les grandes enjambées de la chamelle. Ton torse nu ruisselait de sueur, qui emportait les derniers vestiges de peinture.

– Plus vite! Encore plus vite! tu criais.

Tes paroles sonnaient comme une petite chanson rythmée par le bruit sourd des sabots de la chamelle. Les sons ont commencé à se mélanger dans ma tête, à devenir de plus en plus cotonneux…

Je me suis efforcée de respirer lentement, de me concentrer sur ma respiration plutôt que sur les crampes qui me tordaient le ventre. La lumière me brûlait les yeux, m'aveuglait. J'ai tiré la serviette sur mon visage. Tu avais glissé une bouteille d'eau de chaque côté. J'ai penché la tête pour me rafraîchir la joue à leur contact, mais bientôt elles ont été aussi chaudes que moi. J'entendais le bruissement sonore de l'eau dans mes oreilles. À chaque enjambée de la chamelle, tout mon corps tressautait dans une explosion de douleur et le sang tambourinait à mes tempes.

À un moment donné, tu as fait ralentir la chamelle pour me glisser quelque chose dans la bouche.

– Mâche ça, tu as dit. Tu auras moins mal.

C'était mou comme du chewing-gum mais le goût avait l'amertume des feuilles. J'ai senti un parfum de terre envahir mes narines et ma bouche a été prise d'un engourdissement soudain. J'étais bercée par le bruit de l'eau dans les bouteilles, le martèlement des sabots de la chamelle et ta respiration haletante. J'ai entendu le vrombissement d'une mouche quelque part sur la serviette. La chaleur me faisait suffoquer, je respirais faiblement. Il me semble que je me suis endormie.

J'étais à Londres, je marchais dans ma rue par une chaude journée de printemps. Sur la pelouse du voisin, des gosses barbotaient dans une pataugeoire. J'ai contourné la maison par le côté, j'ai sauté par-dessus la barrière et j'ai marché jusqu'à la fenêtre de ma chambre. En secouant légèrement le loquet dans le bon sens, on arrivait à ouvrir la fenêtre. Mais, cette fois, ça n'a pas marché. J'ai poussé sur le ventail pour le forcer, en vain. De rage, j'ai abattu le poing sur la vitre qui s'est lézardée. Je me suis léché la main, vérifiant que je n'avais pas ramassé d'éclats de verre. Puis j'ai plongé le regard à l'intérieur de la chambre.

Une fillette de dix ans aux cheveux auburn et aux yeux verts était dans mon lit. Elle avait même mon lapin rose glissé contre elle. Elle serrait convulsivement les couvertures autour de son visage et me fixait avec des yeux grands comme des soucoupes. Voyant que je l'observais, elle a jeté un coup d'œil vers la porte pour évaluer la distance qu'elle avait à parcourir. C'était jouable. Elle n'en était qu'à cinq mètres et à dix encore de la cuisine. Elle a tendu la main vers l'interphone, mais je savais déjà ce qui allait se passer. En tendant la main, elle a frôlé le verre d'eau qui était sur sa table de nuit et il est tombé. Elle s'apprêtait à hurler quand j'ai mis un doigt sur ma bouche et secoué la tête.

– Non, ai-je dit silencieusement. Ce n'est que moi.

Elle s'est arrêtée, bouche bée, et m'a regardée comme si j'étais une extraterrestre. Je lui ai fait un petit sourire et j'ai pris quelque chose dans ma poche, un nid d'oiseau que j'ai placé sur le rebord de sa fenêtre.

C'est alors que j'ai compris que j'étais toi posant le nid d'oiseau et moi regardant au-dehors, j'étais nous deux.

J'ai senti des gouttes marteler mon front, la serviette me collait à la peau. Je me suis obligée à ouvrir les yeux et j'ai sorti la main de sous la serviette. De l'eau a coulé sur mon bras, j'ai cru que je rêvais toujours. J'ai retiré la serviette et un torrent frais a ruisselé sur mes joues, ma bouche, me frappant au visage. J'ai léché les gouttes. Le ciel était gris et la température avait franchement baissé, je pouvais respirer.

Mon corps remuait plus qu'auparavant car la chamelle avait accéléré le pas. J'ai tourné la tête, la douleur m'a transpercé la nuque, j'ai hurlé. Tu courais à longues enjambées pour rester à notre hauteur en me jetant constamment des regards. Tu as vu que je te regardais. J'ai voulu te demander depuis combien de temps on était partis, mais j'avais des difficultés à parler, ma gorge était serrée.

– On n'est plus très loin, tu as dit, hors d'haleine.

J'ai observé les gouttes d'eau qui tombaient plus drues. Tu t'es mis à tourner sur toi-même, les bras tendus, sans cesser de courir.

– La pluie! tu t'es écrié en souriant. Tu fais pleurer le ciel.

Tu as claqué la langue et donné un petit coup de bâton sur les pattes arrière de la chamelle, qui s'est mise cette fois à galoper et moi à glisser plus vite d'avant en arrière. Une grimace de douleur a tordu mon visage, c'était la première fois que j'avais de nouveau mal depuis que tu m'avais donné les feuilles à mâcher. Tu as surpris ma grimace et fait ralentir la chamelle. J'ai penché la tête pour voir où on allait. On n'était plus très loin d'un groupe d'arbres et de rochers. Il s'est mis soudain à pleuvoir à verse. Avec le déluge qui tombait, la serviette adhérait à ma peau. Des rigoles d'eau ruisselaient le long de ton torse, fonçaient tes cheveux. Tu les as rejetés en arrière, m'arrosant copieusement.

– Il va falloir attendre que ça passe, tu as dit hors d'haleine.

La pluie faisait un bruit d'applaudissements minuscules ou plutôt de roulements de tambour feutrés en tombant sur le sable. Je me suis efforcée de reporter mon attention sur ce bruit plutôt que sur la douleur qui empirait dans ma jambe. J'avais de nouveau des crampes d'estomac terribles, mais on était arrivés aux arbres. En quelques minutes, tu as fait s'agenouiller la chamelle et tu l'as débarrassée des provisions. Puis tu as construit un abri de fortune à l'aide d'une bâche, de cordes et de branchages, sous lequel tu m'as transportée délicatement. Tu m'as allongée sur une couverture, tu as retiré la serviette humide, que tu as remplacée par quelque chose de chaud et sec, et tu t'es accroupi à côté de moi.

– Tu es fiévreuse, tu as dit.

Tu as ajusté les bâches entre les arbres afin d'empêcher la pluie de nous atteindre de côté. J'ai senti le poids de la deuxième couverture que tu as posée sur moi. Mes paupières étaient sèches et lourdes. L'espace d'une seconde, il m'a semblé entendre le tonnerre, un grondement sourd venu du ciel. Tu as déplacé ma tête de sorte qu'elle repose sur tes genoux.

– Ouvre les yeux, tu as dit. Reste avec moi.

J'ai essayé en ayant l'impression de devoir mobiliser tous les muscles de mon visage pour les entrouvrir, mais j'y suis parvenue. J'ai vu ta tête à l'envers, ta bouche à hauteur de mes yeux et inversement.

– Parle-moi, tu as dit.

On aurait dit que ma gorge se fermait, comme si ma peau avait enflé, la changeant en un bout de chair solide. J'ai pris ta main.

– Continue de me regarder alors. Continue de m'écouter, tu as dit en vérifiant l'état du temps d'un coup d'œil vers le ciel. Ce n'est pas un orage à proprement parler, uniquement les répercussions d'un autre qui a éclaté près de la côte. Il passera très vite, heureusement.

J'ai froncé les sourcils, songeant qu'il ne pleuvait jamais dans le désert. Tu as déchiffré mon expression.

– En temps normal, il ne pleut pas, tu as murmuré. Seulement quand le besoin se fait sentir.

À mesure que tu parlais, ton visage perdait ses contours. Tes yeux nageaient dans une flaque de peau brune. J'ai ouvert la bouche pour avoir plus d'air et une goutte de pluie est tombée dedans. Tu as repoussé les mèches humides qui me collaient au visage.

– Je vais te raconter une histoire de pluie, tu as dit en me faisant boire un peu.

J'ai faillé m'étrangler et rendre l'eau. Tu as bu un peu aussi avant de continuer.

– Dans le bush, la pluie est sacrée. Elle a plus de valeur que l'argent ou les pierres. La pluie, c'est la vie.

Tu as appuyé du bout des doigts sur mes tempes et, grâce à cette infime pression, j'ai pu te regarder plus facilement, garder les yeux ouverts.

– Quand la pluie tombe sur ce pays, elle se mélange au sable et teint les rivières en rouge. Le lit de certaines d'entre elles, sec depuis des mois, charrie de nouveau des flots rouge sang qui dessinent des veines dans le sable, dessinent la vie. C'est comme si le pays renaissait et insufflait un nouveau souffle à toute chose.

Tu as tendu la main sous la pluie de l'autre côté de la bâche puis tu l'as écrasée sur le sable. J'ai vu ensuite qu'elle était maculée d'argile rouge. Tu m'en as barbouillé le front, les joues, la bouche et j'ai senti les grains de sable sur ma peau, senti l'odeur de terre métallique que dégageait la pluie, sa fraîcheur. Je ne saurais dire pourquoi, mais ça m'a aidée à rester éveillée.

– Quand la pluie tombe sur le bush, des animaux qui avaient disparu depuis des mois, voire des années, sortent de terre, des plantes, des fleurs à racines.

Tu m'as passé la main sur le visage, j'ai senti tes ongles courts tambouriner sur ma peau, comme la pluie, pour m'empêcher de m'endormir. Quand tu t'es remis à parler, c'était en chuchotant pour m'obliger à tendre l'oreille de sorte que tes paroles ne se perdent pas dans le martèlement de la pluie.

– Quand la pluie tombe, la tradition veut que les femmes dansent au bord des rivières rouges en crue. Et tandis qu'elles dansent, du sang coule le long de leurs jambes, le sang de la pluie et le leur. Dans le bush, la terre n'est pas seule à saigner, nous aussi.

Tes doigts sont passés sur mes lèvres, y laissant leur goût salé. Un grain de sable s'est glissé dans ma bouche. Tu as continué d'étaler l'argile rouge sur mon cou, mes clavicules, la faisant pénétrer. Une goutte de pluie est tombée sur mon front, elle a emporté l'argile rouge avec elle le long de ma joue. J'avais l'impression d'être un de ces arbres que j'avais vus saigner lorsque je m'étais perdue dans les dunes de sable, d'avoir la peau veinée de sève rouge.

J'ai entendu un nouveau grondement lointain, comme si la terre s'ouvrait quelque part au loin pour avaler je ne sais quoi. Tu as tourné la tête aussitôt dans cette direction avant de vérifier d'un coup d'œil que les bâches étaient solidement arrimées.

– Alors tu comprends, grâce à la pluie, le désert change, tu as murmuré. Tout autour de nous, les plantes poussent, les insectes s'accouplent, c'est le retour de la vie.

Ton visage s'est changé en un tourbillon. Tu as continué de parler, mais je ne t'entendais plus. Tes lèvres n'étaient que deux chenilles qui gigotaient au milieu de ton visage. Quant à moi, je glissais, ma peau lourde et gonflée comme celle d'un ver de terre, une douleur sourde dans tous les muscles. J'avais moi aussi besoin de la pluie pour renaître.

Et puis tu m'as rallongée sur la civière, serrant au maximum bandes et corde. La douleur m'a vrillé le ventre, j'avais l'impression que quelqu'un avait introduit sa main à l'intérieur de mes entrailles et les tordait dans tous les sens.

– Ouvre les yeux, tu disais. Ouvre-les.

Tes cheveux pendaient devant ton visage, me dégouttant sur le nez. Tu as ordonné à la chamelle de se lever et elle a poussé un grondement semblable à celui du tonnerre en signe de protestation. Tu lui as donné un léger coup de bâton et elle a basculé, dépliant d'abord ses pattes avant, puis les pattes arrière.

– Allez, ma jolie, on y va, tu as crié.

Il pleuvait toujours, mais à peine, des gouttes d'arrosoir. J'ai ouvert la bouche et senti l'eau sur ma langue, mes dents. Je crois bien que je dois à la seule pluie de ne pas avoir renoncé. Chaque goutte était en quelque sorte un médicament qui me soignait, me permettait de rester consciente. La pluie tombait et la chamelle galopait.

Au bout d'un certain temps, je ne saurais dire combien, on est arrivés à la voiture. Tu as fait asseoir la chamelle sous le petit bosquet voisin et tu m'as détachée. Puis tu as entraîné la chamelle plus loin.

J'ai entendu le moteur hurler tandis que tu essayais de faire bouger la voiture et la chamelle se plaindre. Je luttais désespérément pour garder les yeux ouverts. J'ai regardé le ciel qui avait retrouvé ses teintes gris-bleu et les arbres sur lesquels coulaient toujours des veines de sang. Des insectes s'y abreuvaient de sève rouge. J'avais des mouches partout. Le parfum de terre mouillée est monté à mes narines. Le moteur rugissait pour désensabler la voiture, je t'ai entendu crier sur la chamelle, puis un bâton se briser.

Tu es revenu avec de l'eau et des couvertures. Tu m'as fait boire sans cesser de me parler, mais tes paroles faisaient comme un bruit de fond, celui du vent heurtant le sable, ou des parasites à la radio. Puis tu m'as pris le bras et enfoncé quelque chose de pointu dedans. Du liquide s'est rué dans mes veines. Après l'injection, j'étais un peu plus réveillée.

– Le temps presse, tu disais.

Tu m'as soulevée et transportée à la voiture. Tu avais le torse maculé d'huile, de poussière et de transpiration, et tu sentais l'essence. La voiture attendait, le moteur tournant au ralenti. Tu t'es arrêté une seconde avant de m'y installer.

– Tu veux lui dire au revoir? tu as demandé.

D'un claquement de langue, tu as fait revenir la chamelle vers nous. Sa grosse tête est apparue juste au-dessus de mon visage, elle m'a reniflé la joue. Elle n'avait plus son licou. J'ai touché sa truffe veloutée, mais n'ai perçu la sensation de douceur qu'après avoir retiré ma main.

– Voilà, c'est fini, tu as murmuré.

– Comment tu vas la retrouver? ai-je essayé de demander. Comment elle va te retrouver?

Tu n'as pas répondu. Je ne pense pas que tu aies compris ce que je disais. De toute façon, tu regardais la chamelle, les yeux légèrement embués.

– Au revoir, ma jolie, tu as dit doucement.

Tu as claqué la langue et la chamelle t'a répondu d'un grommellement, avant de reculer. Tu m'as déposée sur le siège arrière, le dos appuyé contre la vitre d'en face afin que ma jambe reste allongée. Tu as refermé la portière et je t'ai vu caresser l'encolure de la chamelle une dernière fois en passant devant elle.

Le pied appuyé à fond sur l'accélérateur, tu as fait tourner le moteur, les roues ont patiné dans le sable. J'ai regardé la chamelle alors qu'on s'éloignait. Elle s'est mise à trotter, puis à courir, puis à galoper le long de la voiture. J'ai appuyé la joue contre la vitre et lui ai envoyé des pensées. Je ne voulais pas qu'elle soit abandonnée, de nouveau livrée à elle-même. Comment allait-elle retrouver son troupeau? Te retrouver?

Tu as fini par prendre de la vitesse et elle a trébuché dans le sable en voulant garder l'allure, puis elle a ralenti et sa silhouette n'a cessé de s'amenuiser derrière nous. On prenait de la distance, je l'ai vue alors renverser la tête en arrière et pousser un long gémissement. J'aurais bien fait pareil si j'en avais eu l'énergie. Je ne l'ai pas quittée des yeux jusqu'à ce qu'elle ne soit plus qu'un point minuscule dans le lointain, un point toujours tourné vers nous.

– Au revoir, ai-je murmuré.

La voiture sautait et dérapait sur le sol inégal, soulevant des cailloux qui venaient heurter le pare-brise. Je m'agrippais au siège, le corps tendu. À chaque embardée, une onde de douleur me parcourait les muscles.

– Tiens bon, tu as dit.

Mais c'était difficile. Quelques instants plus tard, mes paupières se sont refermées et j'ai eu l'impression de m'enfoncer dans le siège. Le venin parcourait mon corps en m'empoisonnant sans faire de bruit. J'ai fait bouger mes membres raides et engourdis, rêvant que mes pieds poussaient à travers la portière et s'enfonçaient dans le sable, que ma peau se transformait en écorce sombre, mes bras en branches et mes doigts en feuilles au doux bruissement.

J'avais vaguement conscience de quelque chose qui tremblait. J'étais ballottée de tous côtés, mais j'ignorais par quelle magie. Le mouvement était incessant. Quelque chose me parlait, le vent, le sable ou je ne sais quoi, il m'appelait par mon nom.

– Gemma... Gem, il a dit. On est presque arrivés.

Mais mon corps ne réagissait plus. J'ai tenté d'ouvrir les yeux, plus rien ne fonctionnait. Ma peau était rigide, mes doigts s'agitaient dans la brise. Puis j'ai senti ta main sur ma joue, fraîche et sèche.

– Réveille-toi, Gem, tu disais. Réveille-toi, je t'en supplie.

Je me suis appliquée à mobiliser mon visage, chaque muscle de mon front et, cette fois, j'y suis arrivée. J'ai entrouvert les yeux, à peine une fente. Mais c'était tout ce dont j'avais besoin, je t'ai vu. Tu étais retourné sur ton siège, une main sur le volant, l'autre sur ma joue, et derrière toi, j'ai aperçu à travers le pare-brise une gigantesque montagne de terre.

– La mine, tu as dit.

Tu m'as glissé une autre ration de feuilles souples dans la bouche, plus amères que les précédentes.

– Mâche, tu as dit. Ne t'endors pas.

Tu t'es retourné vers le volant, et soudain, la voiture n'a plus tressauté autant. On roulait sur un chemin de terre fréquemment emprunté à la surface dure. Quand tu as accéléré dans un nuage de poussière, ma tête a heurté la vitre. Comparé à la conduite sur sol chaotique à laquelle j'étais habituée, j'avais l'impression que la voiture volait. En approchant de la mine, j'ai aperçu des camions énormes circuler au sommet et, à côté, des tours, des réservoirs métalliques et j'en passe. Au pied s'alignaient d'autres bâtiments au-dessus desquels le ciel était blanc de poussière. Partout ailleurs, la poussière était rouge, mais d'autres couleurs étaient visibles aussi, les bruns, les blancs, les oranges, les noirs des tas de pierre. Mais pas un arbre.

J'ai mâché les feuilles, la bouche envahie par leur goût d'antiseptique amer. Je me suis obligée à garder les yeux ouverts. J'avais rêvé de ce moment pendant des semaines, de ce premier aperçu de la vie en dehors de ta maison du désert. Mais sur le moment, rien ne m'a semblé réel. Bâtiments, poteaux télégraphiques, camions et gravats se confondaient en une même masse rouge derrière la vitre. Tout semblait brûlant et carbonisé.

Tu as bifurqué en direction des bâtiments en faisant patiner les roues. La violence avec laquelle tu as tourné m'a envoyé une décharge douloureuse dans l'épaule. J'avais l'impression d'avoir du fil de fer barbelé sous la peau. Tu as longé une rue bordée de petits bâtiments carrés en faisant rugir le moteur. Des maisons? J'avais de plus en plus de mal à respirer. Il faisait beaucoup plus chaud que dans le désert, l'air y semblait plus épais, alourdi par la poussière de la mine. Mes yeux ont commencé à se fermer.

Tu t'es engagé dans une allée au bout de laquelle s'élevait un autre bâtiment rudimentaire de forme carrée. La douleur m'a fait hoqueter. J'ai fermé les yeux et appuyé la joue contre la vitre fraîche. Chaque respiration était plus laborieuse que la précédente. Tu as bondi hors de la voiture sans prendre la peine de couper le contact. Tu as hurlé quelque chose en direction du bâtiment, mais j'ignore quoi. Je perdais insensiblement l'ouïe. Tout était plus lent, plus silencieux autour de moi. Mon corps fermait boutique. J'étais entourée d'ouate, plus rien n'était réel.

J'ai entendu hurler une autre voix, puis la portière contre laquelle j'étais appuyée s'est ouverte et je suis tombée en arrière. Tes bras étaient là pour me rattraper. On a posé quelque chose sur mon nez et ma bouche. J'ai senti une odeur d'hôpital et, soudain, j'ai pu mieux respirer. Tu étais penché sur moi, tu me soulevais, mais je ne te sentais plus, si ce n'était ton bras qui frôlait le bout de mes doigts.

Tu m'as conduite dans une pièce et allongée sur une table. Un homme s'est approché de moi, je l'ai vu quand il a soulevé ma paupière. Il a parlé aussi, puis il m'a enfoncé quelque chose dans le bras. De très loin, j'ai été traversée par une toute petite pointe de douleur. Puis on m'a posé un masque sur le visage et j'ai pu respirer de nouveau.

Ensuite, on a roulé à toute allure. Je voyais le ciel par la vitre, il était bleu strié des premières lueurs orangées du couchant. Tu t'es arrêté dans une embardée.

La portière s'est ouverte, tu me soulevais à nouveau. Tu courais, mon corps ballottant entre tes bras, mais je n'avais plus mal. J'entendais vaguement de très loin le claquement de tes pieds sur le tarmac et un autre bruit aussi, un grondement rythmique, un tonnerre mécanique. Quelqu'un en blanc nous attendait.

– Nom? Âge? ai-je entendu une femme demander de très loin, comme si elle parlait depuis un autre monde.

Tu m'as transportée à l'intérieur de l'avion, allongée sur quelque chose de moelleux, puis tu as commencé à t'éloigner. Je t'ai saisi la main, enserrant fermement tes doigts, refusant de te lâcher. Je ne voulais pas être abandonnée à des inconnus. J'ai levé les yeux et trouvé les tiens. Tu as hésité, lancé un coup d'œil dehors en direction du tarmac et au-delà vers l'étendue de terre rouge dénuée de relief, puis tu es revenu à moi. Tu as hoché insensiblement la tête en t'asseyant. Tu t'es mis alors à me parler, j'ignore ce que tu disais, mais tes yeux étaient remplis de larmes.

Puis l'avion plongeait, heurtait la piste et j'étais sortie sur un chariot, poussée à travers la piste. Il faisait nuit, mais des lumières clignotaient dans le lointain. Le masque m'a été retiré. Tu courais à côté de moi, comme tu avais couru sur le sable à côté de la chamelle. Cette fois, tu me tenais fermement la main sans me quitter des yeux. J'ai passé les portes coulissantes d'un bâtiment.

Puis on a été stoppés par un homme en costume qui te posait des questions en te poussant en arrière. Tu criais en me montrant du doigt. Alors tu m'as regardée, regardée vraiment avec des yeux désespérés qui voulaient quelque chose, l'obtenaient peut-être. Des yeux gagnés par les larmes à mesure qu'ils me détaillaient, s'attardant sur mon visage, mes yeux, mes jambes. J'ai essayé de parler, mais impossible. Tu t'es retourné vers l'homme en costume et tu lui as hurlé quelque chose à ton tour, puis tu t'es précipité vers moi, tu t'es penché et tu m'as caressé le visage.

– Au revoir, Gem, tu as murmuré. Tu vas t'en sortir.

Tu as effleuré la bague à mon doigt et commencé à t'éloigner.

Non. J'ai secoué la tête. Non.

Je me suis accrochée à toi, à ton coude, à ta peau et, avec toute la force qui me restait, je t'ai tiré vers moi, attiré à moi et tu m'as laissée faire. Tu t'es courbé sans opposer de résistance et, soudain, tu as été tout près. Je t'ai touché le bras, le torse, en quête de ta chaleur. J'ai glissé la main derrière ta nuque.

Puis, dans un dernier sursaut, j'ai incliné ton visage vers le mien et soulevé ma tête pour venir à ta rencontre, ta peau à quelques centimètres de la mienne, ta bouche si proche. Mes lèvres sont entrées en contact avec ta joue au goût de poussière, de sel, de sueur. J'ai senti la râpe de ta barbe, je me suis imprégnée de ton souffle, de ton parfum acide d'eucalyptus. Tes lèvres étaient douces sur ma peau.

Quand soudain, on t'a tiré en arrière, retenu, et je me suis laissée retomber sur l'oreiller. Je t'ai cherché, j'ai trouvé tes yeux juste quand j'étais emmenée, ton goût de sel toujours sur ma bouche.

Tu n'as pas pleuré, pas bougé, tu es resté là, tel un roc, à me regarder tandis que le personnel de l'hôpital se pressait autour de toi. J'ai voulu lever la main, voulu te remercier, mais je ne pouvais que regarder alors que ma civière passait à reculons une porte battante. Les bords en plastique me sont retombés sur les bras, je me suis redressée pour continuer de te voir. Tu as levé la main à ta bouche, ouvert les doigts et tu m'as soufflé quelque chose. On aurait dit un baiser, mais des grains de sable sont restés suspendus en l'air avant de chuter.

Puis la porte battante s'est refermée et des doigts plus froids que les tiens m'ont palpé le visage et un autre masque a été posé sur ma bouche. Un masque dont les lanières en plastique m'ont pincé les joues. Respirer est devenu tout de suite plus facile, mais à quoi bon, le monde a plongé dans le noir de toute façon.

J'ai coulé. Tout est devenu froid, sombre et terriblement lointain. Autour de moi, le ronronnement indistinct de machines, le bruit monotone et distant d'une conversation...

– Mais qui est cette fille?

– Elle est en train de nous lâcher...

– Transportez-la en soins intensifs...

Puis plus rien.

Une forte odeur d'hôpital, des draps raides en contact avec ma peau, lourds sur ma poitrine, des tubes fichés dans mes bras, une machine qui faisait des bips et en a fait de plus en plus rapides quand j'ai voulu la localiser. Il faisait froid. J'étais moins engourdie, mais je souffrais davantage. Je me sentais vide. J'étais cernée par quatre murs flous, sans fenêtre. Dès que j'en fixais un, j'avais l'impression que les autres se refermaient sur moi.

La pièce était microscopique et tu n'étais pas dedans.

J'étais seule.

À un moment donné, j'ai senti des doigts froids enrouler quelque chose autour de mon bras.

– Où est Ty? ai-je demandé.

– Qui? a répondu une voix de femme plus très jeune.

– Où est Ty?

Les doigts ont cessé de s'agiter. Un soupir.

– Désormais, vous n'avez plus de raisons de vous inquiétez de lui, a dit doucement la voix. Il est parti.

– Parti où ça?

Les doigts ont glissé jusqu'à mon poignet, ils ont appuyé dessus, le bout en était glacé.

– Vos parents arrivent.

J'ai dormi.

J'avais du sang entre les jambes, mes règles étaient finalement arrivées, avec quelques semaines de retard. Il paraît que la peur peut empêcher leur apparition. Je suis restée comme j'étais, trop cotonneuse pour avoir honte de voir l'infirmière changer les draps.

Je me suis rendormie avec le désir de rêver.

C'est la voix stridente de maman que j'ai entendue en premier, elle résonnait le long du couloir et se rapprochait de moi.

– On est venus aussi vite qu'on a pu, disait maman. Où est-elle?

Ses talons claquaient à vive allure, se rapprochaient, de plus en plus sonores.

La voix de papa derrière était plus calme, il discutait avec une troisième personne.

– Elle est tombée dans le coma suite à un empoisonnement au venin disait la personne en question. Elle va se sentir bizarre pendant quelque temps.

Puis soudain, ils ont tous été dans ma chambre, maman, papa et un médecin en blouse blanche. Il y avait un policier en faction devant la porte. Maman s'est agrippée à moi, je suffoquais contre son gilet inondé d'un parfum coûteux. Elle sanglotait sur mon épaule, papa était debout derrière elle, il parlait et souriait. Tout son visage s'en est trouvé plissé et ça m'a troublée parce qu'il ne souriait jamais aussi largement. En tout cas, dans mon souvenir, pas à moi. Puis tout le monde s'est mis à parler, à poser des questions, à me dévisager. Mon regard allait de maman à papa au médecin. Trop de bruit. Je voyais leur bouche s'ouvrir et se fermer, mais je ne comprenais rien à ce qu'ils disaient. J'ai secoué la tête.

Alors presque tous en même temps, ils se sont tus et m'ont fixée avec espoir, dans l'attente d'une réaction de ma part.

Maman s'est écartée pour examiner mon visage. J'ai ouvert la bouche, car j'avais vraiment envie de leur parler. Une part considérable de moi-même était si heureuse de les revoir que j'en aurais éclaté en sanglots. Mais je ne pouvais pas pleurer, ni parler, rien ne sortait. Je ne pouvais même pas tendre les bras pour les étreindre, pas sur le moment, pas tout de suite.

Maman s'est rattrapée pour moi en déversant des torrents de larmes, m'inondant le cou.

– Oh, Gemma, tu as dû vivre des choses épouvantable, a-t-elle sangloté. Mais maintenant nous sommes là. Je te promets que tout ira bien. Tu n'as plus à t'inquiéter, tu es en sécurité.

Il y avait quelque chose de bizarre dans ce qu'elle disait, comme si elle essayait de se convaincre elle-même. J'ai tenté de lui sourire, j'ai vraiment essayé. Chaque muscle de mon visage était douloureux et j'avais mal à la tête, derrière le front. La lumière dans la chambre était trop vive.

J'ai dû fermer les yeux. Maman est revenue plus tard toute seule. Elle avait les yeux rouges et fatigués. Elle avait changé de chemisier, le nouveau était couleur pêche, il venait d'être repassé et sentait bon.

– On n'aurait jamais dû venir tous ensemble, a-t-elle dit. Tu as dû trouver ça difficile après avoir été seule si longtemps, à part...

Elle ne pouvait se résoudre à dire ton nom, tout son visage se crispait de chagrin chaque fois qu'elle pensait à toi. J'ai hoché la tête en signe d'assentiment et elle a poursuivi :

– Les médecins m'ont expliqué combien il était difficile parfois de se réadapter à la vraie vie. Je sais que je ne peux pas te demander de...

Elle luttait contre une émotion que je n'ai pas pu déchiffrer. J'ai froncé les sourcils.

– Je ne sais même pas ce qu'il t'a fait subir, a-t-elle murmuré. Je te trouve différente.

Sur ce, elle a été obligée de se détourner et j'ai vu qu'elle se mordillait la lèvre. Elle s'est reprise après une profonde inspiration.

– Tu ne peux pas imaginer comme nous avons été inquiets, Gemma, a-t-elle murmuré. On pensait ne plus jamais... que tu ne...

Des larmes ont ruisselé de nouveau sur son visage, faisant couler son mascara. Dans une vie antérieure, elle en aurait été mortifiée. J'ai regardé les rigoles noires dévaler ses joues. Elle a tendu la main pour prendre la mienne et je l'ai laissée faire. Elle avait les doigts froids et fins, les ongles longs. Elle a effleuré la bague que tu m'avais donnée. Je me suis raidie en voyant qu'elle la faisait tourner autour de mon doigt, en voyant ses couleurs briller.

– C'est nouveau, cette bague ? a-t-elle demandé.

J'ai acquiescé.

– Je l'ai achetée dans une boutique pas chère. Elle est fausse, ai-je menti.

– Elle ne me dit rien.

Un silence s'est installé. Maman se mordillait la lèvre. Elle a fini par se renverser sur sa chaise en se tordant les mains. J'ai glissé la mienne sous le drap et retiré la bague. Maman me regardait avec attention, le visage marqué par l'inquiétude.

– L'infirmière dit que tu as demandé de ses nouvelles, a-t-elle dit.

– Je m'interrogeais…

– Je sais, c'est compréhensible.

Elle s'est penchée pour me caresser le visage.

– Mais tu n'as plus besoin de t'interroger du tout, ma chérie, tu n'as plus besoin de penser à lui.

– Comment ça ?

– Il a été arrêté, Gemma, a-t-elle murmuré. Il s'est rendu. La police va bientôt te réclamer une déposition.

– Et si je refuse ?

– Il le faut, c'est ce qu'il y a de mieux à faire, a-t-elle dit en me bordant. Dès que tu auras fait ta déposition, la police sera en mesure de l'inculper. Et il ne restera plus qu'à boucler ce monstre. C'est ce que tu veux, non ? a-t-elle demandé d'une voix hésitante.

J'ai secoué la tête.

– Ce n'est pas un monstre, ai-je dit doucement.

Maman s'est raidie et elle m'a décoché un regard perçant.

– Cet homme est le mal absolu, a-t-elle craché. Pour quelle autre raison t'aurait-il enlevée à nous ?

– Je ne sais pas, ai-je murmuré. Mais il n'est pas ça.

Je ne parvenais pas à trouver le mot juste.

Maman est devenue pâle, elle m'a dévisagée, les lèvres pincées.

– Que t'a-t-il fait subir pour que tu raisonnes de cette façon ? a-t-elle dit.

Le lendemain, j'ai eu la visite de deux policiers, un homme mince et une jeune femme. Les deux tenaient leur casquette à la main, des casquettes de base-ball, tellement plus sport que celles des policiers anglais, et ils étaient en chemisette. Mes parents sont restés au fond de la pièce. Un médecin était également présent. Tous avaient les yeux tournés vers moi et me jaugeaient. J'avais l'impression d'être dans une pièce de théâtre où chacun attendait que je dise mon texte. Le policier a sorti un bloc et il s'est penché sur moi, assez près pour que je remarque la verrue qu'il avait au menton.

– Nous avons bien conscience des difficultés que ça représente pour vous, mademoiselle Toombs, a-t-il dit d'une voix nasillarde et aiguë qui m'a fait le détester instantanément. Les victimes traversent souvent une période de silence et de déni. Vos parents disent que vous ne vous êtes pas beaucoup exprimée sur l'épreuve que vous avez traversée. Je ne voudrais pas insister, mais...

J'ai gardé le silence. Il s'est arrêté pour jeter un coup d'œil à maman. Elle a hoché la tête pour l'inviter à poursuivre.

– Il se trouve, mademoiselle Toombs, Gemma, que nous maintenons en garde à vue un homme dont nous avons tout lieu de croire qu'il est votre ravisseur. Or, nous avons besoin de votre déposition pour le confirmer.

– Qui est-ce ? ai-je demandé en commençant à secouer la tête.

Le policier a consulté ses notes.

– Le prévenu s'appelle Tyler MacFarlane, un mètre quatre-vingt-sept, cheveux blonds, yeux bleus, petite cicatrice sur le…

Mon estomac s'est retourné au sens propre du terme et j'ai dû me saisir de la cuvette pour vomir.

La police n'a pas lâché le morceau, revenant à la charge tous les jours avec ses questions formulées chaque fois de façon différente.

– Parlez-nous de l'homme que vous avez rencontré à l'aéroport.

– Vous a-t-il emmenée contre votre volonté ?

– A-t-il fait usage de la force ?

– De drogues ?

Je ne pouvais pas tenir indéfiniment. Il fallait que je parle. Maman était toujours présente à côté de moi, à me presser de le faire. Au bout d'un moment, on m'a montré des photos, certaines de toi, d'autres d'inconnus.

– Est-ce lui ? me demandait-on inlassablement en faisant défiler les photos.

Ils ne renonçaient pas. Tu étais si facile à repérer,

le seul homme dans les yeux duquel brillait un feu. Le seul que je pouvais vraiment regarder. À croire que tu fixais l'objectif à mon intention, que tu savais que j'aurais plus tard à étudier ces photos, en quête de toi. Tu avais l'air fier, aussi fier qu'on puisse l'être contre le mur sale d'un commissariat de police. Tu avais une coupure sous l'œil que je ne te connaissais pas. J'aurais voulu garder la photo, mais l'inspecteur l'a évidemment rangée avec les autres dans une enveloppe kraft.

Tout ce cirque a continué deux jours encore, mais j'ai fini par leur filer leur déposition. Il le fallait.

Le temps se confondait en une ronde de piqûres et d'interrogatoires. J'étais devenue propriété publique. On aurait dit que n'importe qui pouvait me poser n'importe quelle question, sans aucune limite. La jeune femme policier m'a même demandé si on avait couché ensemble.

– A-t-il exigé que vous le caressiez?

J'ai secoué la tête.

– Jamais.

– Vous êtes sûre?

J'ai parlé à des psychologues, des thérapeutes, des consultants, des médecins spécialistes de ceci ou de cela. Une infirmière me faisait une prise de sang tous les jours. Un médecin vérifiait que mon cœur n'était pas sujet aux palpitations. J'ai été soignée pour les traumatismes. Personne ne me laissait tranquille, surtout les psychologues.

Un après-midi, une femme aux cheveux courts, en tailleur bleu marine, s'est assise à côté de mon lit. Le jour touchait à sa fin et j'attendais le cliquetis qui annonçait le chariot du dîner.

– Je suis le docteur Donovan, a-t-elle annoncé. Je suis psychiatre.

– Je n'ai pas besoin d'un autre psy.

– Je comprends, a-t-elle dit.

Cependant, elle n'est pas partie, elle s'est penchée sur mon dossier accroché au bout du lit et elle s'est mise à le feuilleter.

– Vous savez ce qu'est le syndrome de Stockholm? a-t-elle demandé.

Je n'ai pas répondu. Elle m'a jeté un coup d'œil avant de noter quelque chose dans son dossier personnel.

– On est atteint du syndrome de Stockholm lorsqu'on noue des relations avec son ravisseur, a-t-elle expliqué en continuant d'écrire. Cela peut se produire comme un mécanisme de survie, on se sent alors plus en sécurité avec son ravisseur si on s'entend bien avec lui, par exemple. Ou bien si on se met à ressentir de la pitié pour lui. Il a été lui-même une victime à un moment donné de sa vie et on souhaite compenser le tort qu'il a subi, on cherche à le comprendre. Il existe d'autres raisons: on est peut-être très isolé avec lui, on veut continuer de vivre ou bien on s'ennuie à mourir, ou encore il vous donne l'impression d'être spéciale, d'être aimée…

– Je ne vois pas où vous voulez en venir, l'ai-je interrompue. Mais de toute façon, ce n'est pas ce que je ressens.

– Je n'ai pas dit ça. Je me demandais simplement si vous en aviez entendu parler.

Elle m'a regardée avec attention, un sourcil levé. J'attendais qu'elle poursuive, un brin intéressée.

– Quoi qu'il ait fait, a-t-elle continué doucement,

quoi que M. MacFarlane ait fait ou dit, vous avez conscience qu'il s'est mal conduit, n'est-ce pas, Gemma?

– On dirait ma mère.

– Est-ce si mal?

Voyant que je ne répondais pas, elle a poussé un profond soupir et sorti un livre de sa serviette.

– On vous laissera bientôt sortir, a-t-elle dit. Mais les médecins ne cesseront de vous presser de questions jusqu'à ce que vous compreniez, jusqu'à ce que vous vous rendiez compte de ce que M. MacFarlane a fait...

– Je sais que ce que Ty a fait est mal, l'ai-je coupée.

Je le savais, non? Mais c'était presque comme si une part de moi ne voulait pas croire le docteur Donovan. Cette part-là comprenait pourquoi tu avais fait ce que tu avais fait. Or il est difficile de haïr quelqu'un une fois qu'on l'a compris. J'étais tiraillée entre de multiples sentiments.

Le docteur Donovan m'a regardée non sans gentillesse.

– Il se peut que vous ayez besoin d'aide pour faire le tri dans vos pensées.

Je n'ai rien dit, j'ai gardé les yeux fixés sur le mur gris pâle. Elle a posé le livre sur la table de chevet, il était question du syndrome de Stockholm sur la couverture. Je ne lui ai pas accordé d'autre intérêt.

– Il va falloir à un moment donné que vous parliez à quelqu'un, Gemma, m'a pressée le docteur Donovan. Que vous démêliez ce que vous ressentez réellement, ce qui est vrai de ce qui ne l'est pas.

Elle a laissé tomber sa carte sur la table de chevet. Je l'ai prise et rangée dans le tiroir à côté de ta bague. Puis, après son départ, j'ai regardé le plafond en remontant les couvertures, j'avais soudain froid. Je me sentais nue, comme si je m'étais débarrassée de ma peau dans le désert, à l'instar des serpents quand ils muent. Comme si j'avais abandonné une partie de mon être quelque part derrière moi.

Je me suis demandé si on t'interrogeait aussi. J'ai frissonné et tiré les couvertures par-dessus ma tête, appréciant l'obscurité qu'elles me procuraient.

Papa et maman se sont occupés des journalistes, ils ont fait des apparitions aux journaux télévisés et ont répondu aux interviews, ce dont je leur étais reconnaissante. Sur le moment, l'idée d'une caméra braquée sur moi suffisait à me faire suffoquer.

J'ai profité de ce qu'ils étaient à une conférence de presse pour sortir de mon lit et faire quelques pas dans ma chambre-prison afin de me dégourdir les jambes. Celle qui avait été victime de la morsure était toujours raide et douloureuse, mais j'étais contente de pouvoir la bouger.

Puis je suis sortie dans le couloir pour voir jusqu'où je pouvais aller sans avoir mal. Peut-être jusqu'à la sortie? Sur mon passage, j'ai croisé deux patients âgés qui m'ont dévisagée, ils savaient qui j'étais. Leurs regards appuyés ont failli me renvoyer illico dans ma chambre. À croire que j'étais célèbre. J'ai dégluti et forcé mes jambes à continuer d'avancer.

J'ai pris le chemin du hall de l'hôpital, celui des portes battantes en plastique par lesquelles je t'avais vu pour la dernière fois. J'ai poussé sur les portes en question et je suis passée. Une femme enceinte attendait à la réception. Elle m'a dévisagée aussi, mais j'ai fait comme si je ne la voyais pas. J'ai marché jusqu'aux portes coulissantes qui donnaient sur la sortie. Elles se sont ouvertes dans un ronronnement mécanique. Dehors, il faisait chaud et le soleil brillait, la lumière excessive m'a fait cligner des yeux. Il y avait des voitures, des réverbères et des gens et, au sommet des arbres feuillus, des oiseaux qui gazouillaient. Devant mes yeux, le parking déroulait son tapis de macadam et, au-delà, s'étendait l'immensité plate et rouge.

J'ai avancé. Presque immédiatement une infirmière a surgi à côté de moi et m'a retenue par le bras.

– Vous n'êtes pas encore autorisée à sortir, a-t-elle murmuré.

Elle m'a fait pivoter sur moi-même et m'a ramenée à ma chambre, ma microscopique chambre, qui ressemblait à s'y méprendre à une cellule de prison avec ses murs épais et son absence de lumière. L'infirmière m'a fait mettre au lit et m'a bordée bien serrée.

Maman est revenue plus tard, armée d'un sac en plastique rempli de coupures de presse soigneusement découpées.

– Je ne sais pas si tu te rends compte du retentissement qu'a eu ta disparition. Le monde entier sait qui tu es, a-t-elle dit en posant le sac sur mon lit avant de fouiller dedans. Et encore, ce ne sont que les articles que j'ai gardés depuis que nous avons quitté l'Angleterre. J'en ai bien plus à la maison. Je m'étais dit…

Elle s'est interrompue pour trouver les bons mots.

– Je m'étais dit que tu aurais peut-être envie de rattraper ton retard, de voir à quel point les gens se sont intéressés à toi.

J'ai tiré le sac à moi, senti son poids sur mes jambes. J'ai sorti une poignée d'articles et la première chose qui m'a frappée, c'est la photo. Ma dernière photo de classe avait été agrandie et figurait en première page de *l'Australian*. On m'y voyait les cheveux attachés en queue-de-cheval, avec mon chemisier d'uniforme, le col bien fermé. Je détestais cette photo, je l'avais toujours détestée. J'ai parcouru d'autres articles, tous ou à peu près étaient illustrés par la même photo.

– Pourquoi leur as-tu donné cette photo ? ai-je demandé.

Maman l'a regardée en fronçant les sourcils.

– Tu es jolie dessus.

– J'ai l'air jeune.

– La police avait besoin d'une photo récente, ma chérie.

– Fallait-il vraiment que ce soit une photo de classe ?

J'ai pensé à toi, quelque part dans une cellule. Avais-tu vu la photo en lisant ces articles ?

J'en ai parcouru des extraits :

Gemma Toombs, la jeune fille de seize ans enlevée à l'aéroport de Bangkok, a été admise dans un hôpital d'une région reculée de l'Ouest de l'Australie, il semblerait que son ravisseur l'y ait accompagnée…

Les parents de Gemma Toombs, dévorés d'inquiétude, affrètent un avion pour se rendre au chevet de leur fille…

Sur la photo qui illustrait l'article, on voyait maman le visage marbré de larmes, papa la tenant par les épaules et, derrière eux, Anna tournant des yeux anxieux vers l'objectif.

Les articles se suivaient et se ressemblaient, tous disaient à peu près la même chose. J'ai survolé les gros titres.

Gemma retrouvée !

Gemma Toombs libérée du vagabond du désert !

Est-ce le visage d'un monstre ?

Je me suis arrêtée sur ce dernier. Il datait du journal de la veille et tu y figurais dessiné au crayon, au tribunal, tête baissée, menottes aux poignets, tes yeux bleus non reproduits. Je me suis mise en quête des détails, le journal indiquait que c'était ta première audition et qu'elle avait duré à peine quelques minutes. Tu étais resté tête baissée toute la durée et n'avais prononcé que deux mots : « Non coupable ».

J'ai regardé maman.

– Je sais, a-t-elle dit en secouant la tête. Il doit être fou, c'est indéfendable. La police a des témoins, des preuves grâce à la vidéo de l'aéroport, plus toi, bien sûr. Comment ose-t-il envisager de plaider non coupable ?

Elle a secoué à nouveau la tête d'un air agacé.

– Ça prouve simplement que ce type est fou.

– Il a dit autre chose ?

– Rien pour l'instant. Nous devrons attendre le procès, mais la police est persuadée qu'il prétendra que tu l'as suivi de ton plein gré, que tu voulais être avec lui.

Elle s'est interrompue brutalement, se demandant si elle avait trop parlé. Elle ignorait comment j'allais réagir et j'ai vu à son regard qu'elle ne savait pas à quoi s'en tenir sur le bouleversement ou non que tu provoquais en moi.

Je lui ai souri pour la remercier, pour essayer de la rassurer.

– Tu as raison, c'est dingue, ai-je consenti douce-ment.

Elle s'est mise alors à s'agiter, à ranger les articles avant même que j'aie fini de les lire.

– Ça te dirait de rentrer à Londres jusqu'au procès ? a-t-elle demandé. On pourrait se préparer correctement. Tu as peut-être envie d'avoir un peu de temps pour y voir clair, pour retrouver tes amis ?

J'ai acquiescé d'un air absent.

– J'ai juste envie que ce soit terminé, ai-je dit. Pour de bon.

On aurait pris une correspondance à Perth pour Londres. Puis on aurait attendu à la maison le jour du procès. Pendant ce temps, la police aurait rassemblé des preuves contre toi et j'aurais affiné ma déposi-tion. Je serais retournée en classe si j'avais estimé pouvoir le faire, tout en continuant à parler à des psys. À entendre maman, c'était d'une simplicité enfantine.

– D'ici quelques mois, la vie deviendra plus facile, a-t-elle dit. Tu verras, les choses se tasseront.

Je n'avais pas réussi à obtenir grand-chose te concernant. Tu étais incarcéré dans un établissement hautement sécurisé, quelque part à Perth, seul dans une cellule. On t'avait refusé de sortir sous caution et tu ne parlais à personne. Voilà à peu près tout ce que la police pouvait apparemment me dire.

J'ai pris le siège contre le hublot sur le vol pour Perth. L'avion était petit, il avait été spécialement affrété pour nous, toute la carlingue a bringuebalé quand les roues ont quitté la piste. C'était étrange d'être les seuls passagers. Apparemment, le gouvernement britannique payait les frais. J'ai demandé un verre d'eau à l'hôtesse qui me l'a apporté instantanément.

J'ai appuyé la main contre la vitre en plastique tandis que l'avion prenait de l'altitude. Papa m'a pris l'autre main et l'a serrée fort, j'ai senti le contact froid de son alliance en or. Il me parlait de la vie une fois de retour à Londres, de mes amis qui avaient envoyé des messages de sympathie et attendaient de me revoir, d'Anna et Ben.

— Tu pourrais peut-être les inviter à la maison ? a-t-il proposé. Organiser une soirée ?

Sentant qu'il attendait une réponse, j'ai hoché la tête. Je n'écoutais pas vraiment, j'avais simplement envie qu'il cesse de me poser des questions, aussi bien intentionnées soient-elles. J'ai fermé les yeux en me rendant compte soudain de quelque chose. Personne n'arrivait à me déchiffrer, personne n'avait la moindre idée de ce que je pensais. C'était comme si j'évoluais dans un monde parallèle, sujette à des réflexions et des émotions que personne ne comprenait. À part toi peut-être, et encore, je n'en étais pas certaine.

J'ai appuyé la tête contre le hublot et l'ai senti tressauter contre ma tempe. J'ai regardé le paysage défiler plus bas. Depuis le ciel, le désert offrait toute une variété de couleurs, une myriade de bruns, de rouges et d'oranges ; lit blanc des rivières et marais salants asséchés ; ondulations de serpent d'un fleuve aux eaux sombres ; noirceur calcinée ; tourbillons, cercles, lignes et textures ; microscopiques points des arbres ; taches obscures des rochers. Le tout révélant un motif sans fin.

Traverser ces centaines de kilomètres, ces milliards de grains de sable, toute cette vie, a pris deux heures. Depuis le ciel, d'une altitude pareille, le bush ressemblait à un tableau, un des tiens, à ton corps quand tu l'avais peint. En plissant les yeux, j'arrivais presque à imaginer que c'était toi qui t'étirais, immense, sous mes pieds.

C'est alors que j'ai compris ce que tu faisais toute la sainte journée dans ton atelier au fin fond du désert. Tu peignais le bush tel qu'il apparaît du ciel, tel qu'un oiseau le verrait, ou un esprit, ou moi, tes tourbillons, tes points et tes cercles dessinant ses motifs.

Les journalistes nous attendaient. Ils s'étaient débrouillés pour savoir qu'on devait changer de terminal, savaient qu'on avait trois heures d'attente avant de prendre notre vol. Ils se sont précipités sur nous, nous ont encerclés, les flashs crépitaient de toutes parts.

– Gemma! Gemma! criaient-ils. Tu pourrais nous dire un mot?

Ils s'adressaient à moi comme si on se connaissait, comme si j'étais une lycéenne de leur quartier.

Papa a essayé de faire écran, de les repousser, mais ils ont insisté. Même les gens qui circulaient dans l'aéroport, les autres passagers, les chauffeurs de taxi, les employés des cafétérias, me connaissaient. J'en ai vu qui prenaient des photos, c'était ridicule. Pour finir, maman a retiré sa veste et m'a dissimulé le visage dessous. Papa s'est mis en colère, en colère pour lui. Il me semble même qu'il a dit à quelqu'un d'aller se faire foutre. Ça m'a surprise et je me suis arrêtée une seconde pour le dévisager. À cet instant précis, il tenait vraiment à moi, il voulait absolument que je sois en sécurité. Il m'a serrée contre lui pour qu'on puisse passer devant une équipe de télé.

Mais il était clair que je n'étais plus une lycéenne anonyme, j'étais devenue une célébrité. Mon visage faisait vendre des millions de journaux. Il incitait les gens à mettre les nouvelles à la radio. Mais avec cette veste sur ma tête et tous ces hommes en blouson de cuir qui me hurlaient dessus, j'avais plutôt l'impression d'être une criminelle. On aurait dit des sangsues réclamant le moindre détail de ce qui s'était passé entre nous dans le désert, réclamant tout sans exception. Tu m'avais rendue célèbre, Ty, tu avais rendu le monde entier amoureux de moi et je détestais ça.

On a réussi à rejoindre le terminal des vols internationaux où nous attendaient d'autres journalistes, la police, des curieux, dans une débauche de lumière et de bruit. Ma respiration s'est accélérée, je n'arrêtais pas de penser à l'énorme avion qui attendait sur la piste d'envol de me ramener en Angleterre, vers le froid, la ville, la grisaille, qui attendait de m'éloigner de toi. J'ai senti la transpiration me dégouliner le long du corps au point que mes vêtements me collaient à la peau.

Je ne pouvais pas partir. Je me suis arrachée des bras de mes parents et j'ai pris mes jambes à mon cou. Maman m'a rattrapée par la manche de mon cardigan, mais je me suis libérée, la laissant avec une manche vide. J'ai dépassé les journalistes, leurs flashs et leur bruit, les boutiques, les autres passagers sans m'arrêter et j'ai couru directement aux toilettes. J'ai trouvé une cabine vide, tiré le loquet et donné un coup de pied dans la porte pour m'assurer qu'elle était bien fermée.

Puis je me suis assise sur le siège, la tête appuyée contre le rouleau de papier, la bouche écrasée dessus pour m'empêcher de pleurer, de hurler et de réduire l'endroit en miettes. J'avais l'odeur de craie du papier aux fausses essences de fleur plein les narines. Et je suis restée comme ça. Je ne pouvais pas les affronter, aucun d'eux. Tous exigeaient des réponses que je n'étais pas prête à donner.

Maman m'a retrouvée. Elle s'est postée derrière la porte de la cabine, ses pieds chaussés de rouge tournés en dedans.

– Gemma ? a-t-elle appelé d'une voix faible et tremblante. Allez, ma chérie, ouvre. Personne ne va entrer, j'ai demandé à ton père de bloquer la porte pour que nous soyons seules.

Elle est restée à la même place très longtemps avant que je tire le loquet. Elle est entrée et m'a serrée dans ses bras, bizarrement parce que j'étais assise sur le couvercle des toilettes et elle accroupie à côté de moi, dans la saleté, les bouts de papier et les vieilles gouttes d'urine. Elle m'a attirée sur ses genoux, et pour la première fois depuis son arrivée, je lui ai rendu son étreinte. Elle s'est appuyée contre la cuvette et m'a couverte de sa veste. Je me suis alors interrogée ; cette mère qui me serrait si fort ne ressemblait pas à celle que tu m'avais décrite. Pour la première fois, je me suis demandé si les histoires que tu m'avais racontées dans le désert étaient bien vraies, toutes ces conversations que tu avais soi-disant entendues, au cours desquelles mes parents envisageaient de déménager et évoquaient la déception que je leur causais. N'étaient-ce que des mensonges ?

Maman m'a caressé les cheveux.

– Je ne peux pas rentrer, ai-je murmuré au creux de son épaule. Pas tout de suite. Je ne peux pas partir.

– Tu n'y es pas obligée, a-t-elle dit en me berçant, ma tête contre sa poitrine, ses bras serrés autour de moi. Tu n'es plus obligée de faire quelque chose que tu ne veux pas, plus maintenant.

Et j'ai pleuré.

Personne n'a dit un mot au cours du trajet en taxi qui nous ramenait en ville. Je suis restée blottie dans les bras de maman, la tête bourdonnante. Je me remémorais ce que tu m'avais raconté sur ma vie, lorsque tu avais prétendu que mes parents se fichaient complètement de moi, qu'ils n'étaient intéressés que par eux et par l'argent, qu'ils avaient l'intention de déménager. Tu étais si convaincant.

J'ai dû me forcer à faire le vide dans ma tête, je ne sais pas ce que j'aurais fait si je m'étais remise à penser. J'aurais sans doute sauté du taxi en marche et je serais morte. Papa était en train de voir comment récupérer nos bagages et cherchait un endroit où nous installer. Je me suis concentrée sur le béton qui défilait derrière la vitre, les trottoirs, les bâtiments, un arbre esseulé, sur les vestiges du parfum sucré qui montait du chemisier de maman.

Le chauffeur s'est arrêté devant un groupe d'immeubles gris foncé.

– Résidence-hôtel, a-t-il grogné. C'est tout neuf. Personne ne sait que ça a ouvert, a-t-il ajouté dans l'attente d'un pourboire.

On est entrés, une expression impassible masquait ce qui m'agitait intérieurement. Maman a sorti la clé et on a traversé le hall, tandis que papa faisait le guide. J'avais les jambes qui tremblaient en montant l'escalier, aidée de maman.

Une fois à l'intérieur de l'appartement, j'ai flippé. J'ai claqué la porte et attrapé le premier truc qui me tombait sous la main, une lampe, et je l'ai balancée contre le mur beige qui venait d'être peint. Le pied en porcelaine a explosé en mille morceaux qui se sont éparpillés un peu partout. Après c'est un vase que j'ai pris et balancé. Maman a baissé la tête pour se protéger et elle a commencé à avancer vers moi, les yeux agrandis par le choc. Mais j'ai saisi ce qui venait ensuite et l'ai brandi dans sa direction avant qu'elle réussisse à me stopper. C'était un petit ventilateur électrique, toujours branché, dont les pales tournaient. Le fil était tendu sur mes bras, j'étais prête à le jeter aussi.

– Qu'est-ce qui ne va pas ? a-t-elle demandé sans me quitter des yeux.

J'ai secoué la tête et les larmes ont commencé à rouler sur mes joues.

– Dis-moi quelque chose, ai-je murmuré. C'est vrai que vous vouliez déménager sans moi ? Vous en avez parlé avec papa ?

– Quoi ? a dit maman dont les sourcils ont fait un bond. Non, bien sûr que non. Qui t'a dit ça ?

– Je déteste tout ça, ai-je crié d'une voix brisée. Même lui, je le déteste.

Et un énorme sanglot est monté de ma poitrine.

Et sur le moment, c'était vrai, je t'en voulais de tout. De m'avoir rendue si nulle où que j'aille, de me faire perdre mon self-contrôle. Je te détestais de toutes les émotions qui me traversaient, du trouble, de me faire soudain douter de tout. Je te détestais d'avoir mis ma vie sens dessus dessous et de l'avoir ensuite réduite en miettes, de me retrouver à menacer ma mère avec un ventilateur en marche en lui hurlant dessus.

Mais j'avais une autre raison de te détester. À ce moment précis et à chaque instant depuis que tu m'avais quittée, je ne pensais qu'à toi. Je te voulais dans cet appartement, je voulais tes bras autour de moi, ton visage auprès du mien, je voulais ton parfum. Et je savais que je ne pouvais pas, que je ne devais pas. Ce que je détestais le plus, c'était mon incertitude à ton sujet. Tu m'avais enlevée, tu avais mis ma vie en danger et pourtant je t'aimais, du moins je le croyais. Rien de tout ça ne tenait debout.

Un grognement de frustration est monté de ma gorge. Maman a avancé prudemment.

– C'est normal d'être troublée, a-t-elle murmuré. Les gens qui comptent pour nous ne sont pas toujours ceux qui devraient.

Elle a froncé les sourcils, se demandant si elle avait dit ce qu'il fallait.

Un son venu du plus profond de ma gorge est sorti alors d'entre mes dents.

– Ne me dis rien, ai-je grondé. Plus un mot !

J'ai arraché le ventilateur de sa prise sans cesser de le brandir entre nous pour l'empêcher d'approcher et je l'ai poussé vers elle. Maman a fait un bond en arrière et a trébuché sur la table basse.

– Mais enfin, Gemma, je t'aime, a-t-elle murmuré.

Et j'ai jeté le ventilateur qui a suivi la même direction que la lampe, ses pales tournaient encore quand il a heurté le mur.

On est restés à Perth dans cet appartement, malgré les objets que j'avais brisés.

Il reste encore un mois avant le procès bien que la cour ait été d'accord pour juger ton cas en priorité. Par ailleurs, la résidence-hôtel ne pouvait refuser la somme que papa leur a proposée pour ne pas ébruiter l'affaire.

Je passe par toutes sortes d'émotions. Certains jours, je me réjouis de te savoir ici, dans la même ville, tout près. Et d'autres, la même pensée me remplit d'effroi. Mais quoi qu'il arrive, je pense à toi dans ta cellule toutes les nuits. Mon ventre continue de se serrer chaque fois que maman, en ouvrant la fenêtre, fait pénétrer le parfum des eucalyptus.

La résidence-hôtel ressemble un peu à une prison aussi avec ses murs gris et son aspect propret, et parce que je ne peux pas m'en éloigner sans que quelqu'un me prenne en photo. J'observe la ville de la fenêtre, les immeubles en béton, les voitures, les hommes en costume. J'imagine la terre rouge en dessous attendant son heure, la terre que tu aimes. Je l'imagine renaître un jour. Puis mes pensées reviennent au désert, aux grands espaces déroulant leurs motifs colorés. Ses étendues sans fin me manquent.

L'inspecteur en charge de mon dossier est déjà venu me voir deux fois. Et après l'incident du ventilateur, maman a rappelé le docteur Donovan. Je la vois pratiquement tous les jours et je ne vois pas d'inconvénient à lui parler. Elle ne me pousse pas trop dans mes retranchements, elle me laisse m'exprimer quand j'en ai envie, quand je peux.

En fait, c'est le docteur Donovan qui a suggéré que j'écrive. Elle n'a évidemment pas proposé que ce soit à toi, bien sûr que non. Elle m'a prêté un ordinateur et m'a conseillé d'écrire.

– Si vous ne parvenez pas à parler de ce que vous avez vécu, écrivez-le, a-t-elle dit. Couchez vos pensées, comme vous l'entendez, pourquoi pas sous la forme d'un journal, ce que vous trouverez le plus facile. Il faut que vous essayiez de comprendre l'énormité de ce qui vous est arrivé.

Et j'essaye, ça ne fait pas l'ombre d'un doute, j'adorerais comprendre. Or, pour moi, la seule façon d'y parvenir est de t'écrire ce journal, cette lettre. Après tout, tu étais la seule personne dans le désert avec moi, la seule à savoir ce qui s'est passé. Et il s'est bien passé quelque chose, n'est-ce pas ? Quelque chose d'étrange et de fort, quelque chose que je n'oublierai jamais, même si je m'y emploie corps et âme.

Le docteur Donovan pense que je suis atteinte du syndrome de Stockholm, comme tout le monde. Je fais une peur bleue à maman chaque fois que je dis quelque chose de positif à ton sujet. Par exemple, que tu n'es pas aussi mauvais que les gens le pensent, ou que tu ne te résumes pas au portrait que les journaux dressent de toi. Et quand c'est au docteur Donovan que je dis ce genre de choses, elle prend quantité de notes en hochant la tête d'un air entendu.

Alors, j'ai cessé de les dire. À la place, j'abonde dans le sens des autres, je prétends que tu es vraiment un monstre, un type fichu, que je ne ressens rien d'autre pour toi que de la haine. Je vais dans le sens de ce que la police souhaite que je déclare et j'ai rédigé la déposition qu'on attendait de moi. J'aimerais y croire.

J'aimerais être amnésique pour oublier à quoi tu ressembles. J'aimerais me réjouir que tu prennes dix ou quinze ans de prison. J'aimerais croire ce que les journaux écrivent ou ce que mes parents, voire le docteur Donovan, disent. Je comprends d'où ils partent tous. Moi aussi, j'ai souhaité ta mort.

Et regardons les choses face, tu m'as bien enlevée, mais tu m'as sauvé la vie aussi. Et entre les deux, tu m'as fait connaître un endroit différent et magnifique, que je ne pourrai jamais m'arracher de l'esprit. Pas plus que toi d'ailleurs, tu es inscrit en moi à jamais.

Je viens de m'arrêter quelques instants pour faire le tour du jardin qui se trouve à l'arrière de la résidence. Pas vraiment un jardin, mais plutôt une cour pavée avec des plantes en pot et quelques buissons. Je me suis assise par terre et j'ai observé les gratte-ciel autour de moi. Je sentais presque ta présence, quelque part en ville, pas très loin. J'entendais ta petite toux. Tu pensais à moi aussi. J'ai fermé les yeux pour essayer d'imaginer comment ce serait. Aurai-je peur quand je te reverrai ou bien serai-je animée d'un autre sentiment ?

Tu seras enchaîné, tes bras puissants immobilisés. Tu ne pourras pas me faire de mal ni me toucher. Tes yeux supplieront-ils ou bien plongeront-ils dans les miens avec colère ? Comment as-tu été traité dans ta prison ? Tes cauchemars sont-ils revenus ? Ce qui est certain, c'est que, la prochaine fois que nous nous verrons, la loi nous séparera.

Je pensais que, arrivée à ce stade de ma lettre, je comprendrais quelque chose. Je saurais pourquoi tout ceci est arrivé, pourquoi tu as fait irruption dans ma vie, pourquoi tu m'as choisie. Parfois, je me dis que tu es peut-être tout simplement aussi ravagé que tu l'étais la première fois que je t'ai vu dans le parc. Et parfois, je repense à ton projet de vivre dans le désert brûlant au milieu de tant de beauté, d'infinité, et je me demande s'il aurait marché. Pour résumer, je ne sais surtout pas quoi penser.

Mais coucher tout ça sur le papier est une activité en soi. Quand j'écris le soir dans mon lit, j'entends presque l'écho du vent qui souffle sur le sable ou les gémissements des murs en bois qui m'entouraient. Je sens presque l'odeur de poussière de la chamelle, j'ai le goût amer de l'arroche sur la langue. Et dans mes rêves, tes mains chaudes sont sur mes épaules, tes murmures charrient des histoires et sonnent comme le bruissement de l'herbe porc-épic. Je porte toujours ta bague, tu sais, la nuit quand personne ne me voit. À présent, elle est dans ma poche. Je la cacherai tout à l'heure avant que les inspecteurs débarquent cet après-midi.

Ils veulent discuter de mon témoignage au procès. Et je ferais peut-être mieux d'y réfléchir. Seulement, je ne sais pas exactement quelle en sera la teneur. Cette journée au tribunal pourra se terminer de deux façons différentes, mais elle commencera de la même.

Ce sera un lundi matin, juste avant neuf heures. La presse sera sur le pied de guerre. J'arriverai prise en sandwich entre papa et maman, tête baissée, et je devrai jouer des coudes pour traverser la foule des journalistes et des badauds. Certains tenteront de m'agripper, d'autres me brandiront un micro sous le nez. Maman me serrera la main tellement fort que je sentirai ses ongles s'enfoncer dans ma peau. Papa sera en costume et maman aura choisi une tenue noire sobre pour moi.

En pénétrant dans le palais de justice, le bruit cessera instantanément. Le grand hall, ses gens en uniforme, en costume, feront comme un capiton autour de nous. On retrouvera M. Samuels, le procureur, qui me demandera si j'ai eu l'occasion de relire ma déposition. Puis il introduira mes parents dans la salle d'audience principale et j'entendrai une certaine agitation et des bruits de conversation quelques instants encore avant que la porte se referme derrière eux. J'attendrai alors seule à l'extérieur sur un siège glacial en cuir, seule avec mes pensées.

Après un laps de temps, qui m'aura semblé interminable, la porte s'ouvrira de nouveau et ce sera à mon tour de témoigner. L'atmosphère sera tendue comme un trampoline prêt à me faire rebondir. Tout le monde me dévisagera, sachant pourtant que c'est impoli. L'illustrateur judiciaire commencera mon portrait, mais je n'aurai d'yeux que pour une seule personne.

Tu seras assis dans le box des accusés, tes mains puissantes menottées, ton regard cherchant le mien, tes yeux comme des lacs, implorant mon aide. Alors je prendrai ma décision. Puis je me détournerai.

Et la procédure se déroulera comme il se doit. On me demandera d'énoncer mon nom, mon âge, mon adresse. Puis les choses commenceront à devenir intéressantes quand je devrai décrire dans quelles circonstances je t'ai rencontré.

Dans un premier cas de figure, je dirai à la cour exactement ce qu'elle a envie d'entendre. À savoir que tu m'as suivie, que tu m'as traquée depuis mon plus jeune âge. Que tu es venu en Angleterre pour retrouver ta mère et que ce sont l'alcool, la drogue et moi que tu as trouvés à la place. Que tu es complètement asocial, que tu nourrissais des idées illusoires concernant le désert et me concernant, moi, dont tu imaginais que j'étais ta seule échappatoire.

Puis l'avocat m'interrogera sur ce qui est arrivé à l'aéroport et je lui répondrai que tu m'as droguée, que tu m'as volée, fourrée dans le coffre d'une voiture et retenue contre ma volonté. Je lui parlerai des longues nuits solitaires dans la petite bicoque en bois, de la fois où je m'étais enfermée dans la salle de bains, pensant que tu allais me tuer. De tes crises de colère, de ton caractère instable, de tes mensonges, de la force avec laquelle tu m'empoignais de temps à autre, me faisant monter les larmes aux yeux et rougir la peau.

Et pas une fois, je ne te regarderai. Je dirai ce qu'on attend de moi.

– Oui, c'est un monstre. Oui, il m'a kidnappée.

Et le juge abattra son petit marteau et prononcera une peine de quinze ans ou plus à ton encontre et tout, absolument tout, sera enfin terminé.

Mais il y a une autre hypothèse.

Je pourrais raconter une histoire à la cour, dire qu'on s'est rencontrés dans un parc, il y a des années, alors que j'avais dix ans, et toi presque dix-neuf. Je t'avais trouvé sous des massifs de rhododendrons, lové parmi le feuillage, les boutons roses des fleurs juste au-dessus de ta tête. Dire qu'on était devenus amis, que tu m'avais parlé, protégée, sauvée des griffes de Josh Holmes.

M. Samuels tentera évidemment de m'interrompre,

le visage congestionné, les yeux exorbités par la surprise. Il se peut même qu'il dise au juge que la cour ne peut s'appuyer sur mon témoignage, que je souffre toujours du syndrome de Stockholm. Mais je serai parfaitement calme, capable d'expliquer clairement que non. Je me suis renseignée, je sais exactement ce qu'il faut dire pour les amener à me croire.

Par conséquent, le juge me laissera poursuivre, quelques instants. Puis, je les cueillerai tous en leur annonçant qu'on est tombés amoureux l'un de l'autre. Pas dans le désert, bien sûr, mais en se baladant dans les rues et les parcs de Londres, il y a deux ans, alors que j'avais quatorze ans et ressemblais tant à ta mère.

La salle d'audience bruissera de mille murmures. Maman fondra probablement en larmes. J'aurai du mal à la regarder après la déclaration que je ferai ensuite, alors je m'en abstiendrai. Je te regarderai et j'annoncerai que je voulais fuguer.

Tu hocheras imperceptiblement la tête, tes yeux à nouveau pleins de vie. Et je détaillerai le plan qu'on avait échafaudé.

Tu connaissais l'endroit idéal où s'enfuir, un endroit vide de gens, de constructions. Un endroit au bout du monde couvert d'une terre rouge sang où la vie dormait en attendant de renaître. L'endroit où disparaître, où se perdre et se retrouver.

« Je t'y emmènerai », tu avais dit.

Et je pourrais prétendre que j'avais accepté.

J'ai les mains qui tremblent en écrivant ce qui précède, mes joues ruissellent de larmes, brouillant l'écran de l'ordinateur. J'ai mal à la poitrine à vouloir réprimer mes sanglots, car il se trouve que quelque chose me taraude, quelque chose auquel j'ai du mal à penser.

Je ne peux pas te sauver comme ça, Ty.

Ce que tu as fait n'est pas le truc génial que tu imaginais. Tu m'as éloignée de tout, de mes parents, de mes amis, de ma vie. Tu m'as emmenée à la chaleur, exposée au sable, à la poussière et à l'isolement. Et tu aurais voulu que je t'aime. Et c'est précisément ce qui est le plus dur à avaler. Car, effectivement, je t'ai aimé ou, du moins, j'ai aimé je ne sais quoi du désert.

Mais je t'ai également haï, je ne peux pas l'oublier.

Dehors, il fait nuit, j'entends les branches des arbres frotter contre la fenêtre, on croirait des doigts. Je remonte les draps sur moi, alors que je n'ai pas froid et je fixe l'obscurité à l'extérieur. Tu sais, peut-être que si on s'était rencontrés normalement, un jour peut-être, je dis bien peut-être, les choses auraient été différentes. Je t'aurais peut-être aimé, tu étais si particulier, si sauvage. Quand à l'aube, ta peau nue brillait au soleil, tu étais magnifique. T'enfermer dans une cellule revient à écraser un oiseau avec un char d'assaut.

Mais que puis-je faire d'autre à part plaider ma cause auprès de toi? À part coucher sur le papier mon histoire, notre histoire, afin de t'ouvrir les yeux sur ce que tu as fait, te faire comprendre à quel point ce n'est pas juste, ce n'est pas bien.

Quand j'entrerai dans la salle d'audience, je dirai la vérité, ma vérité. Que tu m'as bel et bien enlevée, bien sûr. Que tu m'as droguée et que tu étais sujet à des sautes d'humeur. Je ne cacherai pas le monstre que tu peux être parfois.

Mais je parlerai également de ton autre visage, celui

que j'ai découvert en t'entendant parler doucement à la chamelle, en te voyant manipuler délicatement les feuilles d'arroche, ne cueillant que ce dont tu avais besoin. J'expliquerai que tu m'as sauvé la vie par deux fois, que tu as choisi la prison plutôt que me laisser mourir. Car c'est ce que tu as décidé, n'est-ce pas? Au moment où le serpent m'a mordue, tu savais que c'était fichu. Et quand je t'ai demandé de rester avec moi dans l'avion, tu as accepté, conscient que tu signais ta reddition. Ce dont je te suis profondément reconnaissante, Ty, ne te méprends pas sur moi. Mais moi aussi je t'ai abandonné ma vie une fois, à l'aéroport de Bangkok et je n'avais pas le choix.

Le juge te condamnera, je ne peux pas l'empêcher. Mais mon témoignage contribuera peut-être au fait qu'on t'envoie dans un endroit près de ta terre chérie, dans une pièce avec fenêtre cette fois. Qui sait? Peut-être que cette lettre t'aidera aussi; j'aimerais que tu comprennes que la personne que j'ai entrevue courant à côté de la chamelle pour me sauver la vie est la personne que tu peux choisir d'être. Je ne peux pas te sauver comme tu aimerais que je le fasse. En revanche, je peux te dire ce que je ressens, ce n'est pas beaucoup, mais tu peux y trouver une nouvelle chance.

C'est toi qui m'as parlé de ces plantes qui se mettaient en sommeil pendant la sécheresse, qui attendaient la pluie, à moitié mortes sous terre. Tu disais qu'elles pouvaient attendre des années s'il le fallait, qu'elles manquaient se détruire avant de repousser. Seulement, dès les premières gouttes de pluie, elles étendaient leurs racines, elles traversaient la terre et le sable, pour atteindre la surface du sol. Ces plantes ont une nouvelle chance.

Un jour, tu seras libéré de ta cellule vide et austère, tu retourneras aux Différents, sans moi, et tu sentiras à nouveau la pluie. Et, cette fois, tu iras vers le soleil en droite ligne, j'en suis certaine.

Mes paupières sont lourdes, mais je redoute de m'endormir à cause d'un rêve récurrent dont je ne t'ai encore jamais parlé.

Dans le rêve, je creuse un trou au milieu des Différents et quand il est assez profond pour y planter un arbre, je plonge les mains à l'intérieur et retire la bague que tu m'as offerte. La lumière qui filtre au travers dessine un arc-en-ciel sur ma peau. Mais je retire mes mains en laissant la bague au fond du trou et je la recouvre de terre, je l'enfouis à sa place, là d'où elle vient.

Ensuite, je me repose contre un arbre à l'écorce rugueuse. Le soleil est en train de se coucher, ses couleurs miroitantes s'effilochent dans le ciel, il me réchauffe les joues.

Et je me réveille.

Il est 4 h 07, l'aube ne va pas tarder à se lever. Une odeur puissante d'eucalyptus flotte dans la pièce, elle passe sous la fenêtre, pénètre à l'intérieur de mes poumons. Dans un instant, quand je serai prête, j'éteindrai cet ordinateur et ce sera terminé, j'aurai fini ma lettre. Une part de moi-même refuse de cesser de t'écrire, mais il le faut. Pour nous deux.

Au revoir, Ty,

Gemma.

Remerciements

Tout comme le désert est formé de millions de grains de sable séparés, je me dois de remercier individuellement tous ceux qui ont contribué à la naissance de *Lettre à mon ravisseur*. Sans leur aide, ce livre se résumerait aujourd'hui à quelques pensées poussiéreuses.

Ce roman a commencé son périple en tant qu'élément de mon doctorat. Je suis intimement convaincue que Tracy Brain et Julia Green sont les meilleures directrices de doctorat au monde et que, sans elles, l'histoire de Gemma n'aurait jamais vu le jour. Ces deux femmes de génie, ainsi que la Bath Spa University dont elles font partie, méritent des remerciements particuliers.

J'aimerais également remercier la foi qui a animé deux autres femmes merveilleuses, Imogen Cooper et Linda Davis, mon éditrice et mon agent. Imogen pour m'avoir soutenue au cours de ces années «ensablées» et Linda pour avoir sauté à bord de la montagne russe à quatre roues motrices qu'est devenue la publication de *Lettre à mon ravisseur*. Merci aussi aux équipes de Chicken House, de Greene et de Heaton pour leur appui.

Il est par ailleurs un groupe plus large sans lequel ce livre n'aurait jamais pu se faire : ma famille et mes amis. Merci à nombre d'entre vous pour m'avoir confié vos remarques sur mes premiers jets, corrigé mon orthographe déplorable, supporté que je passe des heures accrochée à l'ordinateur et, d'une manière générale, pour m'avoir apporté amour et soutien. Maman, papa et Barb, je vous aime et vous remercie. Et toi, Simon Read, merci pour ta patience infinie pleine d'amour et pour avoir trouvé une fin différente. Et merci aussi aux amis qui ont lu des ébauches et ont été victimes d'effets secondaires dus à *Lettre à mon ravisseur*. J'ai nommé Hem Wijewardene, Cam McCulloch, Kristen Wheeler, Roma Arnott, Sue Alexander, Han Alexander, Dan Burrows, Emily Stanley, Grant Phillips et le pointilleux Derek Niemann.

Je ne connaissais pas la plupart des détails du roman avant de commencer à l'écrire, alors merci à tous ceux qui m'ont aidée à ne pas m'égarer ! Merci aux docteurs Atkins et Garrett qui m'ont apporté leur aide dans le domaine médical, et à Nick Tucker dans le domaine judiciaire. Merci à tous ceux qui m'ont permis de décrire le désert : Vic Widman, Wayne Desmond, John et Helen Markham, ainsi que Tony et Elaine Barnett qui m'on guidée à travers l'Ouest australien ; à Philip Gee pour ses conseils en chameau ; Ted Edwards, en papillon ; Roger Michael Lowe et Brian Bush, en serpents venimeux et Rob Bamkin pour m'avoir procuré quantité d'informations concernant le Grand Désert de Sable et ses habitants d'origine.

Et enfin, je remercie le bush lui-même, avec une mention très spéciale aux propriétaires d'origine du Grand Désert de Sable et plus particulièrement au peuple Walmajarri. Les déserts australiens sont source de spiritualité, de beauté et d'inspiration, et parmi les écosystèmes les plus fragiles au monde. Comme dirait Ty : «Cette terre a besoin d'amour et besoin d'être sauvée.»

Scripto, c'est aussi...

Glaise
David Almond

Le Jeu de la Mort
David Almond

Le Cracheur de feu
David Almond

Imprégnation
David Almond

Feuille de verre
Kebir M. Ammi

Interface
M. T. Anderson

Ne fais pas de bruit
Kate Banks

Amis de cœur
Kate Banks

Le Muet du roi Salomon
Pierre-Marie Beaude

La Maison des Lointains
Pierre-Marie Beaude

Leïla, les jours
Pierre-Marie Beaude

Quand on est mort c'est pour toute la vie
Azouz Begag

Garçon ou fille
Terence Blacker

Zappe tes parents
Terence Blacker

Fil de fer, la vie
Jean-Noël Blanc

La Couleur de la Rage
Jean-Noël Blanc

Tête de moi
Jean-Noël Blanc

Junk
Melvin Burgess

Lady
Melvin Burgess

Le visage de Sara
Melvin Burgess

24 filles en 7 jours
Alex Bradley

Spirit Lake
Sylvie Brien

Le Rêve de Sam
Florence Cadier

**Les Gitans partent tou-
jours de nuit**
Daniella Carmi

Bonnes vacances
Collectif

De l'eau de-ci de-là
Collectif

Va y avoir du sport !
Collectif

La Mémoire trouée
Élisabeth Combres

Ce voyage
Philippe Delerm

Cher inconnu
Berlie Doherty

Sans un cri
Siobhan Dowd

La Parole de Fergus
Siobhan Dowd

Où vas-tu Sunshine ?
Siobhan Dowd

Chante, Luna
Paule du Bouchet

À la vie à la mort
Paule du Bouchet

Mon amie, Sophie Scholl
Paule du Bouchet

**On ne meurt pas,
on est tué**
Patrice Favaro

**Que cent fleurs s'épa-
nouissent**
Jicai Feng

Le Feu de Shiva
Suzanne Fisher Staples

Afghanes
Suzanne Fisher Staples

**Ce que tu m'as dit
de dire**
Marcello Fois

Jours de collège
Bernard Friot

Voyage à trois
Deborah Gambetta

Qui es-tu, Alaska ?
John Green

La face cachée de Margo
John Green

Incantation
Alice Hoffman

La Prédiction
Alice Hoffman

Boulevard du Fleuve
Yves Hughes

Polar Bear
Yves Hughes

Septembre en mire
Yves Hughes

Vieilles neiges
Yves Hughes

Mamie mémoire
Hervé Jaouen

Suite Scarlett
Maureen Johnson

La Bête
Ally Kennen

Déchaîné
Ally Kennen

Des pas dans la neige
Erik L'Homme

15 ans, welcome to England
Sue Limb

15 ans, charmante mais cinglée
Sue Limb

Un papillon dans la peau
Virginie Lou

Enfer et Flanagan
Andreu Martin
et Jaume Ribera

13 ans, 10000 roupies
Patricia McCormick

Sobibor
Jean Molla

Felicidad
Jean Molla

Le Ciel est partout
Jordy Nelson

La Vie Blues
Han Nollan

Bye-bye, Betty
Jean-Paul Nozière

Maboul à zéro
Jean-Paul Nozière

Là où dort le chien
Jean-Paul Nozière

Le Ville de Marseille
Jean-Paul Nozière

Mortelle mémoire
Jean-Paul Nozière

Les Confidences de Calypso
Romance royale - 1
Trahison royale - 2
Duel princier - 3
Tyne O'Connell

Zarbie les yeux verts
Joyce Carol Oates

Sexy Joyce Carol Oates

On s'est juste embrassés
Isabelle Pandazopoulos

Sur les trois heures après dîner
Michel Quint

Arthur, l'autre légende
Philip Reeve

Mon nez, mon chat, l'amour et… moi
Le Journal intime de Georgia Nicolson - 1
Louise Rennison

Le bonheur est au bout de l'élastique
Le Journal intime de Georgia Nicolson - 2
Louise Rennison

Entre mes nunga-nungas mon cœur balance
Le Journal intime de Georgia Nicolson - 3
Louise Rennison

À plus, Choupi-Trognon
Le Journal intime de Georgia Nicolson - 4
Louise Rennison

Syndrome allumage taille cosmos
Le Journal intime de Georgia Nicolson - 5
Louise Rennison

Escale au Pays du Nougat en Folie
Le Journal intime de Georgia Nicolson - 6
Louise Rennison

Retour à la case égouttoir de l'amour
Le Journal intime de Georgia Nicolson - 7
Louise Rennison

Un gus vaut mieux que deux tu l'auras
Le Journal intime de Georgia Nicolson - 8
Louise Rennison

Le coup passa si près que le félidé fit un écart
Le Journal intime de Georgia Nicolson - 9
Louise Rennison

Bouquet final en forme d'hilaritude
Le Journal intime de Georgia Nicolson - 10
Louise Rennison

Je reviens
Marie Saint-Dizier

Chanson pour Éloïse
Leigh Sauerwein

Loi n° 49-956 du 16 juillet 1949
sur les publications destinées à la jeunesse

PAO : Françoise Pham
Imprimé en Italie par L.E.G.O. Spa - Lavis (TN)
Dépôt légal : août 2010
N° d'édition : 170162
ISBN : 978-2-07-062844-5